背叛指南

A Map of Betrayal

by

Ha Jin

哈金 著

湯秋妍 譯

目錄

新版序

哈金

一九八五年秋季我來到美國，開始讀研究生。那年年底，金無怠忽然成爲新聞人物，各種報紙和電視都報導了他的罪行。他身爲美國中情局的高級譯員和情報分析員，卻多年來爲中國服務，爲中共提供了許多重要情報。一年前，中方的一位情報官員俞強聲逃亡美國，把金無怠的特務身分通告了美國中情局。

金無怠對自己的間諜身爲供認不諱，但他強調自己對中美建交做出了貢獻，也從未做過對美國不利的事情。他還堅稱自己愛兩國如同愛父親和母親，怎麼可能傷害其一方讓另一方獨自獲益？他還暗示鄧小平會關注他的案子，會設法救他出獄，最終他將全身回國。的確，金多年服務於中共的國安部，在大陸已經祕密地官至副部級，我們都以爲中方一定會千方百計保護他的安全。但不久，就傳來消息說他的妻子去北京遊說中共高層未果，中國否認與他有任何關係，接著他就在獄裡自殺了。後來幾個月裡大家經常談起金無怠，都喟歎，認爲是國家背叛了他。

中華文化總是談個人背叛國家，一個人很容易就被打成漢奸，但很少有人思考國家怎樣背叛個人，儘管這種背叛一直是國家的習慣行爲。《背叛指南》要探討的正是這個主題，要展示國家怎樣一步一步地背叛了一位爲自己效力的公民。講這樣一個故事的主要挑戰是怎樣將過去的故事與現在的故事融爲一體，部分人物現在的行爲是國家過去背叛的結果。就是說要同時講好兩個故事，要給小說一個特殊的敘事結構。

在長篇小說的傳統中，同時講兩個故事是最難的形式。許多著名作家都嘗試過，但都不太成功，最終兩條線路都沒能匯合成爲一體。這方面最成功的作品是露絲·佳巴娃拉的《熱與塵》。這部小說在技巧上幾乎無懈可擊。熟悉《熱與塵》的讀者可以注意到《背叛指南》在敘事結構上受到《熱與塵》的影響。但我對佳巴娃拉的技巧做了一些修正，以使我的兩個故事能更有效的融合，並相互推助。首先，我的敘述者是中共間諜蓋瑞的女兒，這樣就讓兩個故事有血緣的聯繫，從而讓故事獲得更多的內在衝動。佳巴娃拉是傑出的電影劇本作家，在她的《熱與塵》中大量的使用了影視技巧。比如，在每一個過去和現在故事的連接之處，她都力從戲劇上把兩條線緊密連在一起，使用了影視行業稱爲「匹配剪輯」（match cut）的技巧，好給人一種天衣無縫的感覺。儘管我對佳巴娃拉的精心的努力十分讚賞，我卻覺得長篇小說不必要這麼過分講究，所以我沒有刻意經營兩個故事在局部的連接。我用年分把過去的故事的章節串聯起來，相信故事內在的衝動足以產生戲劇的連貫性和融合力。我也沒用《熱與塵》的日記形式。可以說，《背叛指南》的敘事結構是全新的，也是首創的。

感謝時報出版社重版這部小說，又給它一段新的生命。但願它能活得比我更長久。

序

一九八五年底美國聯邦調查局逮獲了中國在北美的最大間諜金無怠。那時我剛來美國讀研究生，爲學英語每天都看電視。一連幾天宿舍樓裡的中國學生和學者都在議論這件事。金無怠雖然任職於美國中央情報局，但在大陸已經祕密官拜國安部副部長，不論從哪方面來說大家都覺得他不會在美國監獄裡關很久。他本人也對美國主流媒體表示希望中國政府能出面引渡他回國，畢竟他對中美建交作出了很大的貢獻。但不久傳來消息說中國方面不承認跟他有任何瓜葛。當時的外交部發言人李肇星在新聞發布會上宣布：「金無怠事件是美國反華勢力編造出來的。」結果，兩個月後金在監獄裡自殺了。一連幾個星期大家都在談論這個令人驚愕的結局，都感嘆不已。

二十多年來這件事一直沉沉地壓在我心裡。我本能地意識到這是很好的一個長篇小說題材，但不清楚該怎樣以這個故事爲基礎擴展成一部小說。首先，這種歷史的題材不僅要重構過去，還必須對當下也有意義；理想的狀態是這個故事也包括現在。多年來我無從著手。

近年來我夫人麗莎常常看中國的電視連續劇，如果遇見有意思的，也要我看看。有一回她看完《潛伏》後，對那個故事的結尾很反感，因爲共產黨的間諜余則成被迫跟國軍去了臺灣，把已經懷孕的妻子留在了河北鄉下。出於工作需要，他在臺灣很快就跟別人結了婚，開始了新的間諜生涯。由於麗莎的抱怨，我就開始琢磨起那個電視劇的結尾，覺得那應該正是我所要寫的故事的起點。這個想法確立後，我就在《背叛指南》裡以莉蓮去中國找她父親的頭一個家庭揭開序幕。

但寫這部小說在技術上有很大挑戰，主要是怎樣融合兩條故事線路。過去的故事和現在的故事要同時展開，有時候也要纏到一起，但必須能互相推動，互相補充豐富，最終也必須有機地匯爲一體。這種技巧如果運用得好，會使小說簡練，富有厚度和複雜性，但如果用得不好，容易亂套，甚至使兩個故事到結尾依舊分家。許多小說家都嘗試過這種寫法，但眞正成功的例子並不多，比如村上春樹的《海邊的卡夫卡》和尤薩的《天堂在另一個街角》。兩部小說的結尾都沒能把兩條線路完美地融爲一體。據我所知，這種技巧用得最成功的是露絲·佳巴娃拉（Ruth Prawer Jhabvala）的《熱與塵》（*Heat and Dust*）。那部小說中現在的故事是用日記形式來述說的，而過去的故事則以第三人稱來講述。《熱與塵》我教過許多遍，可以說它在技巧上無懈可擊。但有時候我的學生們會抱怨說，該書的敘述人沒有強烈的動機去印度調查那個過去的故事，因爲現在故事的主人翁跟過去故事的主人翁沒有血緣關係，所以整個小說故事結構有些牽強。雖然我不那樣認爲，但這一點我在動筆之前就注意力圖克服。這是爲什麼我用蓋瑞的女兒來作爲過去的故事的調查人，還讓蓋瑞的外孫最終在弄清楚外公的遭遇後採取了不尋常的行動。這樣就從戲劇結構上把兩個故事捆在一起。

當然，《背叛指南》有自己獨特的主題，作爲小說也遠遠超出了金無怠的原型。這個故事比較集中地表現了個人與國家的矛盾。這個話題是當代中國文學最重要的主題，儘管中國境內的作家們出於政治原因不能直接來寫它。由於宗教在中國被取締，多年來人們趨於將國家神化，當作上帝來膜拜。實際上，國家比普通人更容易犯錯誤，更可能橫行霸道，更會無視它的公民的利益和福祉。任何一個國家隨時都可能成爲惡棍，都必須由它的公民精心地來管理和約束。由於《背叛指南》具備這樣一個重要的主題，它也許就有了硬朗的脊梁。

另一個技術上的難題在於敘述人是女性，她的語言和說話方式跟我自己的不同。爲了使莉蓮的語氣可信，每天動筆前我都要讀些美國當代詩人的詩作，以找到敘述的語感和節奏。可以說我在這部小說的語言方面下了功夫，英語原著讀起來應該是富有詩意的。

現在，它的中文譯本就要跟讀者見面了，我未免有幾分惶恐，但每本書都有自己的命數，我能爲它做的都做了。感謝湯秋妍小姐精細的譯筆，感謝時報出版各位編輯的熱心投入——他們共同的努力給了《背叛指南》另一個生命。

哈金於二〇一四年十月

一個月後

我母親以前常說：「莉蓮，只要我還活著，你就不准和那個女人有任何瓜葛。」她指的是蘇西，我父親的情婦。

「行，我不會的。」我總這麼回答。

雖然父親已過世多年，可我那苦命的母親，奈麗，對父親保留情婦這件事一直不能釋懷。我信守諾言，母親在的時候沒聯絡過蘇西。直到母親得了胰腺癌，在跟病魔進行了頑強的抗爭之後，去年冬天終於撒手塵寰。她去世時八十歲，我覺得她算是活了蠻長。

喪慟依然沉重，我跟趙蘇西聯繫了。先是書信來往，然後通了電話。她住在蒙特婁，離我家所在的馬里蘭州很遠。春天我家後院的連翹花盛開的時候，她給我寄來了父親的日記，一共六本八乘五英寸摩洛哥山羊皮面的筆記本。我不知道父親寫日記，他作為史上在北美被抓住最大的中共間諜——蓋瑞．尙，我以爲聯邦調查局已查沒他留下的全部文件。這些日記記錄了他從一九四九到一九八〇年的生活。他不是每天都寫，內容更像是一部私人工作日誌。其中一本的扉頁上有句尼采的名言：「勿以小勝而自矜！」另一本以富蘭克林．羅斯福的話開篇：「除了恐懼本身，並無更值恐懼之物。」最後一本的卷首語來自馬丁．路德．金《我有一個夢想》演講中的一句宣言：「忍受不應得的痛苦是一種贖罪。」父親酷愛名言警句，他在一個筆記本上抄滿了這類句子，但那本智慧的「寶藏」如今屬於聯邦調查局的「財產」了。

春季學期結束了，我一改完學生的期末考試和論文，就專心致志地讀起父親的日記來，希望了解他全部的歷史。我也重讀了平時搜集的所有關於他的報刊文章。到二〇一〇年夏末，除了一些小漏洞、小縫隙需要填補以外，我對父親的生活算是有了比較充分的瞭解。可那些麻煩的漏洞折磨著我，盡最大的努力還是無法連接起來。所以十一月中旬，我一聽說我得到了傅爾布萊特（Fulbright）講師名額，二〇一一年春季將在北京師範學院任教一學期，我就再次跟蘇西聯繫，希望能見她一面。

在蒙特婁市中心的一家星巴克咖啡館裡，她盤腿坐在我對面的椅子上。「你媽真賤。」蘇西看著我的臉說。那雙老眼雖已昏花，卻盯著我一眨不眨。她老得讓我聯想起一具木偶，關節鬆動，四肢晃蕩，頭上頂著一蓬銀色的鬃髮。很難想像四十年前曾是一位那麼迷人的女郎。

「我母親有時候的確執拗，」我承認道，「事出有因，我爸爸可能從未愛過她。」

「是嗎，蓋瑞可不願意爲了娶我而跟她離婚，」蘇西撇撇沾了一點卡布其諾泡沫的嘴唇。年輕時，她曾活潑迷人、機智敏捷。我能列舉好幾個父親愛上她的理由，她尤其能令人聯想到尤物，中國人叫做「狐狸精」的女人。

「我媽媽常說我爸除了我和他自己以外，不愛任何人。」我繼續說。

「她錯了，我肯定蓋瑞開始的時候是愛奈麗的。後來他們婚姻觸礁，感情才變味了。」儘管蘇西聽上去不厭其煩，她的聲音仍然有一種低沉悅耳的音色。

「多虧了你啊，」我存心揶揄，想笑一下，卻覺得自己的臉很僵。我不覺得父親愛過母親，雖然在他們婚姻後期，他對媽媽還是產生了某種依戀。蘇西的判斷不是實情。

「就算沒我，」她說，「蓋瑞的生命中也會有另一個中國女人。你父親內心非常孤獨，很多事情他沒法跟你母親分享。」

「就因爲她是美國人，而且是白人？」

「這是部分原因。對他來說，我也比奈麗更有用。不管你信不信，作爲他的『情人』、『朋友』或者隨便什麼稱號，我至今覺得驕傲。我可以爲他付出一切，他信任我。」

這讓我措手不及。有好一陣子我竟無言以對。她端起面前的咖啡小飲了一口。我思潮起伏，遐想她和我的父親。這裡又是一位愛情奴僕。愛人已去，可還抓著那畢生之戀的殘餘；一旦愛上了一個人，就完全忘我地投入進去，我有點敬仰她了。我們之中有多少人能無懼被傷害，乃至毀壞，能在愛情中做到這樣的自我奉獻？我轉過臉去凝望窗外，街道寬敞整潔，非常安靜，只有幾個行人路過，彷彿我們是在郊外的某個小鎮。天色陰沉沉的，壓低的烏雲預示著一場風雪即將來臨。

我換個話題，這話題在我心中盤旋許久。「蘇西，我知道父親在中國還有一個家庭。你見過他第一個妻子嗎？」

「沒見過。蓋瑞很想念她。」

「你知道她的全名嗎？」我只知道她叫「玉鳳」。

「她姓劉，叫劉玉鳳。」

「眞希望我媽知道這件事。」我脫口而出。但這樣說連我自己也十分詫異，因爲知道父親以前還有一個家庭並不可能使她稍稍欣慰。

「那只會讓她更暴躁，更恨蓋瑞和我。」蘇西說。

「你覺得玉鳳還活著嗎？」

「不清楚。」

「她也許很多年前就改嫁了吧？」我問。

「也許。誰知道呢？我就預感你會提起蓋瑞的頭一個老婆。我只知道她的名字，還有他們是二十幾歲的時候結婚的。昨天晚上我到處找也沒找到她的地址。她以前住在山東鄉下，我不知道她現在是不是還住在那裡。可是北京有一個人或許能幫你找到她的下落。」

「誰？」

「朱炳文。天知道那是不是他的眞名。也許他也不知去向了。這是他辦公室的老地址。」

她把一張小紙片遞給我，上面是她稜角分明的傾斜字體。儘管蘇西話中不時透著尖酸刻薄，我還是蠻喜歡她。她五十五歲時搬到加拿大，嫁了一個馬來西亞商人，幾年後那場婚姻失敗，她從此一個人生活。但她看起來頗能自得其樂。

——

我丈夫亨利不跟我去北京，他得管理我們在大學公園城（College Park）裡的公寓。那棟公寓有三層，住十八戶人家，在一條僻靜小街的盡頭。裡面設施齊備，裝修精良，周圍頗有田園風味，這爲我們帶來滿滿的住戶。我們四年前購入這處房產，自己住在一樓邊上的一個套間。在地下室我還有一個書房，我在那裡讀書、寫作，準備我在大學裡要教的歷史課。亨利和我結婚時，妻子剛過世，我則離婚獨居已近十年。我倆都沒孩子，雖然我倆都蠻喜歡小孩子。亨利六十一歲，大我七歲。我們常談到領養孩子，特別想領養一個女兒，可我們也知道自己這把年紀不夠格了，所以也沒眞的去申請。

北京學校的春季學期到二月中旬才開學，爲了有充裕的時間安頓，也有時間去調查父親的過去，二〇一一年我提早三周到北京。到的時候校園裡空蕩蕩的，就像一個廢棄的村莊。不過，我每天都會碰見一兩位同事。有些人和我聊天時對近期發生在一些阿拉伯國家的民主示威很興奮。他們似乎相信中東的這場政治海嘯能波及中國，把這個國家的官僚體制沖走一些。可我以前來過中國，我知道這個國家不會那麼輕易改變。一九八八年我曾在同一所學校任教，學期快結束的時候，我母親來看我。她對這個國家的印象可以用一個詞總結——凶殘，雖然她說這話的時候忍不住大笑起來，還加一句：「與你爸爸同出一轍。」然而另一方面，她在這裡遇見的一些人——他們的樂觀、好學、勤奮，以及愛國熱情，也給她留下深刻的印象。跟我那些中國同事們不同，我對國際上的民主浪潮來到這片土地不抱什麼希望。中國就是中國，做事自有一套，雖然這不該成爲它拒絕變化的藉口。不過我不斷提醒自己，我只在這裡教兩門課，初夏就回美國去，最好別跟政治扯上任何關係。除此之外，我只想清理父親的過去，找到他第一個妻子玉鳳，如果她還在世的話。

蘇西給我的那個線索，朱炳文，是我父親三十年來斷斷續續唯一的接頭人。他在日記裡稱他爲「火炬」（我猜大概是因爲「炳」的意思是「火一樣的輝煌」）。在校園裡安頓下來之後，我撥了那個電話號碼，不出所料，號碼已經停用。我去朝陽區的舊地址，那幢四層樓房現在已被一家法律公司、一家英國留學仲介和幾家其他公司盤踞了。我問了幾個人，沒人聽說過朱炳文這個名字。

已然是僵局，可我還是繼續細讀父親的日記、思量他的生活。幾年前丹尼爾·史密斯寫過一本關於父親的書，叫《中國諜鬼》。我把這本書帶在身邊。書中父親的形象是一名傑出間諜，長期潛伏在美國中情局的「內鬼」，賣給中國大量情報，給美國的國家安全造成無可估量的損失。

這本書提供父親的大量信息：姓尚、名蓋瑞、所受教育如何、他在中國情報機構的角色如何獨一無二、他與華盛頓地區幾位美國政要的友誼、他處置錢財的習慣、他在飲食上的口味、甚至他對身材嬌小、毛髮濃密女性的熱愛等等。然而，這本書絲毫沒提及他的第一個婚姻以及他在中國的家庭——換句話說，他在爲中情局工作以前的生活是一片空白。

不否認我父親曾是一名頂級間諜，但我越看他的資料，越覺得金錢不是他爲中國刺探情報的動機。他是一個自我意識很強甚至自負的男人，充滿對自我的幻想。從職業水準來說，我不認爲他是一個老練的間諜，他之所以走上這條路，很大一部分原因是環境所迫。隨著他的生活在我心中的具體化，我越來越相信他不僅是個背叛者，也是個被別人背叛了的人。開學以前，我全部的生活就是重建他的歷史。作爲一名歷史學家，我想用自己的方式講述父親的故事，同時保持最大的客觀。

一九四九

在動盪的那年之初，他從北方來到上海。當時他的名字還不叫蓋瑞，而是「偉民」。年紀輕輕，已經是共產黨的地下特工，這次來上海的任務就是要打進國民黨內部，特別是第八局。這個局目前正實施一項代號爲「特洛伊木馬」的大型計畫，已培訓數百名特務，準備在國民黨退守臺灣後繼續留在這裡，進行各種破壞工作，比如摧毀工廠、阻塞交通、造假幣、攪亂社會秩序等等，還有收集各類情報，等待日後國民黨反攻大陸時裡應外合。共產黨必須儘早清除這些危險分子。當時偉民做情報工作還不夠經驗，不過，作爲一名清華畢業生，他聰敏機智，比別的同志受過更好的教育。還有，他曾在一所教會學校讀過三年，能說一口流利的英文，可以跟外國人打成一片。

一個月前，他剛成家，新娘還在山東北部的農村家裡。那是父母爲他包辦的婚姻。然而，就算他還沒來得及對他的妻子，玉鳳，產生深刻的愛情，他已經喜歡上她了。玉鳳身材挺拔，一頭濃密的黑髮，皮膚細密光潔，微笑的時候一雙大眼睛亮閃閃的。他希望她暫時留在老家，幫母親料理家務以及照顧家人。尙家家境殷實，擁有四、五十畝良田。偉民認爲自己最終可能會在某個城市定居，比如北京、天津，或者濟南。他答應玉鳳不久後就回去接她。雖然南方的飲食更精緻、外國對沿海城市的影響也更大，可偉民還是不喜歡南方。不過這次到上海他並不十分煩惱，因爲組織沒打算讓他久待。國家的政治局面日漸清晰，大家都看到共產黨正全面擊潰國民黨，而且將很快佔領全中國。北京有可能成爲新的首都，偉民更願意住在那裡。

因爲缺乏警察工作的一些必備技能，他沒能成功打入第八局。槍法糟糕、不會開車，更不用說拆除炸彈，偉民在實戰考核中的成績一塌糊塗。不過，在政治筆試中他卻得了高分。他的答案條條中肯，還就孫中山提出的三民主義寫了一篇言簡意賅的論文。這份卷子給主考官留下了深刻的印象，他把偉民叫進辦公室。

「尚先生，」徐少校一邊打開申請材料，一邊對這位坐在他書桌前的年輕人說：「你怎麼會對這種工作感興趣呢？你是清華大學畢業生，還是英語專業，你這麼有才華，能做的比這裡好得多。我們這裡招募的工作並不是爲你這樣的人準備的，你說呢？」

「我得吃飯，有什麼活兒我就做什麼。」偉民回答，迷惑不解地看著眼前這位軍官。

「我喜歡你的態度，年輕人。你眞是能屈能伸。」這位官員身材魁偉，嘴裡鑲了一顆金牙。他對偉民彎了彎食指示意他離辦公桌更近些。「我跟你說，你應該到一些駐外機構去找工作，比如說，美國大使館或者國際銀行，那裡薪水更高。」

「我剛到這個地方，不知道該怎麼做。」

徐少校打開一支銀色自來水鋼筆，在一張索引卡上寫了幾個字，將它推到偉民面前。他說：「你可以到這個地方去碰碰運氣，我聽說他們正需要翻譯人員。」

偉民接過卡片，看到上面寫著一家美國通訊社的名稱和地址。少校補充說：「最近他們每星期一早上都舉行考試，你最好在九點之前趕到那裡。」

偉民感謝那名軍官便離開了。他不知是否應該去這個駐外部門。對於這種方向性的改變，他必須得到黨的批准。令他驚訝的是，當他告訴上面這個機會的時候，他們鼓勵他去報考，說共產黨也有類似國民黨「木馬計畫」的項目，旨在滲透敵人的軍事和行政系統，包括外交部門。上頭說，偉民必須申請這個工作，然後使用一個假名，尙蓋瑞，因爲這個名字對一個中國小伙子來說，顯得更時髦、更文雅。從今天起，他就必須以這個名字生活，所有的法律身分都將立即爲他準備好。

於是，偉民成了蓋瑞。他去那家美國機構參加考試。考試的內容是不用字典將老舍的一篇短文翻譯成英文。對他來說，除了幾個詞他不會拼寫以外，這個考試並不太難。要是他不會拼寫一些詞，比如「香菸」、「哲學家」的話，他就用「菸」和「思想者」來代替。他知道自己還犯了一些其他傻傻的錯誤。出於羞愧，他沒在別的同志面前提起這場考試。

一星期後那家機構來了一封信通知蓋瑞去面試。難道這意味著他通過了考試？「看來你考得不錯，」朱炳文說。他是蓋瑞的直接領導，長得一張國字臉，目光銳利。雖然他只比蓋瑞大一歲，但他已有豐富的特工經驗，是從共產黨的北方根據地延安直接派來的。蓋瑞覺得這家機構之所以讓他去面試可能是因為申請人實在太少吧——顯然美國人將很快撤離中國，沒有多少中國人願意和他們打交道。

上海的冬天又濕又冷。蓋瑞總是哆哆嗦嗦，覺得陰冷刺骨。大多數房子沒有暖氣，他簡直找不到一個能讓他感到片刻溫暖的地方。晚上，他和其他七位同志擠在一個單間的幾張床上，和別人頭靠腳地睡在一起。而且，內戰蓄勢待發，整個城市的人都憂心忡忡。共產黨的野戰軍正從北方向南部穩步推進，準備渡過揚子江，佔領當時中國的首都，南京。每天都有十幾艘輪船從上海開往臺灣，把一些大學生、官員家屬、值錢的藝術品還有各種工業、軍事裝備運到海峽對岸。跟蓋瑞不同，他的同志們大多挺享受大都會的生活，尤其是那些咖啡館、夜總會和電影院。有人甚至至頻繁地出入一些賭博場所。蓋瑞也喜歡看電影，不過相對於咖啡他還是更愛喝茶，喝咖啡的時候他每杯都不得不加三勺糖才喝得下去。大多數上海女子對他這樣的外省人是瞧不起的。其他男人議論起這些姑娘時，他就搖搖他的方臉，說：「她們妝都化得太濃了。」他思念玉鳳，每晚入睡以前都要想她一小會兒。

面試蓋瑞的是一名低階官員，美國人，叫喬治·湯瑪斯。湯瑪斯看起來三十不到，肩膀寬厚，長一頭茂密的褐色卷髮。他一邊說話一邊揮動他的大手。他問申請人讀過什麼英文書。蓋瑞說了幾個書名：《大地》、《嘉莉妹妹》、《大街》、《紅字》和《飄》。他差點一口氣提到愛德格．斯諾的《紅星照耀中國》。這是他喜歡讀的一本書，啓發了成千上萬的年輕人加入共產黨，都認爲革命是解救中國的唯一途徑。但他及時打住，改談到易卜生的《玩偶之家》，雖然這部名著他只在舞臺上看過表演，並非在書本上看過文字。而且除了賽珍珠的小說，其他作品他讀的也都是中文翻譯版。但湯瑪斯對他的回答似乎很滿意，說：「你的英語說得比寫得好。一般中國人並不這樣。」

「我在美國人辦的教會學校裡念過書。」

「什麼教會？」

「聖公會。他們是從北卡羅萊納州來的。」

「這樣吧，尚先生，你的翻譯中有一些錯誤，不過你做得比其他申請人更好。我們相信，一旦你開始爲我們工作，你的書面英語會很快改善。」

「您的意思是你們會雇用我？」

「目前我還不能承諾什麼，我們還得進行背景調查。」

「我明白。」

「我們會很快給你回音的。」

面試很順利，他覺得自己離這份工作只有一小步了。那天晚上，他向炳文短暫地報告進展。炳文表示他將立即向上級彙報，以取得進一步指示。炳文確信黨會讓蓋瑞接受這份工作，去和美國人共事一段時間。這機會看起來像是一個驚喜，雖然他們現在都無法預料以後會是什麼結局。

與此同時，蓋瑞越來越緊張，他明白美國人正準備撤出上海。他不介意為他們短暫工作一段時間，但萬一他們轉移到另一個國家，比如說澳大利亞或菲律賓，難道他也不得不跟他們一起離開嗎？他不想到海外去生活，他是父母唯一的孩子，而且他也答應了玉鳳會回去接她。三天後炳文從上面得到了指示：「尚蓋瑞同志必須抓住這個機會盡可能長時間地待在這家美國通訊社，並獲取情報，因為這家單位本身也是一個隱藏的情報機關。」

一周後喬治・湯瑪斯給蓋瑞寄了一封信，通知他被正式聘用，月薪一百四十五美元。當時的中國物價飛漲，美元是搶手的貨幣，在某些商業圈裡，它甚至是除了金條以外大家接受的唯一紙幣。蓋瑞對薪酬感到高興，覺得自己每月肯定能有餘錢寄回家去。

剛開始為美國人工作時，他幾乎收集不到任何情報，因為他們只允許他翻譯一些非機密文件，比如商品的出貨量、官員們或公眾人物的公開演講，以及一些新聞簡訊。但他的英語進步神速。他發現自己開始使用英語數數，甚至在夢中都開始說英語。美國人喜歡他的翻譯，特別在清晰性和準確性這一方面。他的書面英文有種特別的抑揚頓挫和流暢，聽起來有股外國腔，可也不失典雅。他用第一個月的工資給自己買了一套新西服和一雙牛津皮鞋。他算了算，除了每月給家人寄去五十美元外，不出半年，他就會有足夠的積蓄買一臺收音機。

接著國民黨的政權開始排山倒海般地崩潰。四月底南京陷落，共產黨的八個野戰軍從四面八方逼近上海。五月中旬的一天，喬治・湯瑪斯把蓋瑞叫進辦公室，問他能否跟美國人一起離開，因爲大家都「高度評價」他的服務。蓋瑞不能當場回答，說他得先跟家人商量一下。

他把這個新情況彙報給炳文。第二天上面來了指示：「美國人去哪裡，你就去哪裡。」

蓋瑞希望在跟隨美國人離開之前，回家看看自己的父母和妻子。他已經三個月沒聽到妻子的消息了。在這種兵荒馬亂的時期，郵路肯定沒有保障。他給玉鳳寫了好幾次信，可是都沒有回音。他多麼渴望回去看看家人啊，但是他的上級領導不會允許。即使美國人也不可能同意他現在離開，因爲他們的中國員工常常以探家爲由就悄悄地不見了。處在大撤退行動的漩渦中，蓋瑞根本顧不得自己的未來，只能執行上級給他的命令。他的內心七上八下，因爲預見到未來他和家庭的長期離散，也因爲他將不能直接參與新國家的建設了。他今後的直接連絡人是炳文，炳文跟他保證他在國外服務的時候，他會每月把黨給他的工資寄給他的家人。他給了蓋瑞一臺袖珍熱固拉牌（Regula）德國照相機，說他以後可能會派上用場。

五月底蓋瑞跟美國人一起離開了上海。整個通訊社在香港短暫逗留了一陣後就轉移到沖繩。

❖❖❖

北京師範學院二〇一一年春季學期於二月十五日開學了。在我給本科生開的美國歷史概論課上，有六、七位學生來自香港或臺灣。和別的同學相比，他們除了英文說得比較好以外並沒有其他特別突出的地方。他們英文好也不是因爲他們更聰明或更擅長記憶生詞短語，而是因爲他們從小就開始學英文。二十年前很難想像這些學生會到中國大陸來上大學。我在一間很大的階梯教室裡上課，幾乎總是座無虛席。我注意到很多學生選這門課的目的是爲了學習英文，因爲他們都打算未來出國留學。有一位人類學系的女孩告訴我說，如果一家不錯的美國碩士班能錄取她的話，她父母可以爲她付學費和生活費。我問她，她父母所指的「不錯」是什麼標準，她說，「至少是州裡一流的大學，比如羅格斯大學，或者麻塞諸塞大學阿姆斯特分校之類。加州大學的任何一家分校也很好。」她父母對美國大學的瞭解讓我欽佩。

現在不少中國人手頭頗有些現錢，部分原因是他們不用每年繳財產稅，大部分錢都用在食物上。當然，在校園外面，你也可以看見各色各樣的人，有的還在爲一口飯而苦苦掙扎。學校大門不遠處有一塊巨大的洗髮精廣告招牌，旁邊就是一家職業介紹所。每天早晨，你都可以看見在那個牌子下面，也就是一個漂亮女人的笑臉和一個噴著粉紅色泡沫的洗髮精瓶子下面，看見一群剛從鄉下來到城裡的年輕男女聚集在那裡，等待有人來挑選他們去做一些每天只掙三、四十元錢的工作。有人在抽菸說俏皮話，有人則低頭默默盯著地面。要是你去火車站或汽車站，你也會發現一些人懶洋洋地四處遊蕩，有些根本是無家可歸的流浪漢。

我也教一門研究生討論課，每週上一次，每次三小時，跟十四個學生討論一些關於亞裔美國人的歷史和文化的問題。這兩門課我都教過很多次，不需要準備就能應付得不錯，所以我有足夠的時間安排我的個人事務，也就是梳理我父親的歷史。最近，北京的政治空氣有些緊張，目前席捲中東和非洲的民主運動讓政府頗感不安。不過在校園裡，人們私下還是可以自由交談。我跟幾位同事談到了我這項私人調查遇到的困境，有一位我認識多年的哲學系老教授，彭老師，說我不應該放棄尋找朱炳文的希望。老彭相信只要朱還活著，我就應該能找到他。既然朱以前任職於情報部，他就應該有一份檔案。根據他的年紀，他一定已退休多年，也不會有什麼紀律阻止我和他見面。彭教授說他以前有個學生現在就在國安部工作，雖然是一名下級官員，但或許能幫到我。他給那位年輕人打了電話，讓我去找他。

我到了國安部總部，是一所棕色的七層樓房，圍在一圈高高的黑鐵柵欄裡面。前門的哨兵打內線電話通知了我要找的人，那位年輕的官員就出來見我了。他領我進了那幢建築。他臉上的皮膚細膩，氣質儒雅。我告訴他我想找我的一個伯伯，某種意義上也的確如此，朱炳文畢竟跟我父親有如此長時間的友誼或類似的關係。我給他看了我從那本《中國諜鬼》書上掃描來的一張照片。照片很必要，因爲我對他的眞名一無所知。當那位年輕官員知道這已經是我第二次前來他的母校任教時，他很開心，而且我從小開始學中文，從來沒間斷過，他聽到我說一口流利的中文，相當願意幫忙。他記下朱炳文的訊息，告訴我他會派人去查看檔案，如果有什麼發現，就打電話給我。

二月底，他來電說朱炳文現在住在北京郊區的一個居民社區，裡面住的都是退休的國家幹部。當天晚上，我就給朱炳文打了電話，告訴他我是尙蓋瑞在美國的女兒，很想見他。一陣長久的沉默後，他說：「好，最近我不忙，你哪天來都可以。」他聽上去思路很清晰。

星期三我只在上午教課，所以我們約好下個星期三下午見面。去看他以前，我又梳理了一遍那些對於我父親的歷史非常重要的問題。我叫了一輛出租車去朱炳文的住所。二十年前，也就是我三十來歲時，也在這裡教書，當時我不管去哪兒都騎自行車，或者坐公車。現在我不能再這麼做了，不只是因爲公共汽車或火車都太擠了，我也的確不再年輕。

朱炳文身形有些萎縮，長一頭粗硬的白髮，臉上布滿老人斑，但他的眼睛依舊明亮和警覺。鑒於他八十七歲的高齡，這副身板還算硬朗。他見到我顯出很輕鬆愉快的樣子。

我們在他的客廳裡坐下來。牆上掛著一些獎狀，都蓋著鮮紅的印章、鑲在鏡框裡。一位四十多歲、身材矮胖的婦女給我們端來龍井茶，是他的小女兒。炳文對她說：「我跟莉蓮單獨待一會吧。」

她點點頭就離開了。雖然他叫我「莉蓮」，我稱他為「炳文伯伯」，我還是感到我們之間有明顯的隔閡。雖然他作為父親唯一的連絡人長達三十年之久，但也算不上是摯友。我提醒自己要鎮靜，來這裡只是為了問一些問題。他允許我做筆記，但不允許我錄音，我覺得沒問題。

「當然，」他回答說，「蓋瑞和我是親密戰友，也是好夥伴。我還是他入黨的介紹人呢。」

「那是什麼時候？」我問道。

「一九五二年的夏天。不，五三年。大家全票通過了他。」

「炳文伯伯，在您看來，我爸爸真的信仰共產主義，是一名好黨員嗎？」

「嗯，這很難說。但我知道，他很愛中國，而且為這個國家做出了巨大貢獻。」

「那他是一個愛國者嘍？」

「毫無疑問。」

「你有沒有想過，他也許也愛美國？」

「對，我們讀到了一些報導，……有些報紙報導了他的審判過程。我同情他。常在水邊走哪有不濕鞋嘛，某種程度上，我們都被一些大於我們自己的力量……塑造了。」

「那倒也是。您多久和他見一次？」

「我們平均每兩年見一次。不過……因為中國的政治混亂，有時我們失去了聯繫。有時我們一年見一次。」

「他一次都沒偷偷地回過國嗎？」

「沒有，一次都沒有。我們的上級不允許……害怕他洩露身分。蓋瑞一直渴望回來看看，常常說他想家又孤獨。所有從事情報工作的人都有體會……那是一種什麼樣的滋味。因爲他所忍耐的痛苦，他的勇敢和堅忍，他贏得了我們最大的尊重。」

「那他在美國被監禁的時候，中國爲什麼不做任何努力來營救他呢？」

「他是一名特殊間諜——我們稱作『釘子』的那種。」

「您能詳細解釋一下嗎？」

朱炳文拿起茶杯啜了一小口。他的嘴巴凹陷了。看起來他只剩下幾顆牙齒。他說：「一個『釘子』必須一直待在他的位置……和釘在上面的木頭一起腐爛。所以『釘子』類型的間諜多多少少是注定要犧牲了的。蓋瑞應該意識到這點。沒有辦法，這就是我們這個行業的性質。」

我覺得他描述父親處境的時候，有些閃爍其詞。也許在我爸爸的案子上他不能講太多細節，會牽涉到一些棘手的問題，譬如兩個國家之間的外交關係，以及蓋瑞的未來對中國到底有沒有用。我轉變了話題，問道：「對於中國政府來說，我爸爸算是多大的間諜？」

「蓋瑞是空前未有的，我們最高級別的間諜。」

這讓我震驚。「但是——他只是名義上的將軍，不是嗎？」

「不是的。他送回來的情報幫助中國做出正確的決定，這對我們的國家安全非常重要。蓋瑞有些情報……直接送交給毛主席。」

「所以他的榮譽是他自己掙來的？」

「對。他比我入行晚，而且一開始級別比我低。但最後他的軍銜比我高。」朱停頓了一下，彷彿在集聚他的力量似的，他繼續說：「在情報圈裡，很少有人能純粹憑藉自己的能力和貢獻……得到將軍的頭銜。蓋瑞是個例外。他被提升爲將軍，完全是他應得的。我比不上他。」

「你沒成爲將軍？」

「我退休以前，做了二十多年大校。我以爲他們會給我提一大級，但沒有。因爲我沒有足夠的勢力和資源。」

「你說的『資源』是什麼意思？」

「主要就是金錢或財富吧。你得去賄賂那些在關鍵位置上的人。不管怎麼說，蓋瑞和我們這些人不同……，直接由上面任命，得到了提升。說實話，七十年代，我的同事只要提到他的名字就會誠惶誠恐。」

「他們把他看成一個英雄？」

「也是一個傳奇。」

父親憔悴的面容再次浮現在我的腦海中，但我壓抑著不去回憶。我流覽了一遍問題清單接著問：「炳文伯伯，你曾見過我父親的第一個妻子劉玉鳳嗎？」

他臉色一沉，彷彿我彈錯了一個音。他說：「我在一九六〇年見過她一次，那時我去農村參加你祖父的葬禮。我們通常每個月都給她寄錢，但後來我們失去了聯繫。她在六十年代初離開了那個村莊。她現在究竟在哪兒，我說不準，甚至不知道她死活。」

「你一點兒都沒有她的消息？」

「我有一件東西。」他站起來走到一個書架前，拉開一個抽屜，拿出一本活頁筆記本，從中撕下了一張紙。「這是她以前所在的那個農村的地址。正如我說的，她搬家了，所以我們沒再繼續給她寄蓋瑞的工資。」

我把那張紙疊起來放進我外套內側的口袋。「她爲什麼不讓你們知道她的新地址，好拿到蓋瑞的薪水呢？」我問。

「三年饑荒中，錢沒什麼用。這可能是一個原因。或許，她改嫁了，不想再和你父親有什麼瓜葛。」

我們繼續談論了一會我爸爸和他的私人關係。朱堅持說他們兩人是連在一起的，「就像一根繩上的兩個螞蚱」。正因爲我父親在敵人的心臟機構，美國中情局，當了一名頂級間諜，朱作爲蓋瑞的唯一接頭人，在國家政治權力的更迭中也倖存下來，並且鞏固他在北京情報圈中的地位。爲此他對我父親仍充滿感激。在他看來，蓋瑞毫無疑問是一個英雄，所有中國人都該銘記他的事蹟。

朱看起來因回憶而激動，變得越來越熱情和健談。顯然平時不大有人跟他如此談心。正當我考慮是否該告辭的時候，他說：「你知道……你還有同父異母的兄弟姊妹嗎？」

「我父親在他的日記中提到過他們。但是他離開家之前，只和玉鳳待過幾個星期。你肯定他們是他的孩子嗎？」

朱笑了一聲：「絕對是。玉鳳一九四九年春天生了一對龍鳳胎。我告訴了你父親這件事。兩個孩子長得真像他。」

雖然他說得輕描淡寫，但這些話觸動了我，我的臉頰開始升溫。我早知道我有同父異母的兄弟姊妹，可我一直懷疑他們是否真是我父親的孩子。當我意識到我一開始就下意識地試圖離間父親和他們的關係時，一陣羞慚爬過我的內心。告別之前，我雙手握住朱布滿斑點的手，感謝他跟我談話。

現在，我要尋找父親第一個家庭的決心更大了。

一九五〇

去年冬天以來，蓋瑞就在沖繩的一家美國電臺工作，他以前所在的文化機構與這家電臺合併了。現在是初夏，幾乎每天都下雨。總體上他喜歡這裡的氣候，冬季溫暖，春季潮濕。那些蓬鬆得像棉花糖一樣的雲朵，似乎低到能伸手扯下一塊來。他時不時去海邊坐一坐，凝望碧綠的大海，靠近天際的地方色彩似乎更明亮些。他一邊呼吸腐爛海帶那裡飄來的陣陣腥臭，一邊陷入對祖國的沉思。漲潮的時候，一些細小的白浪拍打著珊瑚礁，濺起一堆堆浮沫。在這片開闊的平地上，風景幾乎沒有四季變化，也許有人會覺得沉悶。蓋瑞喜歡沿著山坡上的小道獨自漫步，他也是第一次在這裡看到椰樹林和甘蔗地。在這些短短的旅途中，他常常會碰見一些赤足的當地男人、頭上頂著成捆茅草的婦女，還有一些光著上身的小男孩。孩子們或者在放羊，或者手提草籃四處尋找炮彈的碎片。他們都笑著跟他打招呼，說些問候語，好像他是日本人。

蓋瑞喜歡這裡的鄉土氣息。每天的伙食都少不了海鮮，不過他還是吃不慣生魚，也盡量不碰壽司。每當和湯瑪斯或其他同事一起外出時，如果碰巧在一家日本餐館就餐，他可以點幾個紫菜包魚卷，絕對不會要刺身。因爲有一次他吃壞了肚子，他告訴別人說自己「食物中毒了」。他也不像同事們喝加冰的清酒，他更喜歡像亞洲人那樣，喝酒時裡面什麼都不加。爲了避免財務超支，大多數時候他在食堂吃飯，食堂裡供應美國菜。不過他吃不慣乳酪，不喜歡吃沒熟透的牛排和大塊的漢堡，生菜沙拉吃起來味道也怪怪的。每過一陣他都會去當地的一家小吃店換換口味，他們做的麵條相當不錯。麵條上面的澆頭通常是切成兩半的煮雞蛋，五、六片豬肉或魷魚卷，再配六只煎餃。最重要的是，幸虧沖繩人也吃醬油和豆瓣醬！

他的工作地點離美軍基地很近，巨大的飛機場在夜晚總讓人聯想到一個小鎮的光景，但白天飛機嗡嗡嗡轟鳴個不停。現在他是一名正式譯員了，負責搜集和編纂來自香港、臺灣以及中國大陸出版的中文期刊上的各種情報。有時，他也把英文翻譯成中文，主要是一些針對共產中國的短篇電臺宣傳稿。如今他的英語好極了，空閒的時候，他會看D．H．勞倫斯的小說，不過是香港印刷的廉價本。他喜歡這位小說家作品中的詩意、自然的敘述節奏、出於虛構卻很有人情味的故事，還有書中大膽的情欲描寫。

他的美國同事們則跟他不一樣，他們頻繁地出入酒吧或者夜總會，忙著跟女孩們約會。而蓋瑞很少外出，大家都以爲他是個單身漢。他想念妻子，眞希望自己以前跟她在一起的時間再長些。他眞後悔離開上海的時候匆忙得沒再給她寫封信。如今，任何聯繫方式都絕無可能了。晚上他躺在床上，聽著蟋蟀們此起彼伏唧唧唧地低鳴，或者遠處一陣陣汪汪的犬吠，他總自問，當時爲什麼沒好好想想離開祖國的後果，爲什麼沒對上級說出他對這項任務的疑慮？難道在內心深處，他確實有一種渴望，要離開家鄉，去看看更廣闊的世界，好成爲一個視野更寬、心靈更成熟的男人？他的一位教授曾告訴過他，要成爲一個眞正的男人，一定要讀萬卷書、行萬里路。但這未必正確，並非每個人都要離開家鄉才能成長。

每晚睡覺以前，他都會想念一陣子玉鳳。他越想她，他們的分離就越讓他痛苦。彷彿距離使他們之間的聯繫更緊密了。他在腦子裡反覆回憶她的一言一行。她的有些言語和表情慢慢變得費解，同時又更加鮮活，彷彿蘊含著某種他不能明白的內容。有時夜深人靜，他突然驚醒，感覺妻子就站在床頭瞪著他。她呼吸起伏，眼睛裡投射出怨恨的光。他不知道自己全身心地思念她是否出於一種內疚。也許又不是。他珍惜玉鳳，認爲自己不可能再找到一個更好的妻子。他多麼希望能再次把她攬入懷中，撫摸她柔滑的肌膚，呼吸她頭髮裡的沁香呀。

電臺裡有一位日語流利的菲律賓人和一位精通法文的越南人。他們工作時都彬彬有禮，一旦下班也變得和那些美國人一樣瘋瘋癲癲。雖然他們都有妻室兒女，仍會三不五時地去當地夜總會看女孩跳舞。他們會朝著那些跳舞的女孩們揮舞著一元的美鈔和口香糖，嘴巴裡嚷嚷著「扭啊！扭啊！」蓋瑞跟他們去過一次，但不到兩小時就揮霍掉十美元，他後悔極了。想到父母和妻子在老家過著那麼淳樸的生活，而他在這裡放縱奢靡，他不禁深深自責，決定再也不去那樣的場所了。

作爲這裡唯一的中文翻譯，他處理所有的中文出版物，能讀到最新的中國新聞。共產黨一次又一次宣布他們不久將解放臺灣，但他們的計畫被金門一戰挫敗了。金門是廈門東邊九．五公里處的一座小島。去年夏天，解放軍以爲國民黨軍隊還沒來得及在島上建立防禦工事，就派出了三個團，總數超過九千人，對那裡進行了攻擊。解放軍靠著夜幕的掩護在一個廣闊的沙灘上登陸了。但他們上岸之後，潮水退下去了，三百多艘船擱淺在岸邊，無法回去增運後援和供給。那些上岸的士兵們，有些甚至平生第一次看到海，他們只能硬攻守敵的陣地。

日出後所有士兵在海灘上暴露無遺，國民黨軍隊用大炮和機關槍掃射他們，然後是轟炸機，船隻唯有束手待斃。其中一些船上甚至裝載了活豬、活雞、一罈罈的米酒，成箱的烈酒和成盒的紙幣，本來是預備慶祝勝利用的。結果不到黃昏，進攻的士兵潰不成軍，有人逃到附近的小山中，不是被擊中就是被俘虜。總共大約三千人被活捉。這場敗仗對共產黨橫渡臺灣海峽的計畫是一個巨大的打擊，毛澤東除了暫時擱置「解放臺灣」之外別無他法。如果他們想再次攻擊任何島嶼，他們都必須以壓倒性的軍事力量來徹底擊敗敵方。蓋瑞意識到，只要解放軍還準備奪取臺灣，他的上級就不可能叫他回去，因爲他們需要他提供軍事情報。他眞害怕會永遠陷在沖繩啊。

通過閱讀報告、訪談和一些私人談話，蓋瑞可以看到美國人並不信任蔣介石。他們認爲國民黨的政府和軍隊都太腐敗了，不會有任何未來。就在幾年前，美國曾給予他們二十億美元的援助，認爲他們能夠剷除共產黨，或至少能制止他們坐大。但這些錢不是裝進了一些高官的腰包，就是在那些敗仗中灰飛煙滅。不到四年，整個中國變成赤色天下。據說白宮曾認眞地在國民黨軍隊中尋找過一個能替代蔣介石的人。蓋瑞也看到，美國此時並沒有保護臺灣的計畫。這意味著國民黨軍隊自身沒有足夠的力量來防禦這個島嶼，如果大陸要進攻的話，一定要儘快下手。

而且，臺灣本省人也不喜歡國民黨的高壓和血腥統治。數以千計的本省讀書人遭到圍剿和殺害，不少人莫名其妙地失蹤了。甚至一些大陸去的人都反對這種殘酷統治。去年夏天，從蓋瑞的家鄉山東省去的一些中學生被迫參軍，之前國民黨政府跟他們保證過不會中斷他們的學業。一些學生代表跟軍方抗議，卻挨了刺刀。不久，幾位參與抗議強制服役的積極分子被軍事法庭判處死刑，其中包括兩名中學校長和五位學生。來自蓋瑞老家的教師和學生的死亡使蓋瑞對國民黨政府更加痛恨了。

臺灣的一切都表明，這個政府相當不穩定，極容易被顛覆。蓋瑞期待目睹他的國家儘快統一，能夠更有力地跟帝國主義和殖民主義鬥爭。他對自己搜集到的情報非常興奮，認爲會對大陸有用。他甚至就自己所發現的情報寫了一份長報告，分析目前東亞的局勢，只不過他目前孤身一人，不知道該往哪兒送這些情報。他覺得沮喪，甚至懷疑他的同志們，是不是因爲忙於建設新國家，已經把他忘了。

與此同時，朝鮮半島上正籠罩著戰爭的陰雲。據說金日成聲稱要推翻在漢城的美國傀儡政府，但沒人把他的威脅當回事。然而六月下旬，他動用十個師發動全面進攻，士兵的裝備全是俄製武器，三天就攻陷漢城。南朝鮮和美國軍隊擋不住攻勢，開始往南端的釜山撤退。金日成稱他的士兵們爲「史達林的戰士」，認爲他的軍隊幾個星期內就會把敵人都趕到太平洋裡去。偏偏他的部隊很快被戰鬥拖住，後勤資源也逐漸耗盡，無法突破美軍的最後防線——他們的T-34坦克的膠皮輪胎被凝固汽油彈燒化了，士兵們也抵擋不住從海上飛來的轟炸機的襲擊。兩個月裡，他們失去了五萬多名戰士。雖然在八月下旬他們終於包圍了釜山，但無法結束戰鬥，進攻被迫停滯下來。

然後九月中旬，麥克阿瑟將軍讓八萬海軍陸戰隊在仁川成功登陸。從那裡，美軍開始切斷北朝鮮軍隊的供給線，並從後方打擊他們。共產黨的軍隊立即支離破碎，不得不狼狽撤退。麥克阿瑟說不管朝軍逃到哪裡，美軍都會繼續追蹤，定要全部趕盡殺絕。漢城旋即被收復，金日成的軍隊逃回北方。可是，美軍乘勝追擊，咬住不放。看起來戰爭很快就將打到鴨綠江邊。面對這樣的危機，中國總理周恩來在北京對印度大使潘尼迦（K. M. Pannikar）說，「中國不會坐視美軍越過三八線入侵北朝鮮的。」然而白宮對他的警告不予理睬。的確，剛從多年戰爭的摧殘中建立起來的新中國，自身尚且羸弱，怎麼可能和一個全球超級強權爭鋒呢？誰都認爲周恩來的話不過是虛張聲勢。

然而蓋瑞明白中國共產黨的領導者們的思路——總體上說，要是他們沒有一定的軍事支援，是不會說空話的。新中國剛剛誕生一年，他眞擔心美中之間爆發戰爭，他知道中國打不起。中國現在要做的，應該是保持和平、重建國家、讓百姓從內戰的廢墟中逐漸恢復。然而兩個國家似乎彼此不能理解，還是導致了正面衝突。朝鮮戰爭爆發兩天後，杜魯門總統宣布他決定派遣第七艦隊封鎖臺灣海峽。對蓋瑞和大部分中國人來說，這是美國對中國的公然欺侮。顯而易見，美國不敢和蘇聯對壘，就把怒氣撒到了中國身上。美國戰艦氣勢洶洶地駛進臺灣海峽，打破了中國儘快統一臺灣的計畫，因爲解放軍實在無法跟強大的美國海軍交戰。一名中國代表在聯合國憤然質問世界：「你們能想像因爲墨西哥發生了內戰，英國就有資格出兵控制佛羅里達嗎？」周恩來也發表談話說，杜魯門的公告以及美國海軍對臺灣海峽的封鎖構成了對中國領土的武力入侵。但西方社會對中國所有的發言和警告都置若罔聞。

在翻譯中國的那些警告、爲中情局編撰情報彙總的時候，蓋瑞總是故意加強語氣。只要有可能，他就渲染措辭，使其顯得更醒目。在「願意」和「決意」中，他選擇後者；他也棄「抵抗」不用，而選擇「反擊」。內心深處，他知道沒有一位政治家或將軍會注意到他在遣詞造句上的細微差別。的確如此，誰會留心他的這一點點文字動作呢？一種卑微無用的感覺使他情緒低落，然而他的一些美國同事卻興高采烈，爲美國將再次活動它的戰爭筋骨而亢奮。一時間，這家機構中每個人的工作都多了起來。一些同事誇耀航母的威力，以及那些配有四十公分口徑大炮的戰艦。蓋瑞雖然憎恨這些言談，但不得不擺出一張面無表情的臉。至今美國仍然對中國的警告置之不理，他多希望能和中國聯絡上，告訴他們得找別的方式讓美國知道中國的意圖啊。

一天晚上，湯瑪斯和蓋瑞一起在餐廳吃飯。湯瑪斯說，「天哪，這裡熱死了。」他臉色蒼白，鼻翼兩側一些細小的藍色血管都清晰可見。他的年度休假剛被上面否決，正在鬧情緒。

「是啊，太陽太毒了。」蓋瑞附和說。眞的，都傍晚六點了，陽光仍然像中午那樣強烈螫人。

「看來咱們得在這裡再待上幾年了。我眞恨金日成，這血腥的雜種！」湯瑪斯又起一塊烤雞放進嘴裡，狠狠地嚼著。

「我也很想家，」蓋瑞坦白地說，擠出一個笑容。

「要是我困在這裡太久，我未婚妻恐怕要給我寫絕交信了，嘿嘿嘿嘿。」

「不會吧。」蓋瑞說，奇怪湯瑪斯爲什麼發出那樣的笑聲，彷彿在壓抑突如其來的咳嗽。他心裡肯定很難受。要是他失去了他的女人，可能會發瘋的。

跟蓋瑞不一樣，其他亞裔職員對朝鮮半島上的戰爭多半挺高興，因爲這樣他們就能在這裡多工作一段時間。這裡工資高、吃得好，大家有部隊福利商店購物特權和免費醫療服務，更主要的是，孩子們能上美國學校。蓋瑞羨慕那些和家人待在一起的男人。他們都住在舒適小巧的日式小平房裡，屋頂上鋪著黑色的陶瓦，屋內是光滑的木地板。要是他也能像別人那樣自由地說話和行動該多好啊，特別是像那些美國大兵們，他們之中很多人都找了當地的女朋友。

❖ ❖ ❖

亨利和我每天寫電子郵件，但我們不常打電話，平均每星期只打一次。他給我寫信的語氣總是輕鬆愉快的。他是個大塊頭，高一百八十五公分，重九十五公斤。我常常提醒他注意體重，別吃得太多，每天早晨也別忘記吃賴諾普利（lisnoprill）降血壓藥。很有可能他樂於我離開家，他好一個人待著，再次體驗單身漢的生活。他喜歡讀書，特別是有關戰爭歷史方面的，現在他一定有充裕的時間來讀這類書籍了。他在信件中還自稱「留守老公」。我眞想他，想念他無憂無慮的大笑，那些嘮嘮叨叨的瑣碎叮嚀，還有他雙手的觸摸啊。我好多年沒獨自睡覺了，每到晚上，身體仍不習慣孤單所帶來的各種不適。

自從我跟朱炳文見面後，心裡就一直惦記著我父親老家的村莊。我是父母唯一的孩子，血統一半中國，一半愛爾蘭，構成了我這個美國人。我想知道我同父異母的哥哥和姊姊是什麼樣子。他們應該都六十多歲了，很可能已經有孫子或孫女了。就算他們不在山東，但在山東鄉下，一定還有父親方面其他的親戚。我應該從那裡開始尋找。我放棄了打電話的念頭，決定親自去看看那個村莊以及當地百姓，給自己一個更具體的感覺。而且，那個鄉村也許還住著不少尙姓人家，說不定我能發現一些與父親家庭有關的蛛絲馬跡。我計劃就去山東省林岷縣的麥家村。

我在春雨書店買了一本中國地圖冊，仔細研究了一番。林岷縣在北京以南大約三百二十公里的地方，靠近河北省的邊界。那裡離京滬高速公路很近。也許某個週末我可以悄悄去一趟。但我沒有中國駕照，無法租車。我可以跟朋友或同事借車嗎？或者求人替我租輛車？不行，我決不能用馬里蘭州的駕照在這裡開車。要是被抓到了，那會給自己和別人都帶來麻煩。那麼坐長途汽車呢？坐汽車恐怕有點兒費事。我敢肯定沒有從北京到林岷縣的直達汽車。要是坐汽車的話，我得先去一個城市，比如說，德州或濟南，再從那裡搭去縣城的班車。那樣會多繞一大圈路。要是有火車經過林岷縣，我可以祕密地坐火車去一趟，偏偏那個小縣城不通火車。說實在的，我真喜歡一個人在中國獨自旅行，只要我不開口長篇大論地說話，別人會以為我是中國人。我四十多歲時，臉上的愛爾蘭特徵——比如高顴骨、灰色的眼睛、栗色的頭髮，似乎都開始消退。我現在年復一年越來越像亞洲人，似乎我那一半的中國血統開始從身體裡面甦醒，都表現在我臉上了。

我的研究生班裡有一名學生叫敏敏，她身材苗條，眼睛又黑又圓。她總愛穿一條砂洗牛仔褲，戴一副水滴形耳環。正巧她有輛車，是中國造的大眾桑塔納，一般低層官員或白領職員愛開這種車。我見她開過那輛綠色的轎車。一天下午下課後我把她叫進辦公室，問她願不願意幫我一個忙，用她的車載我去一個地方。敏敏毫不猶豫地答應陪我去一趟山東。「三天我付你兩千元，加上汽油和其他花費。」我跟她說。

「不用，尚教授。」

「叫我莉蓮就好了。」

「好吧，莉蓮。我很高興跟你一起去看看鄉下。你不用付我錢。」

「你爲我工作幾天，我必須給你工資。千萬確保那輛車一切性能良好，行嗎？」

「這是我哥哥的車。他一共有四輛車，每輛都定期維修的。」

「太好了。別讓其他人知道這趟旅行。我只想看看我父親老家的村莊是什麼樣子。」

「當然，我不會說出去的。」

學校不希望我們這些外國老師四處自由走動，他們得對我們的行爲和安全負責。敏敏和我決定星期六清晨在我的住處見面。她將來也許會去美國讀研究生，所以我推測她以後可能需要我爲她寫推薦信。我喜歡她生氣勃勃的個性，還有她歡快的笑聲，雖然她的笑聲常常招來其他同學們的側目。

星期六早上大約七點我們出發了。我穿了件簡單的格子呢短外套，沒化妝，看起來就像一名普通的中國職業婦女。其實我剛把我的一件新派克大衣送人（那是我在梅西女裝店專門爲這趟傅爾布萊特講學購買的）。在這裡，一件精緻的長外套眞不合適——汽車或地鐵的座位都髒兮兮的，你捨不得隨便坐；在熙熙攘攘的街道上走的時候，汽車隨時會把髒水濺到你身上；你也不能穿著它在人群中自在穿行，因爲你得經常跑著、跟人推推搡搡才能到你想到的地方。

一路上街道壅堵，特別在人民大會堂附近，有一列轎車隊通過，警察封鎖了道路，敏敏和我花了近一個小時才開出北京。不過上了高速後，車輛立刻少了很多，我們開始暢行無阻。兩個方向各四車道的道路建設得很平整，黎明前的一場暴風雨將路面沖刷得閃亮。敏敏握著方向盤，一雙纖細的手分別搭在九點和三點的位置。她說她以前從沒開過長途，最遠就到過懷柔，那是北京北邊大約六十四公里處的一個小鎮。所以她對這次旅行很興奮。路兩邊沒怎麼開發，一路上只看到兩三塊廣告牌。我發現收費站很貴。在高速公路的入口，從首都到天津路段，敏敏付了七十六元人民幣，大約相當於一百四十五公里十二美元，或許這也是車輛這麼少的原因吧。

現在是三月中旬，天氣暖洋洋的，遠處林子裡的樹剛開始發芽，枝幹都毛茸茸、亮閃閃的。今年的春天似乎來得挺早。北京地區今冬比較乾燥、暖和，只下過一次小雪。不知怎的，警車在北京無處不在，自從離開城市後，再沒遇到過一輛。我猜大概只有在高速公路上才能逃脫警察的監視吧。不過，沒了那些耀眼的紅藍閃光和刺耳的警報聲，我並沒放鬆，反倒覺得有些陰森森似的。

快到天津的時候，我們看到一塊嶄新的廣告牌，上面寫著「歡迎農民工！」

「假惺惺。」敏敏評論了一句，不屑地揮一下手。

「至少不可信，」我同意說。我知道在普通北京市民的眼裡，民工就像下等階層的公民，這些人家的孩子甚至不能在市裡就讀公立學校。儘管中國憲法宣稱人人都平等，我總懷疑中國人其實生來並不平等。跟城市居民相比，要是你生在農村，你的很多權利就被剝奪了。如今在一些二線城市，外來人口已能通過在城市擁有自己的房產，成爲合法的居住者。過去的政策還更嚴厲，農村人轉變爲合法的城市居民幾乎不可能。雖然現在比以前進步了一點，歧視仍然存在。這使我想起北美實行的投資移民政策，一大筆錢可以買到美國綠卡或者加拿大楓葉卡。不過，我從來沒聽到過一個中國人抱怨這種對農村人的歧視。事實上，大部分中國人認爲當下的政策在減少城鄉差別上已有進步。一次我問一位記者爲什麼這種不平等沒引起什麼公開抗議，他只是搖搖頭，溫順地笑了笑。

沒料到我們的速度這麼快，三個小時不到我們已接近山東省邊界。於是我們下了高速，準備吃點東西。我們找到一家叫「玉露臺」的餐館，裡面的服務員都穿著橙色襯衫，紮著白圍裙。一位看起來剛理過髮，髮型尚顯生硬的侍者領我們入座，他問：「兩位美女午飯想吃點兒什麼？」

「我可不是什麼美女，」我答道。「過幾年我就老了，你還是省省，把這個詞用在別的好看的女孩兒身上吧。」

被我嗆了一下，他不解地望向敏敏，然後，兩個人都大笑了起來。現在中國流行對所有年輕女人都稱呼「美女」，不管漂不漂亮。我對這個稱呼很反感，討厭這樣不顧事實、隨隨便便地使用語言。當你說一個人「美」的時候，她至少得有一點兒美的特徵吧。我對這個稱呼的反感，也說明了我對自己普通的長相有自知之明。

我們點了清蒸魚、香辣腐竹芥蘭、炒蓮藕和米飯。我計算了一下路程，認為兩小時之內我們應該可以到達林岷縣。我對敏敏說，「不著急，我們先休息一下吧。」她正拿著菜單當扇子扇風呢。餐廳裡很悶熱，空氣中飄蕩著濃重的煎炒味道。

我們的菜一下子都來了。我好奇的是，魚是相當大一塊鮭魚排，上面點綴著一些白蘿蔔片和兩根香菜。「我二十年前來中國時沒見過鮭魚。」我告訴敏敏。

「這魚是進口的，」敏敏說。

「但這魚才賣二十二元，他們怎麼賺錢呢？」

「我不是說整條魚是進口的。魚苗是從歐洲進口的。這條魚一定是農民買了魚苗然後在當地魚塘養殖的。」

「我明白了。」我注意到她沒碰魚，只吃些腐竹和蔬菜，我問：「你不喜歡鮭魚嗎？」

「我喜歡吃魚。可是在外面亂吃魚不安全。特別是別在飯館吃魚頭或魚內臟，魚片還行，污染比較少。」

「被什麼污染呢？」我好奇地問。

「化學藥劑。我哥哥看見過當地農民給魚苗投餵大量抗生素，好讓牠們在污染的池塘裡存活下來。」

「好吧，」我說。食物污染的確是當前中國的一大問題。就在一星期前，我還在報紙上讀到一條新聞：一個小男孩吃了兩個食品攤上買的肉包子後就中毒死了。大家都心知肚明，在某些城鎮，有問題的嬰兒奶粉和牛奶還在商店裡堂而皇之地賣著。據說上千個嬰兒生了病，因爲他們吃的奶粉裡添加了三聚氰胺，那是一種用來製作塑膠的化學成分。不過，我已經五十四歲了，對此並不十分緊張。我說：「對中國人來說，我已經是老太婆了，所以不必擔心太多。你們年輕人應該更注意飲食。」

「特別是以後你還想結婚生孩子的話，」敏敏說。

敏敏提到她懷孕的嫂子就對自己的食物控制很嚴格，好讓肚子裡的孩子儘量減少食品污染，這樣就更有可能生一個「乾淨、健康的寶寶」。

「她吃什麼呢？只吃蔬菜和水果嗎？」我問。

「不是的。有些蔬菜也不安全。像大白菜、韭菜、豆芽、番茄等。韭菜特別不安全，爲了不讓蛆蟲吃掉韭菜的根，農民會使用大量殺蟲劑。」

「哪些蔬菜安全呢？」

「花生呀，芋頭、胡蘿蔔、蘿蔔，這些還行。」她夾起一個藕片。

「你嫂子得控制多長時間的飲食？」

「一整年。除了飲食外，她還得每天喝藥湯。」

「啊呀，我寧可吃污染的食物。」一想到苦苦的中藥，我就禁不住打寒顫。

敏敏繼續說她哥哥是房地產商，曾勸老婆去洛杉磯生活，把孩子生在那裡。敏敏說，「除了環境好以外，在那兒生的孩子也會成爲美國公民。可惜我的嫂子太蠢了，不肯去，說她害怕美國，也不介意生活在中國、死在中國，等等。其實她眞害怕的是她不在家時，我哥哥也許會另外找一個女人，所以她說自己不要當洛杉磯『二奶村』的新成員。」

我大笑起來，但馬上用手掌遮住嘴巴。中國的媒體經常提到，在洛杉磯的一個郊區住著上百個中國女人，大部分是有錢的商人或有權的官員的情婦，在那裡她們不用說英文也能四處活動，還有一整套設施爲那些準媽媽們服務。那個封閉式的社區因此有一個綽號叫「二奶村」。

我們剩了大半段魚沒動。我付了帳，又給了服務員兩張五元錢做小費，他感謝地衝我笑了笑，因爲在中國，一般沒有付小費的習慣。一點左右我們又上了高速公路，交通非常順暢，剛過三點我們就到達林岷縣。縣城看起來像一個小型的城市，到處都是新建的三、五層樓房，其中一些建築還有灰色花崗岩似的門面。街道吵雜，飄著煮花生、烤地瓜、玉米花和炸魚的味道。在一家菜場，最後幾個小販還在起勁地叫賣著。汽車鳴著喇叭，雙缸引擎的拖拉機突突前行，馬和驢跟在後面，似乎都急著要回家。在一條繁忙的街道上，霓虹燈牌子這裡那裡地閃著光，吸引人們去美容院、足浴館、卡拉ＯＫ，還有那些按摩房。我問一個擺茶攤的老人麥家村在哪兒。他說在縣城南邊，大約十里外。我們沒住普通賓館，免得賓館前臺查我的身分證，這是每個中國公民都有的證件，那樣他們就會發現我是外國人，就得跟當地警察彙報。於是我們住進了一家家庭旅館，當地叫做客棧的地方。敏敏告訴那位年輕的接待員，我是她阿姨，所以那個女孩沒看我的證件。我們同住在一個有兩張單人床的房間。

一九五三

一九五三年春天，蓋瑞已經在沖繩待了三年半。他學會了駕駛，一位軍官回去夏威夷，把自己的吉普車賣給蓋瑞。有時他沿著部隊的高速路開到有白沙的海邊，有時去一個兩邊長滿紅松和印度榕樹的海灣。他獨自坐在那些地方，呼吸著帶鹹味的海風，沉浸在自己的思緒裡。他開始吸菸，最常吸的是美國產的賈斯特菲爾德或者駱駝牌。在夏天他會戴一頂有孔的硬草帽，其他季節戴一頂呢帽。帽子、做工精良的西服，還有腳上的漆皮皮鞋使他看起來挺時髦神氣的，不過他身上始終擺脫不掉一股孤絕的味道，給人心不在焉的感覺——有點像一個獨來獨往的人，挺注重外表，可並不懂該如何融入周遭的環境。到現在，他的鄉愁已經有點兒痲木了，變成內心深處的鈍痛。他持續地感到這種思念的分量，但他把這看成一種成熟的信號。彷彿為了完成使命，他終於擁有必須的堅忍和毅力。

半軍事化的生活對他是一種訓練，每天的工作也使他無暇沉湎於對家庭和故鄉的記憶中。過去兩年，他開始喜歡上美國流行歌手，其中最喜歡漢克．威廉斯。他買了一臺有一個大喇叭的舊留聲機，從電臺的圖書館借了些唱片，在家放這些音樂。他對那些歌詞耳熟能詳，心中也不時一遍遍重複那些旋律。在沙灘上或迂迴的小路上閒逛的時候，他會小聲哼唱：「啊，爲什麼你不再像從前那樣愛我／你怎麼能棄我如敝屣？」或者，帶著一種冷酷的自嘲：「不管我如何努力或抗爭，我永遠也不會活著離開這個世界。」有時他陷入一陣自憐：「當我猜想你在哪裡／我孤獨難熬，眞想哭泣。」這些歌曲讓他熱淚盈眶，彷彿他眞是一個被拋棄的戀人，無人在意他的悲泣和渴望。但他強迫自己繼續哼唱，以使自己更堅強。

一九五〇年十月底，中國軍隊在鴨綠江東邊成功伏擊並打敗了美軍。聽到這個消息時，蓋瑞的情緒瀕臨崩潰。他倉促離開辦公室，躲到後院的一株印度扁桃樹後面，臉藏在閃亮的葉子中間，眼淚順著臉頰流下來。他把額頭抵著潮濕的樹幹，在那裡站了將近一個鐘頭。他無法解釋自己的反應爲何如此激烈。他本能地感到兩個國家已然捲入戰爭，而他對中國可能更有價值了。換句話說，中國也許將派給他更危險的任務，而他的間諜生涯也將不得不更加漫長。他討厭身處這樣的情境，孤立無援，唯有不斷告誡自己要更有耐心。的確，在等待時機的時候，每個重要的間諜都必須有鋼鐵般的耐性來對付孤獨。最終全部的一切都取決於他的耐力到底多大。

中國軍隊最初的勝利並沒有鼓舞蓋瑞，因爲他知道中國現在多麼脆弱，如果沒有蘇聯做後盾，根本無法持久投入戰鬥。所以當中國軍隊傷亡慘重的消息傳來時，蓋瑞懷疑他的同胞只不過當了俄國人的炮灰。不久他的懷疑就被證實了。通過翻譯文章和報導，他接觸到一些外界不得而知的消息。蘇聯給在朝鮮的中國軍隊提供大量武器，偏偏史達林只肯在鴨綠江東邊到清川河之間很有限的地方給予空軍掩護，中國和北朝鮮大部分的部隊等於暴露在美國空軍打擊範圍之下，白天根本不敢行動，所有車輛只在夜間才能上路。然而，美國的轟炸機還是重創了共產黨的軍隊。這就是爲什麼毛澤東最得力、最有經驗的將軍林彪，預見了這場可怕的殺戮，拒絕擔當奔赴朝鮮的中國軍隊的統帥。北京別無他法，只能任命彭德懷元帥爲總指揮。

儘管夜晚有海上來的涼風，沖繩的夏天還是十分悶熱。不過今年蓋瑞不用再忍受那裡濕熱了。一九五三年七月底他將作爲美方翻譯被派到釜山，去幫助聯合國主持戰俘審問。這個調動讓他高興，他相信到了朝鮮，也許能跟中國的上級重新聯絡上。他也渴望換個環境。那邊剛簽訂停戰協議，看來不會再有大規模的戰鬥，因爲戰爭的雙方都已筋疲力竭，無法再繼續作戰。八月初的一個清晨，蓋瑞登上了一架C-119飛機，四小時後降落在釜山。

聯合國人員要審問的戰俘多得審不過來。僅中國軍隊一方就有兩萬一千多人，大部分是一九五一年春天俘獲的。在第五戰役中，中國軍隊一敗塗地，整個一八〇師被殲滅了。北朝鮮和中國不得不回到聯合國的談判桌上。可是因爲棘手的戰俘問題，談話進行得越來越吃力。很多中國戰俘以前也在國民黨軍隊服役過（被共產黨軍隊俘虜，又被重新招募），現在他們害怕回到大陸，因爲上面曾指示過他們寧死也不能投降。他們害怕受到懲罰，想去臺灣重新加入那裡的國民黨軍隊。蔣介石極其缺乏士兵，所以他歡迎這些人。這些人若回到以前的隊伍歸建，也像給共產黨鼻子上掄了一記重拳，說明中共在宣傳上也吃了敗仗。於是一些國民黨官員坐飛機來這裡，試圖說服更多的中國戰俘坐船去臺灣。

美方監獄首長會見國民黨派來的使者時，蓋瑞幫他們翻譯。國民黨方面的人不准進入監獄大院，最多只能隔著帶刺的鐵絲網和戰俘代表們見面。儘管如此，他們還是想方設法把蔣介石的私人禮物送到那些囚徒手裡，有香菸、撲克牌、奶糖、書籍、樂器，還有給每一個願意去臺灣的人一件羊毛大衣。雖然蓋瑞不是戰俘，國民黨的代表們也給了他一些禮物，包括一件風衣和一個帆布背包。

蓋瑞住在釜山郊外俘虜集中區裡一個臨時搭建的小屋裡。出門看得見大海。每天清晨，停泊在海港中的巨大船隻在迷霧中隱隱約約，就像遠山一樣。天氣好的時候，你可以看見遠處浪尖上的一些漁船在上下起伏。海水的顏色不很均勻，有些區域是黃色，有些區域是綠色的。在巨大的戰俘營北邊，伸展著無邊無際的稻田，有些沒有播種，上面長著一些水藻和野草。這個兵荒馬亂的城市裡到處是難民。來自各地的朝鮮平民擁擠到這裡，搭起臨時的避難所；甚至附近的山坡上都斑斑駁駁建滿了用稻草、夾板以及鐵皮浪板拼湊起來的帳篷或棚屋。蓋瑞看到這裡土壤肥沃、氣候適宜。街上叫賣碩大的蘋果和梨，都比中國的大多了。他想，要是在和平年代，這地方該多麼富庶。蓋瑞說一口流利的英文和中文，上級和同僚都很欣賞他。他跟那些來自臺灣、在這裡幫助聯合國處理監獄行政工作的官員們也相處得不錯。這些軍官大部分只在這裡待幾個月就回去。蓋瑞常常在吃飯的時候坐到他們的桌旁，跟他們分享自己的香菸和啤酒。

一天午飯時，蓋瑞正在吃牛肉餅和茴香酸黃瓜，一個姓孟、三十多歲、寬肩膀的臺灣官員走過來在他對面坐下。這人笑著瞟了他一下，眼神卻咄咄逼人，閃著興奮的光。他壓低嗓門對蓋瑞說：「聽著，我的腰眼痛。」

這話好熟悉。接著蓋瑞猛地想起這是接頭暗號的一部分。他照規矩對出了下文：「你一定是腎虛了，吃點中藥可能管用。」

「你推薦什麼藥？」孟冷靜地問。

「六味地黃丸。」

「怎麼吃？」

「一天吃兩丸，早晚各一丸。」

孟的臉上浮現出會心的微笑。當蓋瑞意識到眼前這個穿國民黨軍服的人也是大陸情報人員時，他的心開始怦怦跳起來。蓋瑞老練地、漫不經心地四下張望，看見兩個美國軍官在幾張桌子之外吃著飯，他們也聽不懂漢語。

「兄弟，」孟靠得更近了一些，「我知道你每天都和那些俘虜打交道。老闆想知道那些人中誰是死硬派的反共分子，要得到他們的照片。」

「我盡力而爲。不過他們用的都是假名，」蓋瑞說。

「這個我們知道，所以需要他們的照片。」

「什麼時候交貨？」

「我很快就會回臺北。你應該跟香港聯繫看看。」

「還是那個老地址？」

「正是。」

他們就交談了那一次。三天後孟離開釜山。蓋瑞繼續跟美國軍官一起審問中方戰俘。由於聽得懂囚犯們說的數種方言、理解他們的心理，蓋瑞受到同事們的尊重。有些戰俘傷口一直沒有癒合，一開始蓋瑞挺同情他們，直到後來也倦怠了。有些人像小孩子一樣可憐巴巴地抹著眼淚，哀求聯合國官員把他們送到臺灣的蔣委員長的部隊去。有些人不停地抱怨在俘虜營裡被一些頭領欺負，這些頭領都是獄方長官挑選出來的。有些人只是沉默，或不停重複「我要回家，我要回家。」還有少數人，一落座就破口大罵審問者，甚至把蓋瑞叫作「美國走狗」。有一個人的臉和四肢都被凝固汽油燒傷了，只發出奇怪的聲音來回答審問者的問題，蓋瑞分辨不出他究竟是在冷笑、呻吟，還是在哭泣。他的一隻眼睛從來不眨動，也許已經失明了。戰俘的檔案亂七八糟，一來因爲他們經常改變自己的名字，二來因爲他們也經常被重新分組，關到不同的監獄大院裡。沒有哪個工作人員願意費力把檔案整理好，每個人自己的工作都忙不過來。

戰俘營裡有些頭目正在努力勸說大家不要回到共產黨的隊伍。這些人對美國人俯首帖耳，巴不得拍那些看守們的馬屁。蓋瑞一有機會就跟他們聊上兩句，分些香菸、糖果或者花生給他們。

他們也教會了蓋瑞中國部隊給士兵們設計的軍操。他發現很多人使用跟他們的檔案裡不一樣的名字。監獄管理處也懶得去理清，甚至還鼓勵他們使用假名僞裝。偶爾蓋瑞會跟這些人拍張照片，說是「做個紀念」。只要有可能，他就會把他們的檔案拿回他的房間。蓋瑞跟一位軍官共住一間屋子，不過那人晚上總是出去。他用他的德國相機拍了一些反共者的檔案，把他們的姓名和目前使用的假名對在一起做了份名單。

十月底，釜山的任務完成了，他帶著六個記錄了戰俘情報的膠捲回到沖繩，還在原來的電臺繼續做翻譯。他可以把膠捲沖印出來，可是有些冒險，就把膠捲放在一個布袋裡，用一根鞋帶紮緊。他給香港的老地址寫了封信，那是一家浸信會神學院，以前上級告訴他只有緊急時才能用。

讓蓋瑞驚喜的是朱炳文兩個星期後就回信了。他假託堂兄的口吻告訴蓋瑞，他鄉下的家人一切都好，他們很想念蓋瑞。還說他倆在二月應該在香港見個面。至於「藥」，東京有位海外華人「朋友」，蓋瑞應儘快去那裡交給他。炳文提供了那人在澀谷區的地址，說他是個「光頭，又矮又胖，說話帶四川口音」。蓋瑞奇怪爲什麼炳文本人不能和他在日本的什麼地方見面。然後他意識到大部分中國情報人員，不懂外語，也不熟悉別國的生活習俗，自然不敢在他們很難掌控的環境中執行任務。想到這裡，他稍稍自滿地微笑了一下，覺得跟他在中國的有些同事們相比，他一定相當優秀，或許還是萬中選一。他的美國同事們常常在週末去東京，於是蓋瑞也跟他們一樣，休假三天，飛去東京，毫無驚險地遞交了情報。

❖❖❖

第二天一大早敏敏和我就出發去麥家村了。開出林岷縣的時候，我驚訝地發現大部分鄉間道路都鋪設得不錯，有些還是全新的。這個地區的村莊和小鎮之間似乎都有漂亮的柏油馬路連接著。不過我們一路上不時看見瀝青上有一坨坨的動物糞便。時候尚早，路上車輛寥寥，我們開得很順。先經過一個巨大的水庫，岸邊長了一圈蘆葦，陽光下的水面波光粼粼。然後看見一些麥田，麥子正在抽穗，在微風中輕輕起伏著。快靠近麥家村的時候，右邊出現了一個池塘，裡面有一群白鴨和白鵝在嬉戲。岸邊坐著一位老婆婆，手裡拿著短鐮刀，正在放養這些家禽。我倆停下車，剛走出來就聽見她高聲喚「鵝，鵝，嘎嘎嘎」。我們走上前打聽村長家在哪兒。

她指向東邊一縷縷斜斜的炊煙，說，「就在那些房子後面。他家屋頂是紅瓦。」

我們謝了她，繼續往前開。

村長看起來五十多歲，身材頗為健碩，一雙大眼睛笑咪咪的。我告訴他我是尚偉民的女兒，敏敏是我的學生。他說他姓麥，很高興見到我們。他讓他太太給我們倒茶。然後他在客廳裡一只像鼓一樣的板凳上坐下，一隻腳蹺在另一條腿的膝蓋上。他告訴我這個莊子裡還有十幾戶姓尚的人家，不過沒有一家是我父親的直系親屬。「尚偉民的父母都去世了，他老婆也搬走了，」麥村長說，「這裡沒有親人了。」

我內心慌亂了好一陣子，無法繼續說話，鼻子堵住了，簡直喘不過氣。麥村長繼續說，因爲饑荒，玉鳳在六十年代初就離開村子，投奔她早先去東北的弟弟了。

「誰知道呢，」麥村長繼續說，「她走了可能是聰明的。三年天災後就是各種各樣的政治運動，好像全世界的壞蛋都在這裡，一個接一個沒完沒了，把人整得死去活來。你爸爸的情況也是一個謎，有人說他跟蔣介石去臺灣了，有人說他死在西伯利亞的勞改營裡。要是玉鳳沒走的話，她怕也成爲革命對象了。誰也說不準她會出什麼事。」

「有沒有辦法找到她的聯繫方式？」我問道。

「眞巧，你爸爸的一個堂弟還在附近。他可能知道點情況。」

「你能告訴我他住在哪裡嗎？」

「當然，我現在就帶你去。」

麥村長站起來，我們跟他走出屋子。他把還燃著的菸蒂往院子裡一個肥料堆上一扔，說我們可以把車停在這裡，去那裡只要走幾步路。我有點兒猶豫，倒是敏敏覺得沒問題。「反正是輛舊車，」她說。我們一起往村莊的南邊走去。一路上很安靜，只看見兩條瘦骨嶙峋的癩皮狗鬼鬼祟祟地四處遊蕩著，顯然平時吃不飽。沿途的道路坑窪泥濘，有些積了水，冒著蒸汽，翻著泡泡，彷彿要沸騰起來似的。地上到處都是垃圾——有速食麵紙桶、玻璃碴、碎瓷片、爛白菜根、糖紙、核桃殼，還有鞭炮放完之後的碎紙屑，不知道是哪家婚禮或葬禮後留下的。幾幢房屋的煙囪正冒著炊煙，空氣中飄蕩著木頭和乾草燃燒的氣味。我們到了一座前面有一扇鐵柵欄門的黑磚房子，停下腳步。村長連招呼都沒打，就推門領我們進去。我們一進院子，兩隻黃褐色的雞就飛了起來。一隻跑到了草垛上，另一隻站到了豬圈的欄杆頂上，兩隻都咯咯叫喚著，撲打著羽毛。一個男人正在水泥地面的院子裡用高粱稈皮編著草席，看見我們後就搖搖擺擺地站起來。他下巴上留著十五公分長的鬍鬚，不過稀稀拉拉的，已經花白。村長解釋說我是尙偉民的女兒，從北京來。聽到這話，老人眼睛一亮，嘴巴張得大大的。他轉過身去跟他太太耳語了聲什麼，然後對我說，「這是我老婆，甯珍。」他太太個頭挺高，腦後梳著一個髮髻。

「很高興見到你，甯姨。我叫莉蓮。」我伸出手，可是她縮了一下才小心翼翼地跟我握了握手。她手掌粗糙，感覺都是老繭。

「歡迎，」她支吾了一聲。

「哎，偉仁，」村長對老人說，「別讓我們光站著。」

於是主人領我們進了堂屋，其實也是間臥室，裡面一張巨大的磚炕占了一半的空間。石灰粉刷的牆上掛著一副光亮的掛曆，上面是金門大橋的風景。旁邊是串乾辣椒，有些已經開裂了，露出黃色的辣椒籽。敏敏走到那張大橋的圖片前叫到：「哇，這眞漂亮，你知道這是在哪兒嗎？」話剛說完，她就咬了咬下嘴唇，彷彿意識到自己說錯了話，她憑什麼以為人家不知道？

村長哈哈大笑，偉仁堂叔也微微笑了一下，露出嘴巴裡僅剩的三、四顆牙齒。「俺當然知道，」他說，「是美國的一個城市，叫舊金山。」那是三藩市的中國名字。

甯姨拎茶壺進來給我們倒茶，堂叔取出一包紅梅牌香菸請我們抽。村長拿了一支，敏敏和我擺手說不要。我端起茶杯喝了一口，茶有股草味。老人告訴我他的名字叫偉仁，他是我父親的堂弟，也就是我的堂叔。尚家所有這個輩分的男性名字中都有「偉」這個字。

「俺是你爺爺的侄子，」他又說，「你爹和俺是堂兄弟。」

「你還記得我爸爸嗎，叔叔？」我問。

「當然，俺小的時候，他在河裡教過俺狗刨。俺跟你大媽也很熟。她心腸真好，有一回給了俺滿滿一兜炒葵花子。」他指的是玉鳳。傳統上一個男人姨娘或妾的孩子也屬於他的正妻，孩子們會叫她「大媽」。

「你知道玉鳳現在在哪裡嗎？」我說。

「在東北。你姊姊以前春節的時候會給俺們寫封信，不過幾年後就沒再來信了。」

「她們爲什麼要離開這裡呢？」我問。這個問題一直困擾了我很久：「政府難道沒養著她們嗎？」

堂叔歎了口氣，深深地吸了口菸。「他們以前每個月給她寄你爹的工資，但是在饑荒的時候，錢沒有用，啥吃的都買不到。不管窮人還是富人，大家都餓著。只有有權有勢的人才有東西吃。」

「就是通過剋扣別人的定額。」麥村長說。

我又問堂叔，「可是我爺爺奶奶沒留田地給玉鳳嗎？」

「他們的地五十年代初土改的時候就給收走了。打那時起，所有的地都歸國家的。」

「我明白了。所以玉鳳在這裡就沒辦法撫養她的孩子了？」

堂叔定睛瞧著我，鼓鼓的眼睛有點混濁。他清了清嗓子：「這對她眞的很難。你哥得腦膜炎死了，也有人說他是餓死的。這個村子所有姓尙的人家都對玉鳳很生氣，因爲這個男孩子是你爹家的獨苗。你知道，老封建的思想，女孩是不能延續香火的。這對你大媽眞的不公平。她是個苦命的女人，家裡沒個男人，她一個人怎麼養孩子？更糟的是，你哥一生下來就很弱。這裡姓尙的人家都爲那孩子的死難過，有些人責怪玉鳳，可是每家都自身難保，沒法給她啥幫襯。不像現在，家家都有些餘糧和閒錢。」

「村子裡三分之一的人在饑荒的時候餓死了，」村長說。「我記得野狗和狼到處吃死屍，吃得又肥又壯。」

「眞嚇人。」敏敏插了一句。

「於是你們把玉鳳趕出了村子？」我問堂叔，情緒有點激動。

「不是的，」老人說。「她弟弟在東北一家國營農場當組長什麼的，寫信來說，在佳木斯地區有糧食吃，要她去跟他們一起過。他弟弟這麼做是好心，對玉鳳也好。」

「特別是她對尚家已經沒有用了。」我說。

「也不是那樣。好多單身漢一看到玉鳳就會死死地盯著她。不少男人對她又吹口哨又起鬨。連成家的男人都想打她的主意。她是個好女人，又好看、又壯實，容易引起別人注意。有些惡人甚至想在晚上溜進她的房子裡去。你爹這麼多年沒回來，是死是活都不知道，所以村裡人都把她當寡婦看待。」

「她在東北又結婚了嗎？」我問。

「那個俺不知道。跟你說實話，俺很敬重她，她是個好女人，可命太苦了。」

村長插了一句，「我母親說，不管哪個男人娶了像玉鳳那樣的老婆，都是天大的福氣。大家都很仰慕她。她的手工最巧，能做出村子裡最細的麵條。她還會繡活靈活現的動物：鳳凰、鴛鴦、孔雀、麒麟什麼的，很多姑娘都去她家跟她學刺繡。」

「你還有她的地址嗎？叔叔？」我問。

「可能還有她女兒的來信。俺找找。」他站起身來，掀起一塊布簾進了裡屋。

我問村長，「偉仁叔有孩子嗎？」

「他有一個兒子和一個女兒。都在德州城裡，他們的工作都不錯，女兒在城市裡教大學呢。」

「那麼大部分尚家都還不錯？」

「是啊，你們尙家一向注重教育和讀書，出了不少當官的和讀書人。幾百年來在這個地區尙家都是有名望的家族。」

這我還是第一次聽說。堂叔出來遞給我一個白色信封，一半已經受潮發黃了。我拿出筆準備抄下地址，可他告訴我不用抄，這封信給我了。我謝了他，把信封裝進口袋。我們繼續聊了一些這裡其他姓尙人家的事情，某些人現在頗發達。我告訴他們我在海外長大，母親是白人，不過我現在住在北京，在那裡工作。敏敏和我交換了一個眼色，她的目光似乎在告訴我她不會吐露我的美國公民身分。如果把我的眞實國籍告訴他們，可能會使事情複雜化，引來地方官員甚至警察。所以我最好讓他們以爲我是中國人，而且在中國住了許多年。我說我爸爸又結婚了，因爲組織上要他在國外另建一個家庭。我還告訴他們爸爸原想退休回中國來，可是很早以前就在美國去世了。他們都沉默下來，不再問其他問題了。

我知道我祖父母的墳在村子外面，我問偉仁叔，「我可以去給他們上墳嗎？」

他覺得這個想法很好，於是我們兩人拿了一把鐵鍬，一把香，和甯姨收拾的一個籃子出發了。麥村長回家去了，說他還得會見幾個生意人。他家開著兩個養雞場，現在準備再開一家。敏敏跟他一起去拿車，也休息一會兒，反正我和堂叔掃完墓還回來吃午飯。我們往東走去，經過一片白楊林，林子一半沐浴在陽光下，一半籠罩在晨霧裡。陽光下有些樹幹反射出銀色的光，有些葉子還潮呼呼地沾著露水。堂叔告訴我最近白楊林種植得很多，因爲這種樹皮實，也喜歡這裡的沙性土壤，長得也快（八、九年就可以成材），樹幹能賣一個好價錢。村子裡很多人家都開荒種了白楊樹。一畝地可以種四十棵。堂叔就有十三畝白楊林，樹苗活過了第一個冬天和春天，基本上就萬無一失、只等著以後賣錢了。一旦他的白楊林長好了，樹幹賣掉後，他打算把他的房子擴建成上下兩層。只要共產黨不改變目前的農村政策，他覺得農村人的生活水平一定會提高一些。對此我有點兒異議，不過沒反駁他。我讀到一些消息說，中國農村有些貧窮的家庭付不起各種稅收，只能背井離鄉離開老家。

一路上我一個孩子都沒看見，只碰見了一些中年男人和女人，他們都跟堂叔打招呼。我問他村裡怎麼沒孩子。他說年輕人都去城裡打工了，每年只在春節的時候回來一次。現在人們都不太想養很多孩子了，特別是已經有一個兒子的人家。「養孩子太貴了，」他說：「現在村裡頂多剩五六個小孩，都是爺爺奶奶在帶著，其他孩子都跟父母走了。村裡的小學生源不足，兩年前就關掉了。如今不少父母早早就不讓孩子們上學了，有的連中學都不讓念完。」

「他們不讓孩子們上大學了？」我問。

「太貴了。再說，大學畢業也找不到好工作，何苦呢？」

我們經過幾座破損、廢棄的土坯房，有些周圍已蔓草叢生。我陷入沉思，堂叔也沉默不語。這地方看來正在沒落，也許二十年後就不再有人居住了。很明顯，國家經濟在發展，可也有些人在吃虧。在一些貧窮的地區，越來越多的村民舉家搬遷，到城市去討生活，也許再也不會回到他們的故土。我讀過報導說中國西部有些地區整個村子都荒蕪了。農村的慢慢消失肯定會從內部改變這個國家。數量如此巨大的移民將如何從整體上影響中國社會？誰會得益？誰會遭殃？長期下去會有怎樣的後果？

這種年久失修的情景使我聯想起十八世紀歐洲，當時的農民也被驅離自己的土地，不得不到一些工業中心的工廠做工。中國正在資本主義化的進程中，無情地消費著來自農村的年輕血液。

爺爺奶奶的墓地在一座小山腳下，這個村莊的其他尙姓人家去世後都埋在這裡。遠處有一條乾涸的小溪，這之間散布了幾百座墳，不少墳頭上長滿野草。有些墳頭上立了木牌，一塊石碑都沒有。我們在墓地南邊的一對墳前停住。這兩座也沒什麼標記，和別的墳頭沒什麼兩樣。

「這就是了，」堂叔說。

「你怎麼知道的？」我問。

「俺們每年開春都來掃墓。」

那兩座墓的確看上去剛有人照料過，所以我只往上加了幾鏟土。我們點了幾炷香插在墳前。堂叔從籃子裡拿出半瓶酒在香前面倒了一些。酒裡有一條晃來晃去的白東西好象是人參的根鬚，然後我驚訝地發現原來是一條小蛇。他爲什麼給爺爺奶奶倒蛇酒呢？奶奶不會喜歡喝酒吧？

堂叔看見我臉上的驚訝表情就解釋說，「這對老人的關節和背痛都有好處。記得你爺爺奶奶都有關節炎。俺每天喝一盅這種酒，俺想他們興許也會喜歡。」

我不知從何說起，也許這瓶酒正好順手。他完全可以帶一瓶沒有蛇的新酒。不過，我還是感謝了他，好像這些墳墓一直是我在照料，而不是由一些我從未謀面的親戚在管理似的。我從籃子裡拿出一些蘋果和梨擺放在墓前，下面墊著兩塊我撿來比較平整的小石板。我站起來走到一邊醞釀勇氣。然後我回到墓前，兩手在胸前合十，用中文說，「親愛的爺爺和奶奶，我從很遠的地方來看你們。我們住得很遠，離這裡有幾萬里。我爸爸，也就是你們的兒子不能來了，所以我代表他來。他很想念你們而且愛你們。我也愛你們。請你們忘記煩憂永遠安息吧。……」

我一邊說，淚水一邊順著臉頰淌下來。還有太多的話我不知道該如何表達。我記得他們是在一九六〇年不到三個月裡頭相繼去世的，父親在日記裡提到過這件事，當時他在香港，得知他們的死訊後，他在旅館裡悲痛得兩天臥床不起。

在我們右手，大約二十尺遠的地方，有一堆土看起來像一條碩大的麵包，不久前也剛掃過。

「那是你哥的墳。」堂叔說。

我過去往上面添了幾鏟土，然後在墓前也放了一個蘋果和一個梨。我心情沉重，無法想像他的模樣。要是有他的照片就好了。

堂叔和我回去吃午飯，午飯有湯麵，炸椿芽和炒雞蛋。我對這頓簡單的飯菜很感激，雖然心裡明白如果我是一名男性家庭成員的話，這頓飯恐怕會更豐盛些。湯裡不是通常的麵條，而是菱形的麵片，敏敏和我都大口吃著。我們的好胃口讓甯姨也很高興，不停用木勺往我們的碗裡添湯加麵。她手背上有一小塊燙傷，爲了防止起泡已抹上了油膏。這是我第一次吃香椿芽，眞的很香，而且吃完以後嘴裡還有餘味。吃起來的感覺有點像甘藍葉。

「這種菜是從哪兒來的，甯姨？」我問。

她指了指後院說：「就從那些樹上摘的。這些是去年摘的。再過一個多月我們就能吃到新鮮的香椿芽了。」

我還以爲它們是長在地裡的。父親在日記裡提到過好幾次這種蔬菜，還有紅莧菜、馬齒菜和薺菜。在一篇五月下旬的日記中，他提到故鄉的香椿芽一定正當季，他很思念老家的菜餚。

午飯後我從敏敏車的後車廂裡拿出兩套樂高積木給堂叔和甯姨，請他們送給自己的孫兒或者孫女，然後我們就跟他們道別，開車回了縣城。時間還不到三點，天空中高高地飄著幾朵雲彩，晚上的天氣應該不錯。我和敏敏決定去旅館退房，現在就回北京。

我們往回開的時候，敏敏問起我父親的事。我告訴她我父親爲中國工作，早先住在日本，後來去了美國。我甚至說了他原來打算退休後落葉歸根，可是最後在華盛頓病逝了。「別讓任何人知道我的家庭背景。」我說。

「不會的，」她答應道。「我想你的父親可能被中國政府忽悠了。那一定是個悲傷的故事。」

「他的經歷很複雜，我還沒全弄清楚。別跟任何人談起我們這次旅行，好嗎？」

「沒問題。我會閉緊嘴巴的。」

一九五四

這是蓋瑞第一次休假。喬治・湯瑪斯最近去美國結婚，剛回沖繩，給了蓋瑞三星期的假。蓋瑞沒有新中國的護照，手上的護照還是國民政府發的，可他二月初還是去了香港，希望能從那裡進入廣州。他有一張美國難民證，去美國沒問題。五年來他對家人夢牽魂縈，可從未得到過任何他們的確切消息。爹娘身體還好嗎？還能在地裡勞作嗎？他沒去接玉鳳，違背了自己的諾言，玉鳳是不是對他失望極了？他將如何辯解？他是個多麼不稱職的丈夫啊。如果這次能見到她，他想讓她懷一個孩子，這樣他不在的時候，她也許不會覺得太孤單。他也可以有一個更好的理由請組織解除他在國外的任務了。

他不敢肯定上面是否真的會准許他回國，也許所有這些盤算到最後都只是一場空。但他仍懷著一線希望，任由自己沉浸在家庭團圓的幻想中。

下午，他在香港市中心皇后大道的一家小旅館住下，接著就給炳文打了電話。炳文非常高興，說馬上就可以見面。他們約好明天上午十一點左右在九龍對面碼頭附近的一家飯館碰頭。炳文叫他早飯別吃得太多，因爲他們會比較早吃午飯。第二天蓋瑞十點半起床，洗漱完就出門慢慢往碼頭方向踱去。路上他在一家糕點攤停下，買了個豆沙包，然後邊走邊三口兩口地把包子吞進肚裡。這裡跟中國其他地方一樣，沒人對他在路上狼吞虎嚥表示側目。他以前只來過一次香港，在赤柱炮臺的兵營住過一個月，他既聽不懂路邊攤販的廣東話叫賣，對這個城市也談不上什麼瞭解，可現在這兒的一切都讓他覺得十分自在。

到飯館時，炳文已經坐在裡面靠窗的一個位子了。從他那裡，飯館房間、外面的半個露臺，以及遠處的港口情形應該都一覽無遺。一見到蓋瑞，他就站起來向他迎去。炳文穿一件白襯衫，外罩一件灰色羊毛背心，腳穿一雙有黃銅飾扣的麂皮靴。久別重逢的喜悅讓他們情不自禁地擁抱在一起。蓋瑞發現他的同志一點都沒有變老，眼睛還是那麼灼灼逼人，皮膚還是那麼平滑，臉上還是那樣神采奕奕。茶上來後，一位纖瘦的女服務員給他們每人送來一條溫熱的小濕毛巾，他們擦了擦臉和手。

午餐點好後，他們繼續說話。炳文從搭在椅背上的羊絨大衣口袋裡掏出一個信封。他壓低嗓音說：「這是國家給你的一點小禮物。」

「爲了什麼？」蓋瑞不解地問。

「因爲你三個月前提供的情報。」

「情報有用嗎？」

「當然。我們粉碎了一個間諜小團夥，都是從朝鮮回來的士兵。我們把他們一個個抓住，槍斃了一些，還有一些給關起來了。」

蓋瑞吃了一驚，但沒說什麼。他以爲那些反共戰俘都去了臺灣。他把信封裝進褲子後面的口袋。

菜上來了。蓋瑞是北方人，所以炳文專門爲他叫了蟹肉蒸餃。餃子一個個圓鼓鼓、熱騰騰的。除了餃子以外，其他幾個菜也都是北方風味。蓋瑞夾起一只餃子放進面前的盤子裡，用筷子夾成兩半，然後夾起一塊放進嘴裡。「太好吃了！」他忍不住咧嘴吸著氣，因爲太燙了。「現在我更想家了。」

這時一艘渡船拉響了汽笛，彷彿一頭牛在哞哞叫似的，從碼頭突突開了出去，船尾拖著兩道白浪。炳文說：「你是山東人，所以咱們這頓歡迎午餐吃水餃。」

「謝謝。我什麼時候可以回家？我已經五年沒看見我的家人了。」

「哦，這正是我要跟你討論的另一件事。」炳文尷尬地笑了一下。他四下打量一番，彷彿在查看其他七、八位食客是否在偷聽。他們都在較遠的地方。炳文說：「你的家人都好。我們一直在很好地照顧他們。」

「我能回家看看他們嗎？就幾天？」

「不能。你一越過邊界，英國人就會告訴美國人你的行蹤，這樣你的身分就會敗露。黨需要你繼續待在沖繩的美國通訊社裡，爲我們提供盡可能多的情報。爲了完成這個任務，你的身分必須保密。兄弟，我知道這對你很難。你爲國家做出了巨大犧牲，我們每個人都會對你致以最高的敬意。」

聽到這話，蓋瑞被感動了，也繳械了，他無法再繼續糾纏下去。內心又一陣鈍痛，喉嚨彷彿被什麼卡住了一樣。他垂著眼睛，問：「要是通訊社搬回美國去怎麼辦？大家議論這事已經有一陣子了。」

「跟他們一起走。這是上級的指令。」

蓋瑞眉頭緊鎖，喉頭哽塞，他覺得呼吸更加困難了。「我下個月就三十歲了，這種孤單的生活對我實在不容易。」他聽上去有點控制不住自己的情緒似的。「我也不是剛結婚的人那樣思念自己的太太，畢竟我的婚姻是父母包辦的。但我心裡難過、愧疚——我不應該這樣對待玉鳳。而且，我想家。」

「我們知道玉鳳是個好女人。她理解你正在爲我們國家做一項必不可少的工作。至於你的個人生活，」炳文意味深長地眨了一下眼，擠出一個笑容，「上面也考慮到了這個。如果有必要，你可以考慮在海外另建一個家庭。你要準備好在國外待很多年。」

「我的任務是一個長期的任務？」

「對。」

蓋瑞驚呆了。但他還是努力鎮定下來，說：「好，我懂。」他差點想反駁，又意識到這樣做恐怕只會讓情況更糟，而且他的家人也許會陷入麻煩。於是他歎了口氣，完全想不到這個指令對他的一生究竟意味著什麼。

蓋瑞剛才看到朋友兼連絡人是那麼高興，現在這頓歡迎的午餐已讓他沮喪透頂。炳文還說蓋瑞現在被提拔了級別，相當於大尉。從現在起，他每月會有兩份薪水，一份是美國通訊社給他的二百三十美元，一份是情報部給他的一百零二元工資，那時大約相當於五十美元。還有信封裡的五百美元。他知道他的同事中能拿這麼高工資的人不多。這好歹緩解了一點兒他的失落。如果他生活節儉並且有所儲蓄的話，將來有一天他也許會以一個富人的身分榮歸故里。然而，他還是無法讓自己擺脫灰暗的情緒。

香港的二月已經很暖和了，空氣中彌漫著春天的氣息。大街上行人川流不息，不少人穿著破衣爛衫，一看就是大陸過來的難民。有人還穿著北方才有的棉襖和厚外套。走回旅館的時候，蓋瑞聽到一陣鴿哨，他抬頭四下看，卻不見鳥的蹤跡，只看到陽臺欄杆間搭著一根根竹竿，和上頭晾曬的衣服，五顏六色地在風中飄蕩。街道兩側全是商店，鐫印著漢字的商家招牌像破舊的幌子懸掛在空中。一名穿著制服的印度巡捕站在一座巨大的石砌建築的入口，頭上纏著頭巾，鬍鬚修剪得整整齊齊。空氣裡有股霉味，黏黏糊糊的感覺。蓋瑞想，這裡的夏天可能比沖繩更悶熱、更讓人難以忍受。一個兔唇男孩，穿一件打了很多補丁的長衫，向他伸出窩起的手掌討錢。不過蓋瑞認出了他——在他早先去吃午飯的路上，已經給過他兩個硬幣——便把他攆走了。街道的另一頭一瘸一拐地走過來一個老婦人，胳膊底下夾著一把油紙傘。一輛人力車追上問她要不要搭車，她擺手讓車伕走了。蓋瑞快走到十字路口的時候，一輛前面裝著閃亮的車燈和保險桿的深藍色勞斯萊斯轎車開了過來，不耐煩地衝行人按喇叭。人們跳到一邊給車讓路，不過轎車還是把一些泥水濺到了行人身上，也濺到路邊賣熱豆漿、雜誌、花、水果以及炸魚丸的攤子上。一個身穿綠色寬鬆褲、腳踩橡膠靴的中年婦女衝著汽車的後窗一邊揮舞胳膊，一邊大聲咒罵：「該死的鬼佬！」

蓋瑞只看見勞斯萊斯車裡有一個華人司機和另一張亞洲人面孔，但車蓋側面插著一面英國國旗，所以他肯定這是輛外國車。這提醒了蓋瑞，自己在從事的是反帝鬥爭。中國必須把全部的殖民者趕出自己的領土，所以他最好不要再沒完沒了地自怨自艾，別再糾纏於個人的恩怨得失，他應該爲解放全中國的事業付出更多努力。他停下步子買份《南華早報》，這份英文報紙上的國際新聞比其他中文報紙上的更多。

剩下的假期裡他想讓自己開心，覺得應該花點錢犒賞一下自己。他到北方風味的飯館用餐，頻頻光顧酒吧，他開始愛上各種果汁，不少飲品他從沒見過。他最喜歡芒果雪泥、鳳梨奶昔、奇異果冰沙和榨芭樂汁。內心的欲望讓他坐立不安，他甚至去一些夜總會，那裡的姑娘跳著撩人的舞蹈，裙子邊有紅色的流蘇從胯部散開。在一家俱樂部，他看中一個二十歲左右的女郎，只跟她說英文，部分原因是上面指示他永遠不能暴露他的大陸背景，另一個原因也是他想用自己的美國身分給她留下一個好印象。（事實上，他跟美國人在一起待了四年多，身體姿勢都變化了。別人的確不敢肯定他是個地道的中國人。不置可否的時候，他會聳聳肩膀，進出的時候也會爲他身後的人把著門。）當他們都有些微醉的時候，那個巴西和廣東混血的女人叫他「來自美國的中國佬」，甚至在他的旅館房間裡也這麼叫他。

他感到自己身上發生了一種轉變，如同突然解放了一般。這幾天他毫不猶豫地尋歡作樂，雖然實際上他是故意破罐子破摔，只想體會那種瘋狂。他也明白自己一旦回到沖繩，就會立即變回一名馴服、安靜的雇員。他意識到這種花天酒地的生活最終會腐蝕他的人格，甚至招來災禍，他發誓在三月十二號三十歲生日之後，再也不這麼放縱自己。

蓋瑞假期結束前，炳文請他在四季閣吃了頓昂貴的晚餐，算是爲他餞行。晚餐還是只有他倆。炳文說蓋瑞應當想辦法在美國的情報部門中爬上高位，他不用收集每條有用的訊息，只需挑出他認爲與中國利益和安全最相關的情報。只要有可能，他應該每年來一次香港，大家小聚一下並商量工作。從現在起他在恒生銀行有一個戶頭，酬金會定期匯入裡面。

「在無形的戰線上，你是我們的英雄。」炳文誠摯地對蓋瑞說。

「無名英雄。」他苦笑一聲。這是大陸媒體賦予紅色間諜的光榮稱號。

「兄弟，你不知道我有多同情你。我明白你肯定每時每刻都覺得自己活在禁錮當中，就像關在籠子裡的老虎一樣。要是我是你，我肯定會精神崩潰、思鄉而死的。」

「謝謝理解。」蓋瑞說。同志的話語稍微緩解他的痛苦。他吞嚥了一下，試圖鎮定，可彷彿被人掐住喉嚨的痛感又一次襲來。他想說，要是他以後真踏上美國的土地，他也許會不適應。可是他終究忍住沒說。萬一上面知道這些話，一定會對他很失望。他認定一個人爲自己的國家服務是光榮的。

炳文繼續說：「你應該永遠記住，中國養育了你，也感謝你的服務和你的犧牲。」

「我記住了。」

「還有，以後無論在什麼情況下，你都不能跟你的家庭直接聯繫。這會給很多人帶來危險。」

「我不會那麼做的。」蓋瑞知道，「很多人」就包括他的家人。

他們舉起酒杯，將杯中的西鳳酒一飲而盡。這種烈酒讓蓋瑞頭暈，也讓他眼睛濕潤起來。他們喝完了一整瓶。

❖
❖
❖

我一回京就給玉鳳寫信，告訴她我是誰，我想見她。偉仁堂叔給的地址可能已經不對了，我也就是試試運氣。即便如此，我還是盼望收到她的回信，每天下午都急切地查看郵箱。

直到四月初我還是沒有玉鳳的任何消息，我有些急了。我跟亨利說起這件事，他建議我親自去趟東北，也許能搞清她究竟經歷了什麼。於是我開始著手準備。我把下星期四下午的討論班調到了星期二晚上（我請學生吃披薩），這樣我就有六天的時間來進行這趟旅行。

四月七號我悄悄地出發了。坐飛機又快又容易，可是買飛機票得出示護照，這樣警察很可能會盯上我，給我設置各種障礙。於是我決定坐火車。然而我沒想到現在坐火車也得用身分證。我眞是頭一次聽說。以前我也獨自在中國坐火車旅行過，買票的時候從不需要出示證件。我只好無奈地把我的美國護照拿給窗戶後面的售票員看，告訴她我要去黑龍江看我的阿姨。結果她什麼都沒問，只給了我車票和零錢，我如釋重負。也許是我身後排的一隊長龍，也許是因爲我說不錯的中文，她以爲我是歸國華僑。那是另一類外國人，他們會更頻繁地進出中國，看家人和親友。

旅程很長，要二十幾個小時，中間在哈爾濱和佳木斯轉車。在這兩個地方都只是短暫停留，所以我下車後都沒走太遠，只四處溜達幾步活動活動腿腳，便回來等下一班車。兩個城市還看得出來以前蘇聯城市規劃的格局——到處是宏偉的樓房、寬闊的林蔭道，以及巨大的廣場。在食品店裡，我看到臉盆一樣大的麵包、大塊的漢堡肉，還有短粗的紅腸。大街上有不少俄國人，也許是遊客，也許是生意人。

幸虧我買了臥鋪票，旅途雖然枯燥但不算勞累。我隨身帶了本袖珍《新華字典》，一路上看得津津有味。我認識了更多漢字，語言能力也提高了。然而，最後一段旅程卻頗不一樣。從佳木斯到福山縣我坐了兩個小時的區間車，坐在一群中國乘客中間，其中一些人一看就是地道的農民。坐在我對面的是一對年近五十的夫妻，男人頭頂上有一塊禿斑，老婆的臉頰紅撲撲的。坐在我旁邊的是一位年輕母親，腿上坐著一個兩三歲的男孩。她顯然是城裡人，臉上的皮膚白白淨淨。男列車員拎著一只大號熱水瓶過來給乘客們倒開水的時候，大夥兒紛紛拿出自己的杯子，而我望向窗外。窗外移動的風景讓我想起美國中西部的農場。在廣袤的田野中，兩輛拖拉機正拖著耙犁地，翻過的地方細土飛揚，就像一群馬剛奔騰而過似的。

另一塊土地上，播種機正在播種。機器後面，野火燃起一柱柱濃煙。一路上我都一言不發，以免洩漏自己的口音，如今我再也憋不住了，問對面那對夫妻，「那些火是做什麼的？」

「他們在燒荒，」男人說：「野草燒完後的灰燼能讓土地更肥沃。」

「他們種什麼呢？」我指著那些播種機。

「玉米和小麥。」

「也有大豆。」他妻子加上一句。

「你從哪兒來？」坐在我旁邊的年輕母親問道。

「北京。」我說。

「你聽起來不像漢族人。」

「我有一半維吾爾族血統，不過我在首都生活和工作。」這是我準備好的答辭。維吾爾族人是中國西部的一個少數民族，他們膚色較淡，也被稱爲「亞洲的白人」。乘客都信以爲眞，我們開始談話。很快我旁邊的年輕媽媽打起了瞌睡，而她懷裡抱著的男孩看起來早就睡熟了。坐在我對面的男人說他和妻子剛去南京看了兒子，兒子在一個炮兵部隊當卡車司機，今後很可能會提幹當一名軍官。要不然，復員後也能做一名體面的出租車司機，或卡車駕駛員。我記得以前當兵多半有一定的關係，不知現在怎樣。男人說當兵的人還是很多的，不過不是每個人都當得起兵。

「『當得起』是什麼意思？」我疑惑地問。

「你得付錢。」男人的老婆說。

「付錢給誰？」

「徵兵的人。」男人說。

「你爲你兒子付了多少錢？」我很好奇。

「哎呀，八千塊，標準價。」

這大概相當於一千兩百美元，對一個普通中國家庭來說，應該是一筆不小的數目。他老婆又說：「要是女兒參軍，費用是一萬。」

我說：「大概，當兵是唯一女人比男人值錢的職業了。」

兩人都笑了。我在想，要是爆發了戰爭怎麼辦。戰士們也能用錢來買通上級，好讓他們被遣散，或者不上前線吧。中國人是務實的民族，大部分人對政治或原則問題不感興趣。活著對他們來說是第一位的。普通人最關心的事情，可以用四個字來概括，就是「衣食住行」。除此之外，目前大家最關心的就是醫療和孩子的教育問題了。

福山火車站看起來剛蓋不久，外牆刷了黃色，屋頂有一座鐘樓，時鐘指著兩點五十分。月臺地面鋪著水泥地磚。到處是人，大部分是來送親友的。不知何故，坐在我旁邊的那個年輕母親的孩子大哭起來，不肯下車，說還要繼續坐火車。大人們都笑了，母親又尷尬又慌亂，趕緊對周圍人道歉說：「對不起，這是他頭一次坐火車。」

火車站外面的出租車排成一條長龍，一些年輕婦女舉著寫有旅館價格和設施的牌子到處招攬生意，牌子上都寫著「免費有線電視」。我鑽進一輛出租車，對司機說：「帶我去城裡找家旅館。」

「要便宜的嗎？」他發動汽車上路。

「不要，要安靜一點的好旅館。」

汽車朝北駛去。路兩旁的小樹，白樺、白楊和金合歡樹，都在抽芽，枝頭綻放的嫩葉就像一把把小剪刀或小矛頭一樣。爲了防止病蟲害，所有樹幹根部往上一百二十公分的地方都塗了白石灰。城裡看起來空蕩蕩的，一路只看見幾個行人。這是我第一次在中國看見一個地方似乎房子比人多。福山是縣政府所在地，然而這景象讓我聯想起美國中西部某個寂靜的小鎮。我問司機人怎麼這麼少。他說，前不久有一場農民暴動，剛給哈爾濱派下來的防暴警察鎮壓了。所以大部分居民現在不來鎮上。連市場都關門了，前一天剛重新開張。

「暴動？爲什麼？」我問司機。

「縣裡一些當官的把上萬畝地租給了當地村民，把錢裝進自己荷包。在中國土地是公有財產，屬於國家的。所以縣裡的老百姓不高興，他們派代表先到省城，又到北京去告狀。兩個地方對他們的態度都很粗暴。當官的沒人想管。村民們就回來示威遊行。縣裡的警察來趕人，結果遭到大家的痛罵和毆打。後來整樁事情變成一場暴動。路堵住了，火車也停了，哈爾濱派下來一千多名警察。」

「死人了嗎？」

「那倒沒有，不過傷了好幾百個人。還有一些汽車和拖拉機被砸爛、燒毀了。警察扔了好多催淚瓦斯，還衝人打橡皮子彈。」

「有沒有噴辣椒水？」

「那是什麼東西？」

「外國警察會對示威群眾噴一種辣椒水，對驅散小範圍人群很管用。」我把手左右比劃著，給他形容用噴氣罐的樣子。他從後視鏡裡瞄了一眼我的動作，我看到他嘴裡叼著一根牙籤。

「這是小孩兒玩具吧？這兒的人每天吃辣椒吃慣了，那玩意兒對他們有什麼屁用？」

我笑了笑。實際上，關於辣椒水的問題並不是隨便問問——我的確想知道中國警察在應付示威群眾方面有多老練。政府應該已經從天安門事件的錯誤中學到不能再派常規軍隊來鎮壓暴動了。這就是爲什麼近年來他們一直在組建強大的警力隊伍（全國總計有兩百五十萬保安），而且花在維護國內穩定上的錢比軍費還多。我常想，要是沒有這項天文數字的開銷，中國可以用這些錢爲老百姓辦多少事呀。現在農村還有那麼多營養不良的孩子，在那麼簡陋寒酸的學校裡上課。

車在一家叫做「人人之家」的兩層旅館前停下了。出租車費是三十五元，我給司機一張五十元，告訴他不用找了。旅館前臺的接待員是一位四十左右的女人，她給我一間多人房，供我一個人住，因爲現在是淡季。我走上樓，打開行李，快快地洗了個淋浴，就在一張床上躺了下來。床周圍隱隱約約聞得到一股菸草味道。我累極了，不過心情還不錯，因爲樓下的女人沒看我的證件，也許我可以安安穩穩地待在這裡。我沒料到這次旅行如此順暢。

晚上出門找附近的小吃店吃飯。我走進一家小鋪，屋頂吊著一只光線昏暗的燈泡，裡面擺了三張小矮桌。不過他們賣辣麵條，還有新鮮多汁的捲心菜肉包。我一直希望自己能像一個眞正的中國人那樣吃麵條：先呼嚕呼嚕沿著鑲藍邊的大海碗喝幾口麵湯，然後用筷子挑起麵條　溜幾下吸進肚，吃到一半的時候滿臉油汗，再端起碗來，把剩下的一口喝光。然而，別人看我笨笨地用筷子挑著麵條，一根一根往嘴裡送的樣子，總能猜出我是一個外國人。所以我沒買麵，只買了兩個包子和一碗湯。櫃檯旁邊一個老頭兒用他粗壯的紅指頭指著我買的東西和善地說：「你吃得像小貓兒一樣少哇。」在他身後，一摞巨大的籠屜冒著熱氣。他一定以為我是個中國女人，於是我說：「謝謝。」然後拿著我的晚飯到一張桌子前坐下吃起來。

在中國，我喜歡別人把我當成中國人，在美國我當然也堅持自己是美國人。我不喜歡自己顯得特殊——我希望別人對我跟大家一樣。小學時我曾跟一個女孩打了一架，因爲她叫所有的別人「賤人」，卻叫我「雜種（mongrel）」。我以爲這個詞跟「蒙古人（Mongol）」有關，用字典查了一下，結果不是。我也仔細觀察過我和家人的照片，我的鼻子和嘴很像爸爸，可皮膚是白色的。陌生人一般只當我是深色頭髮的白種人。顯然，在美國，我的姓氏與眾不同。本能告訴我，我的確跟別人不一樣。後來，我父親總跟我說，我只能和中國男孩約會，他說他們比白人或黑人小夥子更可靠。我覺得這種觀念眞陳腐。他不停嘮叨，有一次我惹火了，忍不住反唇相譏，說：「還不如你給我找一個你中意的中國男孩算了！不過，我可不要書呆子。」說這話的時候，我心裡就想到弗朗西．黃，他是我就讀的預科學校裡唯一的中國男孩。我父親去世後，我常常想，要是他還活著，他會怎麼看我的西裔前夫。卡洛斯也相當書生氣，甚至戴著眼鏡，不過他有他的魅力，作爲一名保險經紀人，他手裡有一大批客戶呢。

回去的時候，我在大堂碰見了客棧主人，一個矮胖的男人，臉上的皮膚像麵團一樣又軟又白，頂著一頭濃密的亂髮。我問他怎麼去固泰村，也就是玉鳳應該居住的地方。他說那兒很遠，離這兒有十五、六公里，我得坐公共汽車去。可我想一個人坐小車去，這樣我的時間就更靈活。於是客棧老闆幫我訂了一輛出租車，我給了他一百元訂金。

—

第二天早上八九點鐘的時候，我到了固泰村。這趟旅行很順暢，卻是白跑一趟。村長告訴我玉鳳幾年前就去世了，她家孩子現在在縣城開一家裁縫鋪。玉鳳死後火化的骨灰也是她女兒曼蓉保管，所以現在這個村子裡，跟玉鳳有關的東西什麼都沒有了。「唉，眞希望我不是在瞎跑。」我自言自語說。我一刻沒耽擱，立即回了福山。

下午我出去尋找我的同父異母姊姊。村長向我保證過，「只要打聽尙裁縫，人人都知道她的店。」我很高興我們倆還姓一個姓。我母親以前曾不無刻薄地取笑我：「你可能是地球上最後一個姓尙的人了。」的確，本義是「推崇」的「尙」字，即使在中國也是一個稀有的姓氏。不過在十三億人口中，總還有幾千個姓尙的人吧。尙家裁縫鋪的確蠻好找的，就在縣中心商業區一條鋪滿鵝卵石的人行步道上。沿著人行道走過幾家賣農產品和家禽的小攤販後，我就找到了。

「做衣服嗎？」一個洪亮的聲音從角落傳來，我看見一個六十多歲穿綠色高領毛衣的女人。看到她我的心就一顫。儘管她比父親矮了一個頭左右，但她長長的眼睛，寬寬的鼻子，飽滿的前額，以及圓圓的顴骨活脫脫就是他的女性翻版。她看上去健康而敦實。

「你是尙曼蓉？」我問。

「對，我就是。」

「你爸爸叫尙偉民。」

「你是誰？」她吃驚地看著我。

「我叫尙莉蓮，也是他的女兒。我們可以進去說話嗎？」

她叫來一個年輕女人，顯然是她的女兒，叫她照看一下前臺。然後曼蓉領著我進入了裡屋。在一個散布著零星碎布、粉筆頭和一把軟尺的桌子旁坐下以後，她緊盯著我看，彷彿還沒從震驚中恢復過來一樣。我從包裡拿出一本小影集遞給她，說，「這是我們父親的一些照片。」

「我從來沒見過他。關於他，我知道的全部就是他爲國家搜集了很多重要的情報，可是不能回來和我們團聚。網上是這麼說的。」她說。她看不到沒被「清理」的谷歌網頁，要不然，她就會知道我們父親死得挺慘。她翻看影集的時候，眉毛忽而緊皺，忽而揚起。最後，她厚厚的嘴唇咧開來，笑了。「這就是他，我們有一張他年輕時的照片。」

按捺住內心的激動，我儘量冷靜地說：「我們的父親三十年前去世了。他從來沒忘記你的媽媽。他愛她可是不能回來，所以他娶了我媽媽，一個美國白人，然後生了我。我是他們唯一的孩子。」

曼蓉流了眼淚，用手背去擦鼻子，我也哭起來，手抓著她的胳膊說：「姊姊，我眞高興，我終於找到你了。」

她用一條手巾擦了擦臉，站起來走到前屋。她大聲喊道，「珠亞，來，快來見你的小姨！」

一九五五

一九五五年二月，就在蓋瑞三十一歲生日的前一個月，他得知通訊社將很快搬去美國。湯瑪斯建議蓋瑞跟他們一起走，蓋瑞同意了。他說自己是一個難民，只想保住目前的飯碗。現在，他要處理掉一些物品。那輛開起來哐噹哐噹響的吉普車他以兩百美元賣給了一位來自臺灣的酒商；一張榻榻米、兩把椅子、一個煤油爐、一個餐具櫃以及餐具都送了人。但所有的書，只要能帶走他都帶走。他對書的佔有欲很強烈，就連已經讀完、做過記號的書，他都保留著。

三月初，他們登上一艘巨大的、鐵銹色的郵輪，開始橫渡太平洋。一個月後，他們抵達三藩市，然後坐火車橫跨美洲大陸。蓋瑞已經讀過不少關於美國的文章，但他還是被眼前這廣袤的土地震撼了。這裡水源豐富、土地肥沃，卻人煙稀少，難怪中國人叫這個國家「美」國。天空看起來更高更藍，和遠處的地平線交接在一起，景色十分和諧。沿途的森林、山脈、沙漠、湖泊、草地、一望無垠的莊稼地、農場，無一不讓他驚奇。每個大農場都有一座房子、一個馬廄、一個穀倉，有的還有一座風車。遠遠望去，這些建築就像一套兒童積木似的。也有好多馬和牛，身上什麼農具或韁繩都沒有，一個個悠然自得地四處閒逛著。田野一馬平川，有些一直延伸到地平線。一座高聳閃亮的建築一晃而過，蓋瑞十分納悶，猜不出那是什麼東西，也許是一座水塔或某家煉油廠吧。經過內布拉斯加草原的時候，他看到一群野牛，不知道牠們是不是已經被馴化了。他在哪裡讀到過，說十九世紀末歐洲的殖民者已經把野牛群全消滅了。不過喬治．湯瑪斯肯定地說，這些都是野生的。

通訊社在維吉尼亞州亞歷山大市一條安靜的後街安頓下來。作為中情局的延伸機構，他們專門提供翻譯服務。蓋瑞的辦公室在一座三層小樓裡，樓房東邊是一片雲杉和橡樹林。在幾個街區以外，他每月花四十二美元租了套小公寓，每天步行上班。公寓裡有一間臥室和另一間小屋，他用來當書房。書房的一側牆壁立著一對書架，底層還擺著以前租客留下的一套一九一三年版的大英百科全書。衛生間很簡陋，鏡子上有銅銹色的斑點，百葉窗的葉片也老化掉了下來，但圍了一圈新浴簾、下面有四隻腳爪的老式浴缸讓他欣喜。每次躺在裡面泡熱水澡時，他就感覺自己像個富人。還有，這裡自來水的味道好極了，比他以前去過的任何地方的水都好喝。

美國生活的很多方面都讓他驚歎，比如說：工資豐厚（有些工作甚至按小時付費）；圖書館方便極了，你想借多少書就借多少；無論大街小巷，一到晚上路燈都亮了起來；超市裡菠菜、芹菜、蘑菇都按分量用透明玻璃紙包得好好的。他喜歡這裡的水果，特別是十四美分一磅的香蕉、兩毛五美分一打的橙子。他也喜歡吃美國的堅果，果仁都粒粒飽滿。不過他不喜歡一些肉類、人工養殖的魚還有一些蔬菜，他覺得不夠鮮美，吃起來寡淡無味。

儘管這樣，蓋瑞還是覺得如果他必須在這裡長久居住的話，他會感到很苦惱。不管在哪裡，他都無法放鬆警惕。突然襲來的恐懼常令他不能自已，有時經過一個街角，就感覺一隻手馬上會伸出來抓住他。下班獨自回家時，他也不得不強迫自己不要轉身往後看，因爲老感覺有人在追蹤他。他希望自己能很快回到中國，再次走在那熟悉的堅實土地上。他在給上級的第一封信中就表達了自己思鄉心切，不適應美國的生活，可炳文回信說，他們必須「堅持原來的計畫」。

蓋瑞安頓下來不久，一位身材高䠷的美國姑娘走進了他的生活。在蓋瑞常去吃午飯的一家小飯館裡，有個服務員叫奈麗。蓋瑞安靜的性情和文雅的氣質吸引了她的注意。蓋瑞跟別的男人不一樣，他從不高聲喧嘩，經常獨自用餐。要是他看見自己熟識的人，他也會熱情地打招呼。他看起來是一個隨和而善良的人。一天，繁忙的午餐時間快結束時，奈麗鼓起勇氣跟他說話，看他究竟能否像一個普通的男人那樣交談，特別是跟一個女人。有一瞬間，他看起來有點兒不知所措，眼睛緊張地盯著她，但不一會兒他的臉就放鬆下來，咧嘴給了她一個微笑，露出方整的牙齒。

他說，「我想我還沒介紹自己。我叫蓋瑞。」他伸出手。

「奈麗．麥可里克。」她剛說完就覺得自己挺傻，連姓都報出來，像在工作面試似的。不過蓋瑞並沒注意到她的不安。奈麗感到他跟她相握的手堅定有力，她很喜歡。

店裡沒幾個顧客，她就在他的對面坐下來，兩肘抵著桌面，手托著腮。這姿勢也是爲了消除因興奮而導致的哆嗦，還有嘴唇的顫抖。她成功地抓住了他的目光，同時一陣紅暈靜靜泛上了她的臉頰，連耳朵尖都又紅又燙了。

午飯已經吃完，他拿出一包駱駝牌香菸，請她來一支。她謝絕了，說自己不抽菸。於是他把那支菸叼到自己嘴上，劃了根火柴，用另一隻手遮擋火苗送到嘴邊點燃了。他深深吸了一口，然後吐出一團煙霧。他看起來很放鬆，跟她閒聊的口氣就像他倆早就認識一樣。他們談了一會兒華盛頓地區，這地方對他倆來說都是新地方，接著他們談到日本，十三年前，奈麗的哥哥吉米在薩沃島戰役中陣亡了。

「當時他在步兵營還是在海軍陸戰隊？」蓋瑞問。

「在一艘叫阿斯托利亞的巡洋艦上，美國海軍在那場戰役中損失重大，傷亡了上千人。」她說。

「太慘了。吉米是你唯一的兄弟嗎？」

「是，所以我父母當時難過極了。」

「我能想像。」

於是他們交往起來。有時他似乎故意晚一點來吃午飯，以便錯過午間繁忙的時段，好與她聊天。儘管他有一張亞洲人的臉而且說話有口音，可她對他的興趣越來越濃。她注意到他臉上的皮膚平滑，看起來精力充沛。他說的英語文法無可挑剔，可是缺乏一種輕鬆和自然的語調，人人都聽得出他是外來者。蓋瑞有些音發不好，有時齒音沒發出來，「th」聽起來就像「s」似的。不過，他畢竟是一名職業翻譯，是有學識的人，而且爲政府工作。奈麗很想更多地瞭解他，也想知道他年齡到底多大。他看起來很年輕，似乎二十五歲左右。但可能更大些，因爲他的言行舉止禮貌、鎮定，又表明他一定有過些人生閱歷。他似乎性格堅定，正是奈麗欣賞的類型。而奈麗今年二十六歲，事業上並沒有許多發展機會，至今仍做著臨時工。雖然她皮膚白皙，眼珠是淺灰色的，但腦門很寬，兩隻眼睛也有些過於分開，看起來就像總在全神貫注似的。總的來說，她長得不算普通也談不上漂亮。她身材消瘦，彷彿營養不良，其實她骨架不小。她母親常在電話裡催促她：「趕緊給自己找個男人吧，要不然你會變成一個老姑娘的。」奈麗曾經在邁阿密上過一所兩年制的社區大學，專業是經濟學，可這絲毫沒改善她的生活水平。她父親則說：「你最好找一個能付得起房屋貸款的男人，把自己體面地嫁出去。」

奈麗和蓋瑞之間友好的談話，撫慰了蓋瑞孤絕的內心，兩人越走越近了。一天晚上，看完電影《萬花嬉春》之後，在電影院外面，她讓他吻了她。然後在兩人告別時，她警告他，要是他想拋棄她的話，她可不會饒了他。他止住腳步，吃驚地張著嘴。這個他連想都沒想過。一直以來他都認眞地和她約會，好像在物色妻子一般。他倒是想過如果她不答應他，他也許可以心平氣和地接受，反正已經習慣了失去，大不了再找一個。他以爲一個美國女人對他這樣的外國男人，有資格隨時拋棄。他知道自己已有家室，跟女人約會時，心裡總是充滿了愧疚和自責。

奈麗對他來說，就像天上掉餡餅，而且物超所值。她雖談不上什麼曠世美女，但她長著金色的頭髮和亮閃閃的眼睛。某種意義上，她普通的長相也有好處，就不會那麼容易跟男人眉來眼去，也不會動不動移情別戀。她臉上淺淺的雀斑、結實的骨架似乎都表明這個女人很可能成爲一個家庭的主心骨。除此之外，她還有一個更好的優點，那就是她一點兒都不嬌氣，也沒那麼多要求——不像喬治．湯瑪斯的妻子阿莉西亞，總是要自己的男人不停買花或各種禮物。然而蓋瑞不能說自己愛上了奈麗，他的心已經麻木，無法再對另一個人敞開心扉。關係確定以後，他很高興不用每個週末都帶她出去。他們常常只是在一起消磨時光，隨便弄頓飯吃，然後就去水邊或公園裡久久地漫步。每當雨後，那個公園裡的牛蛙都聒噪個不停。他喜歡她做的義大利通心粉和番茄醬千層麵，她愛吃他做的雞和魚。她常常熱情洋溢地誇讚他做的菜是「城裡最美味的中國菜」。每隔一段時間，他倆會去看場電影。他喜歡西部片，儘管約翰．韋恩是一個死硬的反共分子，但他從沒錯過一部他的電影。他暗地裡也喜歡奧黛麗．赫本，不過在銀幕上看著她也滿足了——他不在人前談到她，生怕他對她那令人屛息的美貌的讚美會讓自己顯得傻裡傻氣又神經兮兮。

一九五五年九月，他們相處三個月之後，蓋瑞開始把奈麗以女友的身分介紹給同事。但她卻覺得他們之間進展得還是太慢。奈麗勸說她父母接受蓋瑞這個中國人當他們未來的女婿一直頗費周折。他們不喜歡蓋瑞，他不僅看起來太一本正經、背景不清不楚，最糟糕的是，他不屬於任何教會。他告訴過奈麗，他在中國已經沒有家人，只在香港有一個堂兄。現在她父母已經不再反對了，奈麗不明白，蓋瑞爲什麼還不趕快結束漫長的約會，向她求婚呢？每個週末或假期都得想出些約會的主意實在累人。奈麗認爲自己和蓋瑞非常般配。她將是一位好妻子，會給他養出幾個壯小子。她好幾次暗示他們應該訂婚了，越早越好，可蓋瑞還說要再等等。

「再給我些時間吧。」一天，在購物回家的路上，蓋瑞一手搭著方向盤說。

「告訴我，我到底哪點讓你不滿意？」她盯著他的側臉。

他沒轉過臉去，就已感受到了她灼人的目光。「不是因爲這個，我跟你說過好多次了。」

「那是爲什麼？你還擔心什麼？你不用徵求父母同意，也沒有兄弟姊妹要發表意見。我眞不明白你爲什麼猶豫不決。說實話，你是不是覺得我配不上你？」

「別激動。」

「你不能跟一個女性睡過了就不要她了。這兒跟中國或日本可不一樣。」

「我對我們的關係是認眞的。再給我幾個星期。」

她歎口氣。「看來我只能咬緊牙關了。」

「要是你咬不動，不咬也可以。」

「眞討厭！」她狠狠地推了他肩膀一把，兩人又都笑了。

幾個月前蓋瑞申請了綠卡，他聽說每年都得更新簽證十分麻煩，而且有了美國綠卡，出國旅行也方便得多。他計劃儘早入籍，這樣就能看到他們機構更多的祕密文件。他也想多少掌控一點自己的命運，至少在美國他能有一些法律保障。很難說中美之間還會發生什麼，似乎兩國在東亞某處很可能會再次發生軍事衝突。如果是這樣，他的上級短時間內不會讓他回去。

根據最近發生的事件，這種可能似已無法避免。對此他內心一直感到煩憂和痛苦。一九五五年一月，人民解放軍對浙江沿海一帶的一江山島發動大舉進攻。這是中國解放軍歷史上第一次海陸空三軍協調作戰。勢如破竹的兵力一舉擊潰了國民黨守軍，島上部署的整個團都被殲滅，敵人的指揮官王生明少校和士兵們頑強戰鬥，用僅剩的一枚手榴彈自盡了。就戰術上來說，蓋瑞知道共產黨打了漂亮的一仗，然而就政治上來說，他卻認爲這是一場慘敗。戰役十天後，美國議會就通過了《臺海決議案》，授權德懷特．艾森豪可以用武力保衛臺灣及其附屬島嶼的安全，並阻止大陸方面的攻擊。這項法律使大陸解放臺灣變成了無法實現的目標，至少也是難上加難。從此解放軍要想越過臺灣海峽，就得先和美軍作戰了。當時中國空軍和海軍剛剛組建，還處於嬰兒期，很難想像中國如何面對美國軍隊。艾森豪甚至宣稱如有必要將動用核武。周恩來總理則回應說中國人民不怕原子彈，並將和美帝國主義鬥爭到底。反覆思量後，蓋瑞認定一江山島戰役是場政治失誤，直接加大了臺灣和大陸之間的距離。隨著中美之間的敵意愈演愈烈，他也感到自己陷入了越來越深的孤絕之境。他內心忍不住抱怨中共的某些領導和將領，認爲其中有些人實在是目光短淺。「眞是一群傻瓜啊！」他心裡說。

一九五五年初夏以來，他注意到臺北方面傳來大量有關孫立人將軍的文件。孫立人曾是國民黨陸軍司令。蓋瑞喜歡他。他們是清華校友，不過孫比他高好多屆。孫立人在大學時是籃球健將，甚至還短期加入過國家隊。除此之外，孫在學業上也頗爲進取。他先是考取了普渡大學的獎學金，在那裡主修土木工程。拿到學士學位之後，他在紐約的一家建築事務所工作了一陣子。後來他又去維吉尼亞軍事學院學了兩年軍事科學（他是一九二七屆學員）。然後回到中國，爲國民黨軍隊服務。在那裡他加官晉爵、平步青雲，很快被提拔爲將軍。

他多次打敗日本人和共產黨軍隊，在蔣介石的將軍們中，孫能力最強。共產黨很怕他，他也被二戰期間美國中緬印戰區總司令約瑟夫·史迪威（Joseph Stilwell）譽爲「東方的隆美爾（Rommel）」。他個性率眞，在國民黨軍隊其他諸將中漸漸被孤立起來。其他人大多畢業於黃埔軍校，蔣介石曾在那裡當校長。由於孫的美國背景，蔣介石從沒眞正信任過他。一九五四年夏天，蔣介石把孫立人調離軍隊指揮部門，任命他爲總統內閣參謀，手中沒有任何實權。通過翻譯一些報告和談話，蓋瑞懷疑蔣介石想要搞掉孫立人。蔣懷疑孫立人試圖發動政變，攫取總統權力，最後讓臺灣淪爲美國的傀儡，雖然這些指控完全沒有根據。一九五五年八月，孫立人被解職，並很快遭到軟禁。蓋瑞猜想美國中情局可能跟這件事有關，但他不確定孫立人到底有多無辜。直覺告訴蓋瑞，孫立人的政治生涯可能到此結束。如果這樣，蔣的軍事力量就算不混亂一下子，也會大幅減弱。他查看了有關孫將軍情況的文件，告訴分管機密材料的辦事員說，他得把一些文件帶回去翻譯。這對翻譯人員來說是常事，大家常常工作到很晚。蓋瑞將許多關於孫立人的文件拍下來，相信這些是重要的情報。

十月中旬，他請了兩星期假去了香港。在那裡，他把膠片交給炳文。炳文對這個消息很激動，因爲大陸還是念念不忘解放臺灣，蔣最出色的將軍的出局可能給事情帶來轉機。蓋瑞也彙報了他和奈麗的關係，希望得到上級的指示。

兩天後他和炳文又在一間茶館會面。炳文告訴他，「關於這個女人，怎麼必要就怎麼辦，你可能需要在美國待很長時間。」

「你的意思是，我應該跟她結婚？」蓋瑞問。

「對。這樣你的生活會更容易一些，我們都理解你的處境。而且這也會讓你在美國人眼裡顯得更正常些。」

「那我在山東的妻子和父母怎麼辦？」蓋瑞囁嚅著。近幾個月來，他已經讓自己壓制了對玉鳳的大部分記憶，然而一陣痳木的劇痛還是抓住了他的心。

「政府會照顧他們的。你放心。」

於是蓋瑞花了九十四美元買了一枚訂婚戒指，上面鑲了一顆小小的梨形藍寶石。三天後他飛回美國。他完全不知道自己已經有了兩個孩子。他的上級指示炳文不要跟蓋瑞透露這個消息，這樣他就能更快地在美國安定下來。

❖❖❖

姊姊曼蓉堅持讓我住到她家裡。下午我跟旅館結帳後，隨侄女珠亞一起去她媽媽家。珠亞身材健碩，胸部飽滿，頭上紮一條紫頭巾，她毫不費力地拎起我裝得滿滿的行李箱，就好像那是一只空箱子。路上每碰見一個熟人，她就告訴他們我是她小姨，我只是微笑著跟人點頭，並不言語。

曼蓉的丈夫梁範斌熱情地跟我問候、握手。他的手掌感覺很厚，肉呼呼的。他以前是縣政府的一個小官員，剛退休。在中國，男人六十歲、女人五十五歲退休。我常跟我北京的同事們半開玩笑地說我眞希望自己是個中國人，這樣明年我五十五歲的時候就可以退休了。總體上來說，中國對老年人還是一個不錯的地方——在有些地區，生活可以十分從容和輕鬆。範斌眼睛下面有了眼袋，鬍鬚和兩鬢也斑白了，可看起來並不像六十一歲。他一直跟我說：「今天咱家多高興呀！」事實上每個人也都像過節似的。曼蓉打電話叫來了她的女婿和外孫女。外孫女是個鬧騰的孩子，腦袋兩邊各紮了一個小辮兒。這個六歲的小女孩一看見我就對我說：「你一點兒都不像美國人呀。」

「住嘴，小燕子！」曼蓉數落了孫女，然後跟我說：「她還沒上學呢，可是話倒多得不得了。」

「我只是告訴她我是怎麼想的，姥姥。」小燕子回嘴說。

大人們都笑了。我摸了摸她蘋果一樣的嫩臉蛋，又拍了拍她的腦袋，她把兩隻手按在我的手背上。這眞像一大家人重聚在一起，好像每個人早就認識我一樣。我很感動——我很少有置身於這麼多親戚之中的經歷。我媽媽的姊姊有一個跟我同齡的兒子，可我這輩子只見過他兩次。

曼蓉的家乾淨又寬敞，地上鋪著平整的地磚，全都水泥嵌縫。客廳最裡面靠牆是一臺大平面電視，一個角落裡像鵝頸一般伸出一盞不銹鋼落地燈。靠另一面牆是一張長橡木櫃，上面擺了幾幅鑲著鏡框的家人照片。「這是我媽。」曼蓉指著一張黑白照片告訴我。我湊過去看，是玉鳳四十五歲左右的照片：一張鵝蛋臉珠圓玉潤，窄小的顴骨，挺挺的鼻子，左嘴角上端有一粒小痣，眼神明淨中透著一絲憂鬱，前額覆蓋著半邊瀏海。她看起來很健康，身上有一種都市氣質，像是一位護士或教師。看來家務外務都很能幹。這張照片旁邊是一張婚紗照，上面是她和我父親，肩並肩，幸福地微笑著。他們眞是漂亮的一對，都臉型清瘦，氣質優雅。新娘的頭上戴著婚紗，新郎的頭髮則從一邊整齊地分開，用頭油梳得亮亮的，胸前別著一支鋼筆。照片右上角斜斜地寫著一行字：「偉民和玉鳳喜結良緣，一九四九年一月十六日。」

「你母親很漂亮。」我對曼蓉說。

「是啊，她在我們山東老家被選爲第一美女呢。」

「誰選的？」

「村子裡的一些男人，私底下選的。」

「難怪她在那裡生活很難。」我想起那句俗語，就引用說，「寡婦門前是非多。沒有丈夫在身邊，她一定像寡婦一樣容易被人欺負。」

「你眞了解中國人，莉蓮。」

「我們的父親總是讓我學中文，我的一個研究領域就是中國歷史。」我說。

我看見角落裡有一臺飲水機，幾乎和我們在馬里蘭州的公寓樓裡亨利辦公室裡的那臺一樣。福山縣就在松花江上，看來江水一定污染得很厲害了。飲水機也說明曼蓉家日子可能過得還不錯，雖然我看見她做飯還是用自來水。房子後面有一間天花板挺低的書房，裡面有一臺電腦、一臺掃描器，一臺傳眞機，還有一臺雷射印表機。這給我留下了深刻的印象，想不到在這麼偏遠的小鎭，他們家辦公電器一應俱全。珠亞說她每晚都上網，在各地有一群部落客好友，甚至還有一個在蒙古。我告訴她我不寫博客。她很驚奇，她以爲大多數美國人都寫部落客。

「你爲什麼不寫博客呢，小姨？」珠亞問我，嗓音低啞。

「太費時間了。空閒的時間我更願意讀些書，那也算是我部分的工作吧。」

「外面什麼都有。你可以在博客裡認識各種各樣的朋友。博客很好玩，讓我跟上外面世界的潮流。」

「我已經有很多學生了。如果還得跟再多的人打交道，我一定會焦頭爛額的。」

她開懷大笑。我羨慕她無憂無慮的樣子，說明她對生活很滿意，跟父母的關係也不錯。我姊姊有珠亞這樣的女兒眞幸運，更不用說還有外孫女小燕子了。我一直遺憾自己沒有孩子。我第一個丈夫不喜歡小孩，而我第二次結婚的時候，已經四十八歲了。

吃晚飯時我得知曼蓉和範斌除了珠亞以外，還有另外兩個孩子，珠麗和本寧。這兩個孩子是龍鳳胎，現在二十五歲左右，都在南方工作。（我姊姊和她丈夫很幸運：他們的頭胎是女孩，那個時候一胎化政策還不那麼嚴厲，所以他們可以再生一個孩子。結果第二胎一下子懷了兩個，一個男孩一個女孩）。全家人都多麼希望今天那兩個孩子也能在呀。

大家都盤腿圍坐在炕上的一張矮桌旁。廚房那邊做飯的熱氣在從煙囪出去以前，會從我們坐的長炕底下經過，所以每個人的位子都烤得暖洋洋的。我沒法像他們那樣雙腿交叉盤坐，我只能一條腿彎在炕上，一條腿垂在炕沿上。我爲自己的不雅坐相道歉，可是曼蓉說：「你現在在家裡，怎麼舒服怎麼來。」

他們不停地把菜夾到我的碗裡，一塊炸鯰魚，一片雞肉，或者一勺醬爆豆芽木耳海米。我喜歡這些菜，可是吃不多。相反，他們的胃口都比我好。我眞希望自己也能像他們那樣大口吃飯，不用擔憂自己的體重呀。雖然我不算胖，可是我吃飯的時候總是小心自己別吃得太多。我心裡總會響起媽媽無數次的警告：「莉蓮，別把自己的臉塞成個胖子。」

那天晚上曼蓉把她丈夫趕到另一間臥室去睡，說她想和我在一塊兒說說我們的爸爸，也說些「女人之間的悄悄話」。在白天，我們眞的幾乎沒談到他。我不想跟姊姊吐露我們的父親是一個被美國聯邦調查局抓住的間諜，而且是一個糟糕的丈夫。我僅僅告訴她，「他很想念你媽媽，可是他回不來。」

「我們都知道他在海外執行重要的任務。」曼蓉說。「他知道我和我弟弟嗎？」

「以前一直都不知道。五十年代後期，上級才告訴他你們姊弟倆的存在。他去世的時候都以爲弟弟還活著。他常常在日記中提到你媽媽。」

「我媽這輩子過得很慘。」她頓了一頓，似乎期待我的回應。可我不知道該說什麼。黑暗中，我們躺在磚炕上，中間隔了半米遠。屋子裡那麼寧靜，只聽見牆壁上掛鐘的滴答聲。

曼蓉繼續說：「媽媽常說爸爸是個十分優秀的男人，有清華大學的畢業證。那眞了不起。我不知道我們老家還有誰也上了清華。媽媽臨死的時候跟我說『要是你哪天看見你爸，告訴他我對他爹娘是一個好兒媳，對他是一個好妻子。』唉，要是我能讓他知道就好了。」

「上個月我去了林岷縣的麥家村，」我說。「有人告訴我，弟弟死了以後你和你媽媽不得不離開村子。」

「他生來弱小，不像我，雖然我們是雙胞胎。五十年代我們靠政府給錢，日子過得還不錯。可饑荒來的時候，我們就不如其他村民了。我們種不了地，而錢像廢紙一樣什麼都買不到。那年我和弟弟十一歲，都瘦得皮包骨，一天到晚挨餓。聽說許多人都餓死了，媽媽害怕極了。然後弟弟死了，媽媽難過得差點發瘋。當滿盛叔叔提出要媽媽跟他家一起過的時候，我們立刻就離開了麥家村。」

「這個選擇還是聰明的。」我說。「接下來的幾年裡兩百多個村民餓死了。」

「實際上，媽媽後來告訴我，我們離開也有別的原因。」

「什麼原因？」

「村子裡有個男人，偉福叔叔，也是我們尙家的人，是爸爸的遠房表弟。我記得他，是一個安靜、好脾氣的人。他是個單身漢，對我們非常好。他常來幫媽媽做些重活，比如上屋頂添草，在院子裡挖溝渠排出雨水，在春節的時候殺豬。他長得挺帥，個子高高的，眼睛亮亮的。走路時昂首挺胸，渾身結實的肌肉。他家窮，娶不起媳婦。村裡人開始說他和媽媽的閒話。顯然兩個人也的確互相喜歡。媽媽後來告訴我偉福叔叔曾向她求婚，可她不能那麼做，因爲她還是爸爸的妻子。她說：『要是有一天我丈夫回來了怎麼辦？』儘管如此，她在心裡還是漸漸喜歡上偉福，每當他在身邊的時候，她也忍不住感到開心。她跟我坦白說，要是我們不趕快走的話，她也許會管不住自己。她眞怕出什麼醜事。」

我的胸口似乎有什麼在湧動，眼淚奪眶而出，流滿了臉頰。我用手捂住嘴，可曼蓉還是聽見了我在哭泣。

「你怎麼哭啦？」曼蓉問。

「我眞爲你媽媽難過。她是個好女人。我眞希望她沒有遭受那樣的生活。」

「你也是個好人。我看到你的第一眼就知道我能信任你。」她伸出手抓著我的胳膊。

我們繼續說話。曼蓉說現在日子好過多了，不過「財富分配不公」，大多數人覺得不幸福。這樣的書面用語讓我欽佩。她連高中都沒讀，可是喜歡讀書，特別是港臺的愛情小說，所以她談吐清晰，有時甚至頗有說服力。

——

第二天早晨我去了曼蓉的店鋪，想跟她在一起多待一些時間。她雇了兩名全職工人，也把一些活兒外包給附近的主婦們做，論件計酬。我和曼蓉在前頭櫃檯聊天的時候，旁邊屋子裡的縫紉機就在那邊泮泮地響著。顧客進來時，她轉身去接洽生意，我就看著屋外的街景。人們走來走去，也有兩邊掛著馱籃的驢子或騾子經過，蹄子在鵝卵石路上敲出得得的聲音。一輛滿載了鼓鼓囊囊麻袋的馬車搖搖晃晃地過去了，我注意到拉車的三匹馬中的一匹臀部上烙著「283」，也許那匹毛茸茸的蒙古矮腳馬曾在部隊服務過，現在退役了。街對面的人行道上蹲著一些小販，前面放著貨物，有的賣雞賣鴨，有的賣菸草、有的賣棚植蔬菜（大部分是黃瓜，韭菜，柿子椒和平菇），還有人賣柳條籠子和籃子。時不時傳來幾聲叫賣，大概是看到了可能的買主。

從我們的對話中，我得知曼蓉雙胞胎中的女兒珠麗，現在在東莞的一家工廠打工。珠麗以前每到過年的時候都回家一次，但今年春節她沒回來，說工廠只放一個星期假，如果再往回趕的話，這麼長的旅途一定會把她累壞了，所以她決定給父母匯些錢，過節的時候就在宿舍裡休息。至於兒子本寧，姊姊也不清楚他到底在哪兒。他似乎基本上在南方活動，但四處跑，有時坐國際郵輪出海，有時待在中國的不同城市。他可能在航運公司工作。我姊姊已經兩年多沒看見他了，但知道他一定日子過得還行。這三個孩子當中，他是最聰明的，上了大學，有前途。以前他給父母的信都由他姊姊珠麗轉交，所以曼蓉一直沒有兒子的地址和電話。

第二天上午，侄女珠亞帶我去看松花江，說要去看江水破冰的風景，她告訴我說那場面壯觀，難得一見。四月中旬的天氣十分凜冽，不少人還穿著冬衣。在街上，有人穿厚厚的外套和皺皺的長筒靴，也有男人戴著毛皮帽子。珠亞領我向北走去，嫻熟地抄著各種近道，我緊跟著她。這些後街小巷的光景跟縣城中心截然不同。有的房子搖搖欲墜，外面勉強圍著幾條木籬笆；有些窗子用破被子遮在外面。到處是垃圾，有的堆了一米多高。路面上除了污水外，還有一些半化凍的糞便。在這狹窄、坑窪的泥濘小道上揀好地方走真不容易。這兒的窮街陋巷讓我聯想到一個散發著有毒氣體的肥料坑。就在離繁華熱鬧的商業區幾條街遠的地方，這些後街就變成了完全沒有城市地下道和衛生設施系統的貧民窟。如果所有的垃圾和廢物一直堆在這裡，到夏天，疾病甚至瘟疫就可能會爆發。我在中國到處看見類似的情景——一部分人或一些地方富起來之後，光鮮的外表之下，另一些地方或另一些人卻被無情拋棄，看不到希望。

江面上風很大，一陣陣勁風呼嘯而來吹打著樹枝、人們的頭髮和大衣。時不時有巨大的冰塊被拋起來，又掉進暗綠色的江裡。一些魚被冰塊砸死，肚皮朝上白花花地浮在水面，看起來有鯉魚、梭魚，還有鱸魚。江水在怒吼，如果我閉上眼睛的話，這動靜聽起來就像正在廝殺的古戰場，到處是鋒利的金屬乒乒乓乓的撞擊聲。河對岸樹木蕭瑟，這裡那裡可以看見一灘灘殘雪，看著這麼龐大的水體，捲攜著一座座小冰山，一路向東傾瀉奔騰而去，真有點嚇人。我們身後是斜著上去的石砌河岸，斜坡上的人行道有幾家售貨亭，還沒開門。也有一家空蕩蕩的飯館，要到五月下旬才對遊客開放。飯館的房頂上有一只播音喇叭，想必也靜默了整個冬季。人行道往西有一小塊墓地，中間有一座高高的銅像，是一個俄國士兵，身披防雨斗篷，手上端著衝鋒槍，槍的圓彈匣厚厚的。塑像身後豎著一座尖頂紀念碑。一群烏鴉棲息在那戰士的頭盔、肩膀和胳膊上，飢餓地呱呱叫著。周圍的人都很興奮，有些人唧唧喳喳不知在說些什麼，有些在叫喊，有些人拿出相機不停拍那些碎裂的冰塊。河對岸東邊遠遠的地方有家水泥廠，兩個巨大的煙囪正冒著白煙。

珠亞說夏天這個河岸是朋友聚會的熱門場所，年輕人喜歡來這裡約會。你可以租一個小划艇，當然如果願意多花錢的話，也可以參加遊艇兩日遊，沿江一直開到中俄邊境的同江市和撫遠縣。

「以前破冰的時候，我們常到這水裡來撿魚。」珠亞說。

「現在不撿了？」我問。

「是啊，太危險了。再說，現在很多農民養魚，這個水也污染了，大家都不再吃江裡的魚了。本寧小時候有一次來撿魚，爲了撈一隻死大頭魚，被困在一塊漂浮的冰上差點漂走。他嚇死了，拚命叫喊。」

「就在這個地方？」

「不是，在下游，靠近我們村子的地方。」

就在我們說話的時候，幾只油桶上下顛簸著滾了過去，在陽光下閃著油光。

「後來他怎麼得救的？」我問。

「一個下班的消防員跳進水裡把他拖回了岸邊，但那個人的一條腿卻被壓壞，殘廢了。後來好幾個月，他都被本地的人視爲英雄。」

「本寧現在在哪兒？」

「我也想知道。他只告訴我們他在旅行。不過，他一直跟珠麗有聯絡。那兩個傢伙關係親密得很。」我聽到她語氣中有一絲嘲諷。

「我想見見他。」我說。

「他一般在廣東活動，不過我肯定有的時候他也去北京。」

第二天早上我要離開的時候，姊姊和姊夫也提到了本寧。他們希望下次本寧去北京的時候，我能跟他見面。他們讓我幫著催本寧找個姑娘趕緊成家生子。「把我們的孩子就當成你的孩子。」姊姊跟我說。在她一再要求下，我答應過一兩年再來看她。

他們的熱情和好意觸動了我，我又想起我父母冷清的生活。蓋瑞和奈麗兩人都獨來獨往，很少跟他人交往。雖然我愛我媽媽，但我也常常覺得跟她單獨相處的時候有些彆扭。她不太幸福，常常心情沮喪，有拿我出氣的意思。也許她覺得我跟我父親比跟她親。我念完博士拿到馬里蘭州立大學教職的時候，她不動聲色、一言不發，彷彿我永遠都不能達到她對我的期望。她希望我上醫學院，可我討厭醫科。我出版了第一本書，是一部美國在鴉片戰爭中所扮角色的專著，並且拿到終身教職的時候，她依舊不以爲然。我以前常跟亨利說我媽媽是一個難相處的女人，然而他倆倒交往融洽、彼此喜歡。奈麗每次來我家，亨利都會給她做他拿手的蝦仁義大利麵或者茄汁雞麵。他做的義大利飯比我做的好吃多了。我媽媽常常跟我開玩笑說：「傻姑娘有後福。」這就算她對我第二次婚姻表示首肯的評價。我想她大概是嫉妒我。

一九五六—一九五七

一九五六夏天，蓋瑞和奈麗結婚了，搬進了亞歷山大市北邊一套大點兒的公寓。公寓在三樓，兩房一廳，有個窄小的陽臺，一共一百多平米。蓋瑞用較小的那間臥室當書房。奈麗生平第一次感覺有了屬於自己的家。然而，奈麗的父母仍然看不上蓋瑞，他們覺得蓋瑞過於內向和緊張。他似乎時刻處於防範狀態，在聚會上都滴酒不沾，藉口說要開車。（爺爺麥特常評價蓋瑞說：「老天，這傢伙連在自己的婚禮上都板著一張臉，他還有高興的時候嗎？」奶奶貝絲則反駁說：「蓋瑞不能像你一樣放鬆，明天一大早他和奈麗還得出發呢。他得讓自己頭腦清醒。」接下來的一個星期，這對新婚夫婦要去佛羅里達的聖彼德堡度蜜月。）然而，跟麥可里克家另一位女婿相比，蓋瑞還是很負責任，對新娘也更慷慨。更讓人無可挑剔的是，蓋瑞對奈麗的父母沒有任何要求。結婚前，奈麗曾問蓋瑞，她要不要跟她父母要幾千美元來辦婚禮。蓋瑞讓她別那麼做，說她父母能同意把她嫁給他，他已經萬分感激了，而且在中國，婚禮的一切開銷都由新郎家負責。這倒是眞的，但這也多少減輕他內心的不安和愧疚，畢竟他是一個重婚者。他相信在中國政府的幫助下，他最終能跟玉鳳解釋清楚。然而他能對奈麗說什麼呢？想跟她坦白一切，唯有洩露自己的眞實身分。這是蓋瑞無法做到的。意識到這一點以後，蓋瑞唯有對奈麗更體貼了。

蓋瑞每月的薪水是六百八十美元，足以養家餬口。所以婚禮之後，奈麗就高興地辭去服務員的工作，把全部心思放在新家上。新婚燕爾，夫妻倆如膠似漆。好幾個星期蓋瑞都不進書房工作，兩人有時甚至十點前就上床了。（「他簡直像個野獸。」多年後，奈麗跟莉蓮這麼承認，「開始的時候他在床上好野，我不得不教他慢下來，多少先溫存些，照顧點兒我的感受。」）

一九五六年深秋，奈麗發現自己懷了孕。蓋瑞悲喜交加。結了婚，現在又有一個孩子要降生，他感到自己正在美國扎下根來。一想到自己將在這兒住得越久，根扎得越深，他就越心慌意亂。萬一某天中國政府要召他回去，而他不得不再次拋下這裡的一切、立即啓程，想像這樣的一幕更讓他不寒而慄。他希望這樣的事不要發生。假如必須離開，他也希望有足夠的時間安排好一切後再抽身。

懷孕讓奈麗的情緒捉摸不定。她時不時發脾氣，但蓋瑞又寬容又體貼。要是他實在受不了她了，他就把自己鎖在小書房裡工作或讀書。奈麗幾乎沒什麼朋友。她白天大部分時光都耗在電視機前，電視連續劇《我愛露西》和《靈犬萊西》她一集沒錯過，她甚至把頭髮也染成了露西那樣的「熱焰紅」。要是她對蓋瑞哪句話不以爲然，她也模仿那個滑稽女人，一撇嘴，說「切！」晚餐的時候，她喜歡給蓋瑞總結一下她今天在電視上看到的東西，但他很少認眞聽。她懷疑他對自己的話只是這耳進那耳出。有時她眞不耐煩，恨不得揍他幾拳，叫他「呆子」。她爺爺以前用這個詞來形容那些整天把鼻子湊進書裡的人。如今，蓋瑞的確把更多時間花在讀書和寫作上了，常常深夜都待在書房裡，那個書房，除了他自己，誰也不能進去。他從來不讓奈麗打掃書房，他自己把所有東西都擺放得井井有條，每天早晨上班前，都要查看一下書房裡的兩個文件櫃是否鎖好了。只要他發現他不在的時候奈麗進過這個房間，他就會發脾氣，一再說他的工作性質讓他必須保證他工作空間的機密。一開始她很惱怒，但慢慢也就放棄了，再也不打掃那個房間。

讓奈麗更煩悶的是，自從她懷孕之後，蓋瑞就不再碰她了，說是會傷害胎兒。他說，按照中國習俗，妻子懷孕的時候，夫妻是不能同房的，如果一定這麼做，不僅會傷害母親和胎兒，也會給男人帶來晦氣。蓋瑞甚至給這種習俗添加了自己的論據，他說：「跟懷孕婦女交合是違背自然的。你看那些動物，牠們交合只是爲了繁衍，一旦母獸懷孕了，公獸就離開她直到她再次發情。」

奈麗不吃他這一套，懷疑他可能是討厭她「浮腫」的身體。其實她肚子只鼓了一點點，身材還是挺像樣的。一天晚餐的時候，這個話題又提起來。她問：「要是你懷孕的妻子仍然在發情呢？」她嗓門響亮，簡直有點刺耳。

蓋瑞難以置信地盯著她。「這只是假設，是吧？」

她繼續嘲弄地說：「按照你們中國人的標準，這樣的女人一定是個變態、不知廉恥的蕩婦，是吧？」

「好了，好了，別這麼說。我們的孩子生下來以後，我會再和你在一起的。」

實際上，她也不是那麼欲望強烈，也害怕弄傷胎兒。她只是對他夜晚再也不跟她睡在一張床上感到不安。更糟的是，他白天也不怎麼和她在一起。要是可以的話，她恨不得把他的書房砸了，因爲書房現在已經變成蓋瑞的臥室。她不依不饒地說，「我的產科醫生說，只要我們小心，懷孕期間進行性生活是可以的。」

他眼中噴出怒火，瞪得大大的。他想不到她竟然跟內爾森醫生討論這種問題，就是那個在錐子樣的手指上套著一隻粗大金戒指、又矮又胖的傢伙。他還記得那次送奈麗去檢查，那醫生單獨和奈麗在一間內室待了半天，出來後擠眉弄眼地跟他彙報胎兒一切正常，彷彿在跟這位年輕的丈夫暗示，他剛和他只穿了一件單薄病號服的妻子在裡面度過了一段愉快的時光。蓋瑞對奈麗喊叫：「鬼才相信他！那個庸醫！混蛋！」

「天哪，你的脾氣眞暴躁，一天到晚生氣。」她去了客廳。他則站起來收拾飯桌。廚房的家務事他們一向如此分工：她做飯，他洗碗，他也每天早晨扔垃圾。

奈麗害怕蓋瑞在她懷孕的時候去找別的女人，特別是美國之音裡頭的亞洲女職員。他常給那裡投稿，從英文翻譯些中文給他們廣播。她知道他常常跟她們混在一起。每次跟她們在一起時，蓋瑞的屁股就像黏在椅子上似的，他能和那些女人一連聊上幾個小時。奈麗見過她們其中的幾位，都挺風騷，說起話來聲音溫柔甜美。而且蓋瑞和美國人交往自如，不像別的中國男人，英文有限，只願意住在西海岸華人聚居區或中國城。流利的英語讓他十分出眾，也許對那些亞洲女人來說，蓋瑞是個風流才子。奈麗越回想丈夫對自己的冷漠，心裡就越覺得委屈。

一九五七年七月十六號，嬰兒誕生了。護士告訴奈麗是個女兒，她有些失望，因為她跟蓋瑞保證過她會給他生幾個讓他驕傲的健壯男孩子。不過這還只是頭一個孩子，他們會有第二個、第三個、甚至第四個的。她不應該覺得無望，或無顏面對自己的丈夫。讓她寬慰的是，當蓋瑞抱起他們的女兒、哄著她、輕輕搖晃她的時候，他看起來真心歡喜。跟奈麗一樣，他也以為這是他的頭生子。然而在他的潛意識裡，也藏著一個他並不十分想弄清楚的念頭：如果是個男孩，蓋瑞可能會更珍惜兒子，要是祖國召他回去的話，他可能就更難割捨這塊地方了。生女兒也好，也許更合適，女兒就不會把他跟這塊土地聯繫得那麼緊了。

兩人在家裡商量給孩子取什麼名字。奈麗和蓋瑞都喜歡「莉蓮」，不過，蓋瑞還建議用「玉」做她中間的名字，說這是他母親娘家的姓。實際上，這是玉鳳名字中的頭一個字，彷彿沿襲中國的傳統習俗，他第一個妻子在某種程度上也部分擁有這個美國女嬰似的。奈麗知道蓋瑞並不很喜歡她的父母，所以她同意在「莉蓮」和「尙」中間，加上「玉」這個中名。（三十年以後，女兒自己把「玉」換回了母親的娘家姓「麥可里克」。）

與此同時，蓋瑞緊密關注國際事件。一九五七年俄國發生了那麼多事情，這一年簡直堪稱「蘇聯年」，也就是社會主義頭號強權勝過西方的一年。俄國人成功發射了一枚能夠裝載核彈頭的洲際導彈（那時候他們已經既有原子彈也有氫彈了）。他們往太空送去兩顆衛星，第二顆衛星還搭乘了一名動物乘客，小狗徠卡。十二月，蘇聯第一艘核潛艇試行成功。相比之下，美國剛痛苦地經歷了最近在朝鮮半島的挫折，看起來還處在防禦狀態。五月初，一個美國官員在臺灣殺害了一名國民黨陸軍少校，卻被美國軍方法庭無罪釋放，這引起了大規模群眾抗議。抗議人群衝進臺北的美國大使館，砸開裡面的保險櫃，取出機密文件跑掉了。而那文件上就有美國欲尋求一位更聽話的領導來取代蔣介石的計畫。很多人都相信，是蔣介石的兒子蔣經國幕後指使了這場對大使館的衝擊。蔣介石立即向白宮道歉，強調說這不是臺灣政府支持和策劃的反美行動。爲了表示和解，他允許美國軍方在臺灣部署能夠對大陸的多數城市隨時發動核襲擊的地對地導彈。

在閱讀情報時，蓋瑞可以看到，在兩個超級大國的對比下，自己的祖國卻舉步維艱。一九五七年儘管中國模仿米格—17，也造出了第一架轟炸機和戰鬥機，但整個國家大部分方面每況愈下。農村合作社沒有按預期提高作物的產量，老百姓的生活水準日益下降。很多東西包括糧食、食用油、肉、布匹都限量供應。南方每個城市居民每年只能買十尺布，北方黑龍江省的城市裡，每人可以買二十四尺，因爲北方冬天需要更多的衣服。整個國家物資如此匱乏，以至於豆腐、火柴、棉線、羊毛、香菸、茶葉、糖、鹽、蛋和肥皂都憑票供應。這些壞消息讓蓋瑞難受，雖然偶爾也有些振奮人心的報導。其中一個好消息是一名中國游泳運動員以一秒之差打破了一百米蛙泳男子世界紀錄（一名捷克人保持的一分十二秒七）。那個人的成功不知怎麼打動了蓋瑞，似乎再一次證明有時一個人的努力也能改變世界，並給國家帶來榮譽。這個感想在他讀尼采的時候又得到了強化。雖然他從未眞正主宰過自己的命運，長久以來在他內心根深柢固的集體觀念也從未眞正被顚覆，但他開始相信超人的力量。

那年沒什麼有價值的情報值得跑一趟，所以蓋瑞沒去香港。他在給炳文的信中說他不能讓剛生育的妻子獨自在家，而且這裡「生意一切照舊」。炳文則回信說香港的一切也順利，暑期來這裡度假也不舒服，不來也可。炳文保證說「會留意家中的長輩」，蓋瑞明白對方的意思是會幫他照顧家鄉的父母。蓋瑞對這句話半信半疑，但也只能壓抑擔憂。這個人代表了黨和國家，做不到的事情總不會保證吧。只要他們還能照顧他的家庭玉鳳和他的父母的日子就該過得下去。眼下這是他能幫助他們的唯一辦法。所以他最好信任他的上級。再讀了一遍來信之後，蓋瑞按下打火機，把這張紙付之一炬，放到了他書房窗戶下的一只碧綠的瓷缽裡，這是他專門用來銷毀文件的器皿。

❖ ❖ ❖

我讓研究生班的學生每學期寫兩篇論文，期中一篇，期末一篇。對他們交上來的第一篇文章，我很不滿意。沒想到那些文章都如此冗長陳腐，缺乏獨立思考。不少只是照搬論文格式、引用套話，洋洋灑灑許多頁卻毫不觸及實質內容。幾乎沒人能說出一點有意義或有原創性的看法。討論個人與集體的合理關係的時候，他們幾乎無一例外都宣稱他們應該全心全意爲國家和人民服務；作爲個人，只有在與周遭人群的關係「和諧」中才能實現生命的意義，個人必須服從集體。只有一位男生堅持他會首先考慮他的母親，因爲是母親養育了他。看不出來他說這話時有多嚴肅，我也懷疑他們寫的都是心裡話。有些學生喜歡用華麗的詞藻，以爲長篇排比就是雄辯，模稜兩可是一種風格。他們選擇避重就輕或面面俱到，而不重視直率和凝鍊。我看夠了他們雲裡霧裡的文章，覺得缺失眞誠是問題的關鍵。我在班上說：「如果你不能清晰地寫作，要麼是你的腦袋眞的糊塗，要麼就是你不敢表達自己的眞情實感。對我來說，清晰是智識的一個重要特徵。」

有些來旁聽我上課的教師似乎對我表示懷疑，但並沒公開表示異議。我看出他們有所保留，可能認爲我對年輕人太嚴厲了，沒有考慮到他們目前身處環境的特殊性。

一名研究生說：「以前都是這麼教的。」

「我們不能什麼都直言不諱，」另一名學生加了一句。「中文的風格就是這樣。」

「再說，也沒有什麼東西是絕對的，」學生黨員宏斌說。「我們應該避免太直白或者太極端。」

我說：「你們的解釋站不住腳。我不能容忍學術上的犬儒和相對主義。一拳打在臉上是疼，對和平抗議者開槍是犯罪，不經審判就把人關進監獄是違背公民權，沒拿到足夠的補償房子就被拆掉是一個損失，把地溝油當好油賣是欺騙和牟取暴利，不註明就使用別人的文章是學術剽竊。事情是什麼就叫什麼。你們中很多人以後會到中學或大學去當老師，要是你沒有一個堅定的原則和信念，你怎麼能當一名好老師呢？要是你不能區分是非善惡，你怎麼能期待你的學生尊重和信任你呢？」

「我完全同意。」敏敏說，「不管戴沒戴套，逼迫女人發生性關係就是強暴。」

全班哄堂大笑。就在幾天前，新聞報導說貴州省的一個縣政府官員在一次宴會後侮辱了一名年輕的學校教師。女方提出控告，然而當地警察拒絕調查，理由是男人戴了安全套。這件事在全國引起一片譁然。

——

侄女珠麗從廣州來看我我很高興。她身材瘦瘦的，腰細細的，難以想像她和粗壯敦實的珠亞是姊妹。珠麗穿一條黑色的卡其褲和一雙編織的皮涼鞋，二十六歲的她看起來就像十幾歲的少女。她來過北京好幾次，所以我說帶她出去逛一逛的時候，她說：「小姨，我這兒有朋友，我可以自己去找他們玩，不用你陪，你學校裡一定有好多工作要做呢。」於是我給了她一些錢，讓她晚上回來吃飯。

第二天晚上珠麗和我一邊喝著無咖啡因的咖啡一邊聊天兒。星巴克咖啡館裡賣的卡布其諾、特濃咖啡、拿鐵，她都喜歡喝。不過跟我一樣，晚上她不能喝很多咖啡因，要不然會睡不著。珠麗舒服地躺在我客廳的帆布沙發上，笑容滿面地眨著她深棕色的眼睛，看起來眞像一個無憂無慮的孩子。她長得像她媽，也有圓圓的顴骨，趴鼻子，不過脖頸非常優雅。有她在家裡走來走去，我的公寓感覺又溫暖又舒適，我喜歡這種家的氛圍，在裡面覺得特別輕鬆。珠麗告訴我她現在正跟一個巡迴演出的劇團工作，在一些小品中扮演一些小角色，也配合劇團的樂隊唱些歌兒。她的目標是演電視劇，想從舞臺走到螢幕上去。她告訴我說：「我認識當地電視臺的一些人，他們也許會給我一兩個角色。」

「你父母還以爲你在工廠打工呢。」我說。

「是啊，很久以前我的確是個打工妹。」

她說了幾個她工作過的地方。七年前，她在一個女同鄉的幫助下，到東莞的一家拉鍊廠開始打第一份工，一個月掙四百塊。可是她跟工廠宿舍裡其他幾個室友合不來，於是她跳槽到一家紡織品倉儲部門，主要負責盤點存貨。那工作不累，主要是處理文書，駕駛一輛堆高機，不過需要經常加班，有時一個星期得幹六十個小時的活兒，也沒有加班費或其他福利。中午在食堂吃得還不錯——有肉，配兩份菜和一碗湯。她中午往往拚命吃，這樣晚飯的時候就可以省錢少吃點，因爲晚飯得自己付錢。那時候她一天到晚想回家，可憐巴巴的，但別人都說她夠幸運了，因爲她的工作比她們好，每個月工資有六百元。然而，想到一輩子就當一名倉庫管理員，她很不甘心。於是她又換工作了。這次去沃爾瑪當收銀員，工資差不多，可是工作時間少好些小時。

「沃爾瑪是你能找到的最好的不需要什麼技術的工作。」她說，「大家都喜歡在外國公司工作。工資有保證，從不欠薪，還有加班費。另外，那裡的領班態度也好，平時就算上廁所超過十分鐘，他們也不會以爲你在偷懶。不像有些華人公司裡的工頭對工人的態度差得不得了。不過，一年到頭站在櫃檯前掃描、拿錢、找零，還是讓我受不了。最煩的是，不管你多累、多不高興，你都得對顧客擺出一副笑臉。」

「你在那兒工作了多久？」

「八個月。然後我到一家夜總會工作，因爲他們覺得我有一副好嗓子，歌唱得不錯。所以我成了一名酒吧歌手，不過在那兒我也沒待多長時間。那些顧客眞粗魯，不停騷擾我。他們以爲女孩子都是賣的，只要給錢，他們想對你幹什麼就幹什麼。對他們來說，女孩就像一塊肉，就像超市裡賣的雞和魚一樣。就在那兒，我意識到，要是我只爲錢工作，我一輩子都不會快樂。有件事是我辭職的直接原因。一個女孩因爲拒絕和一個顧客出去，在回家路上遭到毆打，連一顆牙都被打掉了。」

「所以你加入了劇團？」

「是啊，我想在舞臺上表演，或者在電影裡當一名女演員，哪怕錢很少。我知道我不夠漂亮，當不了明星，不過，能演一些小角色我也滿意了。」

「我真高興你能這麼想，」我說：「我爲你驕傲，珠麗。什麼是一個好生活？就是讓工作和愛好變成同一件事情。這是羅伯特．佛羅斯特說的。」

「他是誰？」

「一位美國詩人。」

「說得眞好。」

「是啊，說得簡單、清楚，是智慧。」

「謝謝你，小姨。我這輩子第一次有人對我這亂七八糟的生活說這麼鼓舞的話。我從來不敢對爸媽提到這些，他們恐怕會找人把我這個四處浪蕩的壞女兒拎回家的。」

我們都笑了。我們也談到了她的雙胞胎哥哥本寧，他確切的地址珠麗也不知道。不過她肯定他在爲政府工作，經常去海外。她就知道這些了。有時本寧看起來相當冷漠和神祕。珠麗告訴我他是家裡的知識分子，唯一上過大學的。他英語說得不錯，大學念的是外文系。她關於本寧說得越多，我對這個侄子就越感到神祕。他就像我腦子裡無法捕獲的一個魅影一樣。我問珠麗有沒有他的照片。她說有，可是現在沒帶在身邊。

「本寧以前才瘋狂呢，」她說，「高中時他特迷戀汽車，可是他那時太小了，不能考駕照。只要一有機會，他就溜進一輛汽車或者拖拉機裡，煞有介事地擺弄方向盤或換檔器。一天晚上，我們去滿盛叔叔家做客，大多數人都喝醉了，他溜出去，偷偷開走了客人的卡車。他開著開著，就在開出小村的時候失去了控制，衝進了一個泡麻繩的池塘。算他命大，水不深，他從浸了水的駕駛室裡跑了出來。爸爸媽媽賠了人家五百元修車。」

「我眞想見見他。」我說。

「回頭我給你他的電子郵件地址。」

「好，別忘了。你有掃描機嗎？」

「我有。」

「那也給我寄幾張他的照片吧。」

「沒問題。」

珠麗問起她姥爺、也就是我父親的情況。想到這可能是她來看我的部分目的，我頗受觸動。我不想披露他的眞實職業，暫時我還不願意跟他的外孫女介紹他是一名頂級的中國間諜。於是我告訴她我父親一直在思念她的姥姥玉鳳（某種程度上的確是眞的）。我又加上一句，對我來說，他是一個慈祥的父親，可是對我母親來說，未必是一個盡責的丈夫。他的生活並不幸福，因爲他不得不與他中國的家人分離。還有他為中國犧牲了很多，應該被中國人視為英雄。

雖然最近我心裡都在想著跟父親有關的事情，可我沒告訴珠麗我對他的想法和疑惑。在他的悲慘處境中，也許存在著這樣的事實：他永遠無法感到精神上的安定。在他人生的最後幾年，他雖然開始喜歡美國，也對奈麗產生了一種依戀，但他無法接受真的在美國了此餘生。他的心在遊蕩。只要他待在美國，他就感到身在異鄉，像一個滯留的旅人。

一九五八

蓋瑞和奈麗都沒有太多朋友，他們喜歡清靜。去年冬天，奈麗的父母來探望過一次外孫女，可是住了三天就走了，因為家裡的蔬菜農場還有很多事沒忙完。那次以後，他們跟奈麗父母的聯繫也少了。莉蓮出生後，為了少用保母，蓋瑞和奈麗很少一起出門。一次，奈麗很久以前約會過的一個男人打電話來，跟奈麗聊了一個多小時。蓋瑞知道後大發脾氣，對奈麗說了很多難聽的話，還恐嚇說要是她再接那個男人的電話，他就搬出去。她妥協了，告訴前男友別再找她。她知道他丈夫不是說著玩兒的。蓋瑞有時工作到深夜，他就睡在他那籠子般書房裡的一張長沙發床上。當初蓋瑞堅決要買那個沙發床，儘管奈麗覺得完全沒有必要。現在她很煩惱，覺得蓋瑞可能嫌棄她，因為生過莉蓮之後，她體重增加了四．五公斤。（其實奈麗向來最為自己的身材而驕傲：她四肢修長，腰肢纖細，只有二十八英寸。即使多年後，她也比她女兒身段更苗條。）她還注意到蓋瑞常常若有所思，明明坐在書桌前，卻只是在那裡發怔。她真想知道究竟什麼原因讓他如此沉默寡言。

事實上，他思緒的確飄到了遠處，沉浸在對另一個妻子的回憶中。他常回想的情景之一，是他們新婚不久後的一個夜晚。玉鳳盤腿坐在暖暖的炕上，正拈針縫補他棉大衣上的一道小裂縫。她指頭上套一枚頂針，身上穿著一件綠底碎白花的收腰小夾襖。他躺在炕上，頭枕在她腿間，注視著她光滑而寧靜的臉。房間裡油燈散發出溫柔的光，燈芯時不時地閃動。玉鳳全神貫注的樣子光彩照人。她不停催促他「閉上眼睛休息一會兒吧」，可他怎麼也看不夠，眼睛一刻也不能從她身上挪開。此時的洞房如此安寧，他眞寧願永久地這樣躺下去，哪怕死在此時此地，他也會覺得幸福。他寧願今後的一生都像現在這樣度過。在後來的幾十年中，玉鳳做針線的這副靜謐的圖畫不時浮現在他的腦海中，糾纏著他。想著這一幕，淚水會逐漸模糊他的雙眼。他多麼希望能再次枕著玉鳳的腿呀。

他感覺她一定還愛著他，可反過來想，他又希望她背叛他，另找一個男人。那樣她的日子會好過些，他的內疚也能得到稍許緩解。自己歸期無望，卻讓她一直等他，太殘忍了。如果不再當他的妻子，即使失去了他的薪水，她的日子也會慢慢好起來。然而另一方面，家裡沒有她，他的父母也沒人照顧了。玉鳳和他一樣，也被無情地利用了。只要有可能，有一天他一定要找到彌補她的辦法。

對玉鳳的回憶並未使他對現在的家庭失責。他喜歡奈麗，每週他們還會親熱一次，他們的性愛有時甚至是激情而忘我的。他喜歡吻她的嘴唇、輕咬她的耳垂；在她身體裡的時候，他會緩慢而輕柔地動作，體驗她的血脈在他自己的下腹裡顫動，直到兩人同時抵達頂點。爲了讓她到高潮，他什麼都願意做，他喜歡看她狂喜的臉緊皺在一起彷彿痛苦不堪的樣子。他那麼喜歡她的身體，然而，有時他還願意獨自睡覺，藉口說他得工作到很晚，不想打擾奈麗。某種意義上這是眞的，但更主要的是，他得爲了白天的工作和他祕密的使命保持清晰的頭腦，所以他每週跟奈麗最多做一次。

在華盛頓的情報圈子裡，大家逐漸公認蓋瑞是最棒的中文翻譯，給他起了個外號叫「語言學家」。他得到這個稱號多少也得感謝他和喬治．湯瑪斯的友誼。湯瑪斯現在是中情局東亞部中國事務方面的負責人，常分派給蓋瑞很多工作。爲了在事業上更進一步，湯瑪斯回到喬治城大學繼續讀書，攻讀中國文學專業博士學位，論文是關於杜牧的詩歌。他非常喜歡杜牧，能脫口而出引用杜牧的一些詩句，特別是描寫霧氣繚繞的南京，那裡曾是中國的六朝古都。除了一些基本材料之外，湯瑪斯還得讀一些中文研究文章，但是他的語言能力不夠水準，於是他請蓋瑞幫他翻譯一些傳統詩話的關鍵片段；這些文字都是歷代重要詩人撰寫的，歷經幾個世紀已成爲中文詩歌評鑒的精華。這對蓋瑞來說很容易。他去美國國會圖書館借了一本厚厚的詩話選。圖書館他很熟悉，是他最喜歡的地方之一，每個月至少去一次。湯瑪斯想自己掏腰包付給蓋瑞每小時兩美元，蓋瑞堅決拒絕了。他感謝湯瑪斯一直以來對他的關照，另外他也想借此深化彼此的友誼，因爲湯瑪斯是美國情報界的權力核心。

爲了禮尚往來，湯瑪斯請蓋瑞去一家叫「波希米亞小巷」的俱樂部。那裡有現場音樂表演，空氣中彌漫著雪茄和威士忌的味道，女服務員年輕嫵媚，足踏高跟鞋，身穿齊膝裙，頭上別著藍瑩瑩的勿忘我小花，雖然那裡的日光燈多少讓她們的臉色顯得有些發青。湯瑪斯一邊和蓋瑞喝啤酒吃雞塊，一邊肆無忌憚地盯著女服務生的臀部，蓋瑞想約束自己的本能，但很快脖子都變僵了。他希望自己也能像湯瑪斯那樣毫無顧忌地到處亂瞅。偶爾他們會在那兒用晚餐，叫份牛排，烤豬扒或雞肉玉米捲。湯瑪斯會一邊吃一邊徵詢蓋瑞對一些遠東問題的意見。

一九五八年夏天，就是在那裡，蓋瑞開始喜歡上了爵士樂。樂手都是黑人，其中有一人頂著一頭蓋瑞從沒見過的雷鬼髮型。他們充滿自信的即興表演，音樂中那些搖擺和跳躍、漸強和漸弱的旋律節拍都讓蓋瑞為之入迷。雖然曲調捉摸不定，但那音樂聽起來讓人放鬆、舒服。爵士樂最吸引蓋瑞的地方正是這種不可預知性：一切都隨慣性滑行，你無從準備，然而一切又都在音樂家的掌控之下。他從此愛上了這種音樂風格，甚至開始搜集爵士樂唱片，特別是路易·阿姆斯壯和班尼·古德曼的作品。

一天晚上，湯瑪斯舉著一杯法國夏布利白葡萄酒對蓋瑞說：「你最好儘早入籍。」他的綠眼珠意味深長地閃爍著，彷彿在暗示，一旦蓋瑞成為美國公民，就會有更多有利可圖的事情可做。

「我會的。」蓋瑞說。

他現在沒入籍，所以湯瑪斯只能偶爾讓他翻譯一些「祕密」文件。其他級別更高的「機密」和「絕密」，特別是「絕密」文件，蓋瑞作為一名外國人絕對碰都不能碰。湯瑪斯有時也讓蓋瑞將一些指令翻譯成中文。這些是給潛伏在中國的美國間諜的祕密指令，絕不允許有任何含糊和錯誤。於是，蓋瑞作爲重要的「語言學家」被委派了這項任務。在翻譯這些指令的時候，蓋瑞得知了一些間諜的代號、任務以及他們的聯絡方式。他把這些情報都記錄下來，不過並沒立即送出去，因爲他記得炳文的指示：他是一名戰略上的臥底，而不是那種專門搞破壞或竊取技術的小間諜。在間諜這個行當，時機是一個決定性因素。總體來說，事件發生以前獲知的信息叫情報，事件正在發生過程中獲知的信息就是新聞。如果事情已經過去，所有關於此事件的材料只是檔案。沒有直接的發送渠道，蓋瑞無法將這些緊急情報以最快速度送給炳文。所以對於有時間限制的信息，蓋瑞也就不特別費力去搜集了。

同時，他認眞地關注中國目前正在發生的事。一九五八年七月底，赫魯雪夫訪華，兩國簽署了一份聯合公報，強調彼此之間的團結與合作。蘇聯領導人回到莫斯科一個月後，毛澤東下令對金門島上的國民黨駐軍發動了猛烈的炮火襲擊。一天晚上，五百多門加農炮、榴彈炮，以及海岸重機槍同時開火，炮彈落在了對方的軍事基地、碼頭、機場，以及後勤供給線上。數小時之內上百名士兵死在了掩體外或戰壕裡，其中包括守軍的三位副司令官。炮彈密集襲來的時候，三名將官正在食堂裡吃晚飯，其中兩名當場斃命，另一位在送到醫院時斷了氣。國民黨軍隊遭到重創，好幾天無力還擊，他們的火炮很多被摧毀了。然後美國借夜幕的掩護用輪船運來十二門二十公分口徑的自行火炮，都部署到金門海岸。有了這些重型榴彈炮之後，國民黨開始還擊，成功地壓制了共軍的炮火（雖然其中一門炮被一枚恰巧掉進炮管裡的敵方炮彈炸毀了）。不久，大陸方面為了給平民及守軍一個喘息的機會，宣布今後只在奇數日子裡實施炮擊。這樣不斷的炮擊一直持續到一九七九年中美正式建交，順便也處理了不少即將過期的炮彈。

最初的炮襲過後，蓋瑞得知約翰·杜勒斯和蔣介石進行過一次祕密會談，商討如何阻止來自紅色中國的攻擊。國務卿建議使用核武，蔣總統同意了，以為幾個小型戰略性彈頭就能達到目的。但當杜勒斯告訴他那些彈頭至少會和空投在廣島和長崎的核彈威力差不多時，蔣介石震驚了。會談過後，臺北政府告知白宮，不能使用核武，因為原子彈的放射性灰塵可能會影響到臺灣以及駐紮在東亞的美軍基地的安全。

另一條信息也讓蓋瑞驚訝。東南亞有些政治分析家認為共產黨的炮襲主要有兩個目的：一是為了破壞赫魯雪夫促進世界和平的新政策，毛倡導衝突，一直堅稱要和西方帝國主義戰鬥到底；另一個目的是想建立和臺灣的某種聯繫，換句話說，炮擊也等於宣稱：這是我的領土。據報導，蔣介石得知炮擊發生後，竟連說「高招」。這是因為蔣也不希望臺灣獨立，仍然視自己為整個中國的領袖。最初蓋瑞對蔣的讚歎感到困惑。那三位犧牲的將軍都以勇敢善戰而著稱，蔣一定認識他們，現在卻認為炮襲是「高招」。看來，對最高領導人來說，無論將軍還是士兵都是隨時可以犧牲的炮灰。整樁事情感覺就像毛澤東伸出了手，而蔣介石滿懷感激地回握，於是金門島變成了聯繫大陸和臺灣的紐帶。兩方面好像達成了共謀，而士兵送了性命。

蓋瑞拍了一些相關文件的照片，特別是杜勒斯和蔣介石之間的會談。他希望中國領導人今後打算對臺灣再次動武時能夠更加謹慎。他們應該考慮到對方使用核武的可能性。

十二月初是到香港度假的好時光，蓋瑞告訴奈麗他要去看堂兄，就去了香港。他預想到他有可能被美國反間諜組織注意到，但又一想，注意就注意到吧，要是那樣，他或許能早點回家了。然而一切正常，沒有意外。麥卡錫主義如今已被公開責難，最近跨國旅遊也更尋常了。在香港，蓋瑞把膠片交給了炳文。因爲這個情報，他的上級給他在香港恒生銀行的帳戶裡打進一千美元。

就是在這趟旅行中，炳文告訴蓋瑞他在老家有一對雙胞胎兒女。他被這個消息驚呆了，一下說不出話來。他滿心激動地盯著照片上玉鳳和他們的一對兒女，他們都微笑著，看起來心滿意足的樣子。妻子上了些年紀，但比以前豐潤了些，兩個孩子的眼睛和嘴巴長得和他一模一樣。男孩比女孩更瘦更矮一些，要是兩個孩子骨架能換一下就好了，兒子應該長得更魁偉。照片想必是不久前剛拍的，因爲兩個孩子看起來都不過八、九歲。炳文說，前年秋天他們都上學了。照片顆粒粗糙，有些模糊，蓋瑞長久檢視著那三個人的臉，終於長長地嘆了口氣：「要是我早知道玉鳳已經當媽了就好了。」

炳文端起他那杯烏龍茶啜了一小口，翹著小拇指。他問：「你的意思是？」

「我恐怕就不會在美國結婚了。」蓋瑞眼神黯淡，已然被悔恨擊垮，他還想說「眞是一團糟啊！」可他忍住了。他眉頭緊皺，耳朵裡響起嗡嗡的雜音，一時什麼也聽不見了。他深深地呼吸，把一團悲苦嚥進了肚裡。下意識中他端起面前的茶杯，茶水潑灑出來，潔白的桌布上濺上了棕色的茶漬。他把茶杯又放回桌上，忘了喝。

「我知道了。」炳文說。「你希望對玉鳳和你的孩子更盡責。難怪上面不允許我告訴你實情——他們就怕你想趕快回去。我們的黨和國家需要你留在敵人的陣營。」

「他們讓你瞞著我？」

「對。老弟。」

蓋瑞無語，意識到他恐怕得在美國待相當長一段時光了。不管多痛苦，他此時此刻唯一能做的就是請他的連絡人好好照顧在老家的妻子和孩子。炳文保證說：「放心吧，他們保證幸福，國家管著他們呢。」他拿起面前紅色的筷子夾起一只鮮嫩的蝦球，蘸了蘸沙茶醬，放進了嘴裡。

❖ ❖ ❖

珠麗回到廣州後，給我發來了本寧的電子信箱地址和他的兩張照片。照片有些模糊，但看得出他是方臉，頭髮有些捲曲，很像他祖父。我給他寫信，說我是他的小姨，如果他住附近的話，我想去見他，或者他來見我。但他沒回信。他用的是hotmail帳戶，我猜不出他在中國的哪個地方，還是在國外。他妹妹給他發了信，可他沒回。

珠麗提到她會參加一場晚會表演。這是她第一次參加這樣的活動。她父母不可能去支持她，所以我決定去廣州跟她在一起待一兩天，聽她唱歌。我有一個來自威斯康辛的朋友叫史黛西・吉爾莫，現在在廣州的一所商學院教國際金融，她說她在學校住著一套有兩間臥室的公寓，歡迎我住到她家去。於是，在五月的第三個週末，我坐飛機去了南方。

二十年前，我寫關於鴉片戰爭的書時，來過廣州查資料。現在這個城市明亮活潑多了，儘管汽車排放的廢氣也更多，天上的雲也是灰濛濛的。讓我驚訝的是，這兒有很多非洲黑人，不少人在一個叫做「巧克力城」的地方做進出口生意——他們買進一些中國的產品然後賣到非洲和中東去。我想他們大概喜歡這裡亞熱帶的氣候。不過對我來說，這裡太悶熱了。現在還不到夏天，但市中心在中午時分已酷熱難耐，就好像在一個蒸籠裡。珠麗看到我非常興奮，熱情地把我介紹給她的男朋友武平。武平個子高高的，留著披肩長髮。再加上那副衣冠不整的樣子讓我想起法國哲學家笛卡爾，不過他是個城裡人，對哲學也沒什麼興趣。就是他經管的這家劇團的樂隊招收了珠麗。武平和珠麗一樣也是北方人，來自吉林，不過他的家人很多年前就搬到了廣州。他看起來比我的侄女年紀大得多，似乎已近中年。他開一輛黑色的小麵包車，活像一個裝了四個輪子的棺材。

我們去一家越南館子吃晚飯，點了海鮮炒粉，裡面配有大白菜和尖辣椒。晚飯後我和珠麗單獨待了一陣子，我們坐在珠江河畔一家酒吧的外面。河裡有一艘遊艇在暗黑的河面上開來開去，側面裝著一副和船身差不多長的電視屏幕，反覆播放著一系列廣告。我們右邊大約六十米遠處，一群中年婦女正拍手合唱一首蒙古歌：「藍藍的天上白雲飄／白雲下面馬兒跑……」遠處還傳來斷斷續續的擊鼓聲，彷彿正在進行一場表演。在我們身後，襯著滿是繁星的夜空，高聳著一幢巨大的居民住宅樓，上面一些狹小的窗子洩漏出一束束燈光。空氣中聞到熟透的香蕉味，喧囂逐漸變弱，依稀聽見遠處傳來噪音聲響，像陣陣鞭炮。我們一邊喝著冰茶，一邊聊天。我們談到了物價上漲，還有男人們。我告訴她我年輕時曾跟十幾個男生約會過，這輩子還結過兩次婚，不過這麼多男人中只有兩位現在對我還有意義。亨利不算。

「你前夫呢？」珠麗問我。

「卡洛斯也算一個。他是個好人，只是我們處不來。」我停下不說了，不想多談他。

珠麗說她高中時被同學們起了個外號叫「發情的母馬」，實際上她少女時代只跟一個男孩子約會過。「或者一個半吧。」她說。「我第二個男友一考上大學就跟我分手了。我們只做了不到一個學期的朋友，而且我們之間什麼都沒發生，所以他應該不算。」

我問她對武平是不是認眞的。

「我愛他。」她說。

「他也愛你嗎？」

「我想是吧。」

「你愛他什麼呢？」

「跟他在一起時我很開心而且自信。我喜歡有些生活經驗的熟男。」

「他今年多大？」

「三十八。」

「天啊，你不覺得他對你來說太老了嗎？十二歲是一個不小的年齡差距。」

「年齡不是問題。其實問題是他已經結婚了，還有一個九歲的兒子呢。」

「是嗎？他打算離婚嗎？」

「他已經跟他老婆分居了，他們不久就會談妥吧。」

「這什麼意思？」

「他會申請離婚的。」

我開始有一種不妙的感覺。「珠麗，這種情況，你應當多動腦子，而不是動心。你不是十幾歲的孩子了，別讓愛把自己毀了。」

「你意思是我不應該跟武平太認眞？」

「我怕他只是想占你的便宜。」

「小姨，你太老派啦。其實我在利用他還差不多——他能幫助我發展我的事業。他跟這兒演藝界的關係很好。再說，我愛他，他也愛我。」

「你肯定他會愛你到離開他老婆兒子的地步嗎？」

「倒不敢百分之百肯定。不過沒關係。只要他跟我在一起，心裡有我，也讓我跟他膩在一起，我就滿意了。事實上，他說我把他都榨乾了，不過他不在意，那是他願意爲愛付出的代價。」

顯然她在告訴我她心甘情願做「小三」。也就是「第三者」，那種專門勾引已婚男人、破壞人家家庭的年輕女人。這種女人歷來有各種稱呼，比如狐狸精、邪花、二奶等等。珠麗告訴我她還加入了網上的一個「小三俱樂部」，她們的口號之一就是「要是你照顧不好你老公，我們來幫忙！」號稱她們的任務就是幫男人擺脫他們乏味的原配。這個組織甚至今年三月三號剛在上海的一個隱蔽場所召開了第一次會議，很多來自全國各地的小三們都參加了。有些二三十歲的女人氣焰囂張，其中一個甚至在網上發帖說她僅僅發了五張照片，就「驚動了黨中央」，吹噓說她的美貌讓不少高官都拜倒在她的石榴裙下。但從照片上看，她實在是姿色一般。

珠麗是個好女孩，應該找到比武平更好的男人。那傢伙有些油滑。我一直認為兩人相愛成家是一個共同發展的過程，因為要一起建設家庭、養兒育女，運氣好的話，甚至一起發家致富。但中國找對象的情景並非如此。大多數女孩不會嫁給年輕但沒有房產的男人。而在北京或廣州這樣的城市，一套二十四坪左右的公寓售價超過三十萬美元。一名普通工人或公司職員的月收入一般六百美元。做普通職業的年輕人怎麼可能買得起像樣的房子？所以很多年輕男人找不到對象。更糟糕的是，大部分有錢的老男人也只喜歡二十幾歲的年輕女人。年紀大一些受過良好教育、經濟獨立的女人到處都是，成了所謂「剩女」，而她們寧可做剩女，也看不上沒錢沒房的年輕男人。最後那些被剝奪了戀愛權利的年輕男人，性生活受壓抑，很可能會成為社會不穩定的主要因素。

珠麗的樂隊第二天晚上在靠近體育館的一家小劇院裡表演，我滿心期待著。十幾歲時我一提起伍茲塔克音樂節就來勁——那些明星們、瘋狂的觀眾們、旅遊帳篷、大眾公車、奇妙的藥物、性愛、自由，都讓年輕人嚮往之。可惜我那時太小，不能獨自去參加音樂節。（雖然我上的中學裡有一個少年嬉皮士的小圈子，可是他們都挺自我中心，我很難接近。）我父母都不喜歡那種狂野的音樂。我總懷疑媽媽是不是五音不全——她幾乎什麼歌都不聽。父親終生都喜歡漢克．威廉斯。他說威廉斯的聲音有一種自發的魔力，就像呼吸一樣自然，而別的歌手都太做作、自我意識太強了。除了威廉斯之外，父親唯一喜歡的另外一個歌手是法蘭克・辛納屈。我二十七、八歲上研究所的時候，在新英格蘭去過一些露天現場演唱會，喜歡極了。現在我對珠麗的演出充滿期待。

珠麗那場演出的場面比我想像的小得多。而且那也並不是珠麗的演唱會。她和她的樂隊只表演了十五分鐘。還有其他藝人群體的表演。小劇院就像一間能容納四百人的大教室，連一半都沒坐滿。我沿著走道進場的時候，喇叭裡正播放著強勁的音樂，我聽著挺熟悉，覺得是一首美國搖滾樂，但我想不起名字了。音樂粗獷、喧鬧、節奏強勁，似乎牆壁都跟著震動。

我在前頭第二排剛落座，珠麗就過來了。她告訴我這首曲子叫「夏日時光」，是烏克蘭的一個叫做「瘋狂腦袋」的樂隊演唱的。

燈光暗下來，觀眾也安靜了。一個穿細條紋西服、繫深紅色領帶的矮胖主持人快步走到舞臺前沿，大聲招呼：「女士們，先生們，大家好！」他拍拍手又重複了一遍。大廳徹底安靜下來的時候，他開始介紹這次活動，說今晚的主題叫「在愛中瘋狂」，對每一位觀眾來說，這都將是一個難忘的夜晚。他保證今天的演出絕對不乏上乘作品，並提醒觀眾關上手機。然後舞臺變暗，他退了下去。

第一場表演是一個重金屬三人組。音樂太響了，幾乎從頭到尾一直震耳欲聾。觀眾看起來迷惑不解，幾乎沒什麼反應。也許很多人不明白怎樣欣賞這麼刺耳、不和諧的音樂。然後，珠麗的樂隊就上臺了。她光彩奪目地穿一身大紅緊身迷你裙，腿上套著網眼絲襪，站在舞臺上開始彈奏一把電吉他。她右臂靠近肩膀的地方，紋著一隻蝴蝶。她開始唱：「多年以來／在夢裡／我一直在找尋你／你離我這麼近，我卻觸摸不到你……」她看起來有些拘謹緊張，聲音也有些刺耳，時不時有些猶豫和停頓。但是漸漸她變得自信，唱得也更穩了。旋律並不怎樣，有些像搖滾，但歌詞挺不錯的，聽起來哀婉動人。當她開始飆高音的時候，她的聲音也變得更加粗啞，她唱：「在那之前我不會說再見／我不說再見。」觀眾們被感動了，特別是年輕人開始鼓掌，有些人站了起來，跟著歌聲搖擺，高舉手臂揮舞著，頭頂上五顏六色的光束四下飄蕩。此時珠麗和她的樂隊夥伴們加足馬力，縱情彈唱。那一幕給我留下了深刻的印象——我的侄女在舞臺上比在現實生活中更勇敢。她在某種程度上像她的祖父，外表安靜可是內心強悍。

珠麗的樂隊表演完之後，兩組當地的藝術團上臺，但兩個表演都不好，他們更像業餘藝人，都怯生生的。兩個年輕的小夥子表演了幾個霹靂舞的常規動作，但他們都沒跟上音樂，而且兩人動作也不一致。一個做完站起來的時候，另一個還蹲在地板上像陀螺一樣轉著。他們之後的節目更像一場脫衣秀——四個女孩，都化著煙燻妝，腳踏細高跟鞋，身穿淡黃色裝飾著荷葉邊的比基尼，扭動腰臀，在臺上走著貓步，到處嬉鬧。每個女孩看起來都挺緊張。她們的手都握成拳在面前掄著小圈，看起來像跟無形的人拳擊似的。不時她們會一起高高地踢腳，露出大腿內側蒼白的皮膚。一名觀眾發出一陣大笑。「脫了！」一個男人的聲音從大廳前排右邊傳了出來。我注意到不管女孩們的動作多麼色情，她們的臉始終僵硬緊張，彷彿時刻提防舞臺側面有人在觀察她們似的。表演感覺有些機械，後面傳來響亮的噓聲。

然後主持人又走上舞臺，宣布說：「親愛的朋友們，兄弟、姊妹們，讓我再一次提醒你們，今晚的表演叫做『在愛中瘋狂』，下面兩位行為藝術家為我們帶來的壓軸表演將在最大程度上為我們展現這個主題。」

觀眾席騷動著，舞臺暗了下去。燈光再起的時候，一個二十幾歲的男人和一個比他大幾歲的女人正在舞臺中心的一張大席夢思床墊上雲雨。兩人都穿著鮮紅的內衣。觀眾張口結舌地看著他們。表演者似乎很快興奮起來，女人又開腿跨坐在男人的腿上，背對著他的臉，開始脫紫紅色的胸罩，把它扔在地板上，她快速上下顛動搖擺她豐滿的臀部，然後兩人假裝同時到了高潮，發出誇張的叫喊。我不明白他們這麼做的意義何在，有些觀眾似乎也討厭這種情景，我聽見有人低聲罵開了。也有一些人竊笑著起鬨。

兩名表演者換了個姿勢，女人四肢著地搖擺著屁股引誘著男人。當他們以誇張的動作慢慢脫光所有內衣的時候，一隊警察衝上了舞臺。他們把兩名表演者拉起來，猛推他們。男演員掉頭想跑，但一個警察伸腿把他絆倒了。立刻另兩名警察衝過去把他拉了起來。一個給了他一個耳光，一個朝他肚子打了一拳。「嗷！」男人兩手捂著肚子彎下腰去。

現在兩個表演者身上都裹著被單，但還光著腳。警察把他倆銬在一起，推搡他們走下舞臺，向側門走去。那對男女一邊顫抖著，還一邊不停大喊：「藝術自由萬歲！停止壓迫！」

珠麗咧嘴快要哭出來了，嘟囔著說她要有麻煩了。我摟住她，試圖讓她平靜些。武平氣憤地質問主持人這是怎麼回事，爲什麼事先沒告知會有這麼一齣鬧劇？爲什麼請那兩個怪物來公開表演性交？現在誰應該爲這場演出負責？其他一些人也圍繞著那個胖呼呼的主持人，他顯然對他們沒吐露一個字。我帶珠麗離開劇院，叫了一輛出租車。

我怕警察也要找珠麗詢問，於是我們去了史黛西的公寓，她正好跟她的學生們出去了。我讓珠麗坐在餐桌旁，然後打開爐子，坐上一壺水。她仍然在恍惚中，不停說：「他們明天肯定會來抓我的，小姨，我要有大麻煩了。」她一雙窄窄的手捂著臉，指尖上結著老繭，指甲方方的。

喝了幾口石榴茶以後，她鎮定了一些。她問我那個性愛表演是不是藝術。「當然不是。」我說。「僅僅這個省每天就有上百萬的人在做同樣的事。這怎麼能是藝術？這是生活，或者是一個經歷，但不是藝術。」

「所以警察應該逮捕他們？」珠麗問，臉頰上還掛著淚。

「不過我也不認爲應該把他們關進監獄。頂多指控他們耍流氓或公開猥褻吧。」

「在美國，人們也不准在舞臺上做愛嗎？」

「對啊，這太粗俗了，有點出格。」

我們越聊，珠麗越心煩意亂。一想到自己也可能被警察盤問，她好害怕，在我懷裡抽泣著。

我怕怕她的肩膀，輕聲說：「我不會讓他們找到你的。我等你安全了再離開。」

她緊緊抱住我：「小姨，你對我太好了，就像我媽媽一樣。」

那天晚上我不讓她回到住處，擔心警察會找到她。我留她跟我一起睡在同一張床上。

第二天早晨我們看見武平的時候，他說那兩個性愛表演者是一對夫妻，他們喜歡做古怪越軌的事情是出了名的，不過他們的已婚情況可能有助於減輕對他們的懲罰，對他們的指控可能主要就是公開猥褻，不算嚴重犯罪。他們有可能被勞動教養一陣子。武平猜對了。後來我得知那對夫婦各自被判勞教半年，那個主持人則失業了。

我讓珠麗繼續和我在一起多待了三天。我以爲警察不會再找她，就回了北京。但我回去後一個星期，警察還是傳喚了她。他們問了她一堆問題，她都老實回答了，也一直說自己對那場表演也很氣憤。於是他們相信她事先一點兒都不知情，就讓她回家了。

一九五九

電風扇靜靜轉動，蓋瑞在書房裡睡著了。客廳裡突然傳來了女兒的啼哭聲。他驚醒坐了起來，揉揉眼睛驅除睡意。昨夜為了給湯瑪斯趕一篇關於西藏的報告，他今早三點才睡。幾個月前達賴喇嘛逃到印度，中國正採取祕密行動，要將達賴留在中國的組織斬草除根。

「媽媽，我起不來！幫幫我！」兩歲的莉蓮大叫著。

蓋瑞跑進客廳，發現妻子正躺在沙發上看《天才小麻煩》，金黃色的頭髮上捲著一堆紅色的髮捲，腦袋看起來有平常的兩個大。最近奈麗有些消沉、情緒不穩，老亂發脾氣。而莉蓮穿著一件花圍兜和一條紙尿褲正仰面朝天躺在地板上，一條腿向空中亂踢，另一條腿明顯傷著了，疼得不能動了。

蓋瑞聽見奈麗咒罵：「煩死了！」然後她用穿著拖鞋的腳把莉蓮往旁邊推。

他衝到奈麗前大叫：「你為什麼不把她扶起來？」

「這個小雜種把我累壞了。」

「你說什麼？」

「她和你，你們兩個都煩死人了！」

他甩手給了她一巴掌，然後抓著她的胳膊把她從沙發上拽起來。她大叫。他繼續打她。「我不准你虐待我的孩子們！」他發狂地嘶吼，踢她的大腿和臀部。她的牛仔布連衣裙扯亂了，露出了粉紅色內褲。然後他意識到自己用了「孩子們」這個複數，就恢復了鎮定。他彎下腰抱起女兒，走進書房。孩子還在哇哇大哭著。蓋瑞檢查她的小腿，上面有一個五分鎳幣大小的瘀青，她剛才被一把兒童椅絆倒了。

客廳裡也響起奈麗的慟哭。「你滾，蓋瑞！我知道你到處都有私生子！」她不應該知道，他把第一個家庭的照片存在香港銀行的保險盒裡了。難道他睡覺時說夢話洩密了？不可能，奈麗聽不懂中文。會不會他用英文提到了他的雙胞胎兒女？見鬼，夢裡什麼都會發生。他不再想這些沒有答案的問題，走進廚房，打開冰箱拿出一些冰塊。他把冰塊包在一塊手巾裡敷在莉蓮的小腿上。冷靜下來之後，他心裡的愧疚取代了憤怒，後悔打了奈麗。他怎能如此失去理智？怎麼淪落成一個打老婆的男人？剛才的一幕讓他深深羞恥並且厭惡自己，但他選擇了繼續沉默，也沒道歉。

那是他唯一一次打老婆。在他們二十五年的婚姻中，他們常常吵架，要是他忍受不了她發脾氣，他就徑直離開，到附近公園裡遊蕩，直到覺得她的怒火可能已經平息。然而那次暴力還是在妻子和女兒的記憶中再也抹不去了。甚至他去世之後很久，奈麗還會跟莉蓮提起那屈辱的一幕，說：「還不都是因爲你。」已經四十歲的女兒則沉默不語，明白要是她回嘴的話，她媽媽恐怕會發瘋的。

莉蓮長牙後，奈麗就開始不停抱怨他們的公寓樓，說這裡像個雞窩。公寓牆壁不隔音，鄰居家的電視幾乎總開著，音樂和廣告聲都聽得清清楚楚。樓上的詹姆森夫婦，甚至在午夜都粗聲大嗓地吵架，喊出各種不堪入耳的話。每天下午，從頭頂上傳來他家菜板上咄咄咄的切菜聲音。她已經放棄跟那對夫婦溝通了，不管她怎麼請求，他們就是絲毫不改。她每天聽拖著腳走來走去的各種噪音，還有房前的街道即使凌晨也會傳來車輛經過時刷刷的動靜，她覺得自己快瘋掉了。就在一個星期以前，一個上年紀的匈牙利女人從樓梯上滾下來，摔斷了尾骨，因爲所有的樓梯平面都磨損得朝下傾斜了。而最近房租卻剛漲了四塊，變成每月八十一塊了。明年肯定還會上漲。

奈麗渴望一個「眞正的家」，在一條寂靜的小街上，他們的孩子不用大人盯著也能四處騎三輪車玩。蓋瑞同意搬家，但說得等他們存夠頭期款。奈麗建議把車賣了，他不同意。他們的別克汽車還有一部分欠款沒付清，況且他們需要那輛車。他信不過她的理財意見，常對奈麗說：「我們約會的時候一點都看不出你是這麼會花錢的女人。」公平地說，她沒什麼太奢華的品味。晚上出去吃飯，她不介意只吃一份漢堡或簡單的炸魚薯條，甚至一份墨西哥捲餅也夠了。她畢竟不是什麼富貴人家的女兒，但她在買衣服、化妝品、日用品以及女兒玩具的時候從不吝嗇。她的大手大腳可能跟她在酒吧當過服務員有關，那時候她每天看見富人大把花錢。某種程度上，她很高興蓋瑞能掌管家中的財務，因爲按照美國標準，他更節儉，對家庭開支也更謹愼。有時，她開玩笑說眞希望自己的爸爸也是一個中國人。（爺爺麥特可以以任何藉口就打開一瓶很貴的傑克丹尼爾或約翰走路威士忌，他的口袋裡有個無底洞。）

蓋瑞也挺擅長投資。那年夏天，一場颶風讓華盛頓部分地區停電兩天，受此啓發，他買了一些電力股票，不久以後股票就開始不斷上漲。奈麗驚奇地發現，對他來說，賺錢是那麼容易。然而，他只是抱著玩玩的心態去投資的，最終也沒得到特別大的收益。他的內心專注在其他事情上。通過閱讀關於祖國的新聞，他得知前年中國大豐收。國家開始在農村普遍推行「人民公社」制度。他對此頗有疑慮。蘇聯也搞過所謂「集體農莊」，但最後只演變爲一場經濟噩夢。隨著集體化的廣泛推行，那裡連普通人家的廚房都被取締了。大家都去公共食堂吃飯，那裡人人管飽。人人都樂觀地沉浸在幻想中，以爲共產主義將很快實現——那是一個烏托邦世界，所有人都各盡所能，各取所需。（赫魯雪夫曾這樣描述共產主義：「馬鈴薯燉牛肉，想吃多少就有多少。」）中國政府在全國宣傳這個口號：「十年超英，十五年趕美。」蓋瑞去過英國，他去的時候英國還在戰後恢復期，但那裡的秩序、效率和富足給他留下了深刻的印象。超英趕美的口號在他看來十分天眞，想當然地以爲英國和美國就不發展了。更糟的是，中國人沒意識到西方的發展是建立在精心規劃的基礎建設上的，是幾個世紀財富和知識累積的結果。當然，也建立在對不發達國家的剝削上。負責工業的副總理薄一波在一次國民經濟計畫報告中宣稱，中國電和鋼的產量將在一九五九年超過英國。毛主席聽了很振奮，誇口道：「我們一定能在三年之內超過英國人，但我們現在得保守這個祕密。」蓋瑞覺得這話傻極了，維持一個大家庭意味著你也得付更多的帳單——治理國家是一樣的道理。

雖然滿腹狐疑，蓋瑞還是注意到祖國發生的巨變。——顯然這個社會主義國家在飛速發展。他從小生長在中國北部農村，見過那裡的百姓多麼貧困——特別在春天，縣城裡到處是出來討飯的人，有些人甚至絕望到賣兒賣女，然後南下乞討。不管以何種標準，中國都是一個窮國。超過一半的人口是文盲。每個地方的土地都過度耕種，幾千年來給這片土地上的人提供吃穿，已經沒多少資源了。大家都以為社會主義制度將在最大程度上發揮這個國家的潛能，然而大多數人並不知道跟其他國家相比，他們的土地是多麼貧瘠。同時，蓋瑞感覺到毛澤東內心的急切，毛剛剛在一個會議上談到在世界經濟上領先的必要性，他說：「手中沒得一把米，叫雞都不來。」主席的這個比喻不再有他慣常的豪氣，看來他也意識到國家的困境；另一方面，這也暗示著毛可能渴求成為社會主義陣營的領袖，就像晚年的史達林。主席的自我太過於膨脹了。

蓋瑞的美國同事們看到中國大躍進的宣傳畫都被逗樂了。戴維．舒曼說這是「政府宣傳的一派胡言」，不屑和嘲笑溢於言表。蓋瑞心情沮喪，恨他那麼說。戴維是兩年前剛加入翻譯機關的一個年輕人，畢業於芝加哥大學，身高一百八十三公分，卻看起來肩膀一邊比另一邊矮。他上班的時候總攜帶著一個紅色的水杯，活像帶著一個小型滅火器。他痛恨共產黨，因為他爺爺就死在我國庫頁島上的一個勞改營裡。戴維和蓋瑞常常就中國和蘇聯之間的關係爭論，蓋瑞認爲這兩個國家表面上友好，但實際上並不意氣相投。大多數時候蓋瑞在辯論中占上風。但現在他們一起看著中國的政治宣傳畫，面對戴維的批評和譏諷，他無法表示任何異議。因爲這些圖片上的內容的確荒誕不經，有些眞到了滑稽可笑的地步。其中有一張是一個胖女人坐在一叢稻穀上，似乎想證明莊稼密實到能支撐她的體重。顯然這些稻子是爲了拍照而被堆放在一起的。每個省都吹噓他們糧食生產增長了多少；有些鄉鎮甚至許諾說今年的產量將是去年的二十到三十倍。（正因爲如此，國家也開始要求他們上繳給國庫比去年多二三倍的糧食，結果更多的農民餓死了。）

很多招貼畫想像力出奇：豬跟大象一樣大；大捆的稻子像衛星一樣射向天空；一個新品種的玉米長得如此大，以至於一節火車皮只裝得下一根玉米；還有麥子，不過每車皮只可以裝載兩支麥穗（旁邊的文字是：「豐收運往北京城，獻給毛主席」）。甚至眞實事件的圖片也讓人難以置信。爲了促進鋼產量，農村到處豎起了就像泥堆的小穀倉似的高爐，總共有三千多座夜以繼日地照亮天空。社員們除了家裡的家禽和牲口被拿走以外，連炊具都要求交出來送到那些臨時的爐子裡去熔化——每塊鐵和鋼都得拿走。連鐵門鐵柵欄都拆下來拿走了。領導告訴他們：「我們的一切，連我們的骨頭都屬於公家。」在一些地方，藏匿任何鐵工具或鐵製容器就是犯罪——「就像在家裡藏匿一個敵兵一樣」，一篇社論這麼說。臨時搭建的高爐在城市也出現了，市民也被動員參與鋼鐵生產。毛澤東居住的大院就豎起了這麼一個爐子。主席開懷大笑，看著他年輕的手下倒出熔化的鋼水。蓋瑞無法不懷疑：難道鋼是這麼容易就生產出來的嗎？這個社會一定在哪裡出了問題。

說來也奇怪，儘管遠隔重洋，蓋瑞卻更真切地感覺到了中國的脈搏，那是彷彿發燒病人般的躁動，血脈急促混亂。現在他終於可以從整體上把握廣闊的故土了。蓋瑞編譯了一份報告給他在國內的上級，內容是如果中國繼續進行這些魯莽而不顧後果的實驗，連美國人都看得出來，中國可能會從內部破裂了。

蓋瑞一九五九年八月底在香港會見炳文時，跟他談了自己的想法。他的同志深深歎了一口氣說：「大家似乎都失去理智了。我老家去年夏天每個人都吃免費的飯菜，吃得特別高興，然後大家開始遊手好閒，因爲再也不用辛苦工作來養家餬口了。糧食長得那麼好，可是在地裡爛掉了。村民們三個月就吃光了全年的糧食。接下來就只能挨餓了。如果今年的收成不好，他們的日子要難捱了。」

「鋼產量的事情怎麼樣？」蓋瑞吸了一口手中的牡丹牌香菸，問道。

「也是瞎折騰。大部分小高爐只能弄出一些低品質的生鐵塊，根本談不上什麼鋼產量提高。」

「我希望玉鳳和我的孩子們都還好。你能問問領導我可以回去看他們和我的父母嗎？」

「現在這事兒你想都別想。上級說得很清楚，你得盡可能長久地待在美國。你不能冒險回國，否則你的身分會暴露。國家承受不起這樣的損失。別擔心你的家人——我們把他們照顧得很好。」

「這讓我覺得像是被流放了，被自己的同志放逐了。」蓋瑞有些恨恨地說。

「耐心點，兄弟。我知道你爲我們的國家做出了很大的犧牲，但只有你一人能勝任這項任務，在我們當中只有你能夠成就一番偉業。相信我，總有一天你會榮歸故里的。」

蓋瑞沒再爭論。他知道不管怎樣，他的要求都會被駁回。最近他開始覺得他在老家的一對雙胞胎，實際上是老天給他的恩賜，因爲等他以後從美國回去，肯定就老了，生不出孩子了。現在能有孩子是件好事。想到這裡他欣慰了一點兒，也讓他更堅定地希望玉鳳和他們的孩子能夠得到更好的待遇和保護。爲此他最好跟炳文保持良好的關係。

炳文對蓋瑞再一次轉述了上級的指示：他必須儘快而且盡可能徹底地將自己美國化，然後在美國的情報系統裡長期潛伏下來。他也告訴蓋瑞，從現在起他不能再直接來香港。爲了消除中情局的懷疑，他應該去臺灣度假，然後從那兒再轉道香港一兩天。

蓋瑞從他的銀行帳戶裡拿出了全部的現金，一共六千美元。回去後，他告訴奈麗現在可以付房子的首期了，說他的堂兄剛還了他一筆舊債。奈麗過去因爲蓋瑞總是獨自去亞洲度假，經常跟他吵架。有一次當面對他說：「我知道你在那兒有一堆不要臉的女人跟你鬼混。」但現在看來，很顯然他沒在那兒花天酒地，否則他不會帶回來這麼多現金，還給她買了兩條眞絲裙子，奈麗放心了。沒多久他們開始找房子。

❖❖❖

六月初我關於亞裔美國人歷史的討論課結束了，研究生們各自埋頭寫期末論文，但本科課程還在繼續。最近校園裡氣氛有些緊張，因爲天安門事件的紀念日又要到了。黨員幹部們不時開會，商討維持校園秩序的計畫。跟中國其他地方一樣，這個學校裡每個系都有黨政領導兩條線。眞正的權力在黨支部書記的手上。英文裡「書記」這個詞不太好聽，有外國人在場的時候也會稱他們爲學務長。學校裡除了大小書記還有校長、系主任，他們管理具體事務，但最後必須聽黨的指揮，向黨彙報，因爲他們也是黨員。有時行政領導兼黨委書記，那就意味著黨控制了一切。我的不少中國同事告訴我他們剛接到來自警察的電話，要求他們六四那天不准公開演講，不准舉辦超過六人以上的聚會，不准戴黑袖章，不准穿白衣服，更不准上街鬧事。一位老教授不堪一個午夜電話的騷擾，開玩笑說：「去他的，那天我打算出門裸奔。」

六月二號，北京一所郵電學院的校長方偉教授來做講座。他是網路控制方面的權威，主持建設了國家網路安全監控平臺，也叫「防火長城」。作爲一名技術官僚，他擁有數項網路監控技術方面的專利。出於好奇，星期四下午我也去聽了。他演講的題目是「管理中國網路空間」。一座中等大小的禮堂聚集了差不多六百名聽眾。我們學院的一位副校長先爲大家介紹方教授，說他是中國網路技術方面的先鋒，被尊稱為中國「防火牆之父」。然後那位戴金絲邊眼鏡的男人搖搖擺擺地走到發言臺前。他個頭不高，挺著一個啤酒肚，臉也又圓又胖。他衝觀眾笑了一下，眼睛瞇得幾乎看不見了。一頭烏黑的頭髮，顯然是染過的，用髮乳梳得光可鑑人。他打開一個黃色資料夾，先講了一段很長的開場白。

他精神抖擻地說：「同志們，學生們，今天我在這裡為大家回顧一下，在互聯網領域，我們是如何保衛我們國家的主權的。這是一個艱巨的工程。除了談一談我的同事們做出的偉大貢獻，以及他們的足智多謀，我也想跟你們分享一下我們的經驗——包括我們的成功、失敗，以及完成這項任務之後的欣慰——一切都是為祖國服務。我們知道互聯網從來不是像公海一樣的中立空間。很多國外的敵對勢力都試圖用這種新技術滲透到我們的通訊系統，以散布謠言，激起社會動盪，破壞我們黨的領導和社會主義國家的根基。敵人和反動派把互聯網當成一個新武器，我們也要抓住它，並用它來反擊。

「早在一九九二年，黨中央就睿智地預見到這一點。國家召集了這個領域的二十多位頂級專家，一起來分析網路空間可能發生的危害，尋找能規範和監控網路通訊的辦法。時光流逝，我們網路監控系統的好處也越來越明顯。說實話，我仍然驚訝我們國家領導人是多麼有先見之明。你們中有些人知道俄國現在的情況，政府沒有進行任何網路干涉，結果只要懂得使用博客或者臉書的人就能夠輕易發動一次公眾集會——」

「滾下去！」觀眾席中一個男聲喊道。

「閉上你的臭嘴！」另一個人叫道。

一隻運動鞋從他頭上飛了過去。另一隻正中他的胸脯，他驚呆了。

「無恥！」幾個聲音一起罵。

「走狗，滾出去！」一個女孩喊道。

坐在前排的幾個學生開始朝方教授扔雞蛋。一顆打中他的前額，蛋黃立刻糊住了他的臉。他震驚地說不出話來，摘下眼鏡用西裝的一角擦拭，金屬絲眼鏡腿直抖。沒戴眼鏡，眼睛中又流露出惱怒，他彷彿一下子老了十歲，像七十歲的老人。

「還我們網路自由！」一個聲音喊道，另一些聲音嗡嗡地跟著齊聲重複。

「推倒網路的柏林圍牆！」另一個男生叫喊。更多人跟著一起怒吼。

這時跑來兩名保安，他們跳上臺，簇擁著講演者離開。方偉在保安的護衛下往後門走去，穿過走廊的時候，一陣鞋雨向他飛去，有拖鞋、休閒鞋，運動鞋，都使勁扔向他。一些砸中了他的頭和圓滾滾的肩膀。還有一些學生舉起手機拍下他護著腦袋的狼狽樣子。這時候方教授發怒了，他揮舞著手臂、閉著一隻眼衝學生吼道：「你們都要面對法律後果！你們該被學校開除！我會找你們算帳的！」他的西服翻領上還別著袖珍麥克風，聲音從麥克風裡嗡嗡地傳出來。他向人們豎起中指，同時不知為什麼也打著勝利的手勢。

「學生們，理智！冷靜！」我們的副校長說。「別鬧了，咱們學校的臉都被你丟盡了！」

「無恥小人！」一些人呼應著。

「打倒走狗！」又有人喊。

方教授離開後，觀眾也開始四散，擠滿了各個出口。讓我驚訝的是，我看見敏敏拿著一只空桶走來。我攔住她小聲說：「是你們計劃砸場的嗎？」

「不是，我不是跟他們一起的。」她搖了搖燙著捲髮的腦袋。「我只是來撿鞋子，這樣扔鞋的人能找回他們的鞋了。我朋友們在前面的大廳擺了個失物招領處。」

「你們想得真周到。」我說。

她甜甜地笑了一下，繼續往前走。然後她的同學宏斌出現了，臉上也笑逐顏開。他是我知道的唯一一個學生黨員，課堂討論的時候常常跟我爭論。「活該！」他罵道。「無恥！」

「你也不喜歡我們今天的客人？」我有些困惑地問。

「這個人最討厭！每次我女朋友從日本給我發一些有意思的電子郵件，裡面的連結都被屏蔽了。他是我的敵人，他是全中國網民的敵人。」

「我們最好離開。」我提醒他。

我趕緊離開了禮堂，害怕被校警盯上。當天這個事件成了全國網路上的新聞。雖然並沒找到扔雞蛋或扔鞋的學生，但網上給他們提供了各種獎品：有從亞馬遜網站寄出的耐吉運動鞋，書店的代用券，幾十隻阿拉斯加雪蟹，iPad，一夜情，海灘度假，陶瓷馬桶，村上春樹的整套小說，甚至女朋友和男朋友。很難說這些餽贈有多少是眞實的，因爲並沒人眞正去領。

我和同事們很擔心學生的安全。第二天，學校保安工作加強了，但幸運的是學校並沒採取什麼措施來懲罰那些破壞演講的學生。要是在六四紀念日前再引發另一場學生騷亂就太冒險了。

六月四號當天我看見學校裡有很多警察在巡邏，不過緊張的空氣卻因爲在巴黎舉行的法網公開賽而沖淡了許多。今天，中國運動員李娜將和上屆冠軍，一位義大利選手進行決賽。大部分學生聚集在宿舍看電視。當李娜贏得大滿貫的時候，學生們蜂擁而出，點了幾串鞭炮，撥弄各種樂器，敲盆擊鼓地慶祝。不過，沒人做什麼違紀的事。有人在喊：「李娜，加油！」好像她還在球場上拚搏似的。一些老師也加入慶祝，但警察並未干涉。現在的年輕人把李娜當成英雄，部分原因是她很早就退出了國家網球隊，完全憑自己的力量贏得了比賽。而且，她的勝利書寫了歷史——以前從沒有亞洲選手在法網公開賽中贏得冠軍。

李娜在發表獲獎感言時說：「感謝所有贊助商，感謝所有在場工作的人員以及我的團隊。」她甚至感謝了撿球的球童，並借這個機會祝一個朋友生日快樂，就是沒感謝中國以及任何領導人。這在中國運動員是很不尋常的，當局當然惱火。而且在另一個公眾場合她堅持說：「我不爲國家打球，我爲自己打球。」有一次她面對記者伸向她的麥克風大喊：「姜山，我愛你！」姜山是她丈夫，那回沒能陪她去參賽。她也公開表示她打球就是要贏得大筆獎金。儘管如此，當樂隊在頒獎儀式上演奏中國國歌的時候，她也流下眼淚，並跟著唱了。對學生們來說，李娜代表了反叛和獨立。她是中國的新面孔，開朗、自信，笑容燦爛。從那一刻起，她成了中國年輕人的新偶像。

終於，我得到了侄子本寧的消息。顯然他已跟珠麗通過電子郵件，知道我是一名歷史學教授，一個美國人。他用英文給我寫信，文字流暢規範，讓我覺得非比尋常。然而我提出想跟他見面時，他卻含糊其辭，說他現在離北京太遠了。但他在哪兒呢？我沒得到清晰的回答。他越避而不談，我越感到好奇。

有一天，他跟我承認說：「我在美國東岸。」這我完全沒料到，就忍不住問了更多問題。然後，他寫道：「請別問我了，我們以後肯定會常見面的。」

我不肯善罷甘休，繼續問他。他不願一次回答我的問題，但時不時洩漏出一絲消息。根據我斷斷續續從他那兒聽到的信息，我拼湊出他的大致情況。他去美國已經兩年多了，在波士頓附近經營一家小電腦公司，軟體硬體都做，是一家中國公司派他去那兒的，他看起來過得不錯。他之所以不願告訴家人他在那裡，是因爲他覺得這項工作完成後，他可能隨時會被召喚回去，或派到別的地方。況且他每兩三個月就回北京出差或度假。我說我倒是希望他能一直待在美國，他說他也這麼想。一想到我回美國後，會有父親方面的一個親人在身邊，我就興奮起來。世界突然變小了，也更神祕了。要是父親能在美國見到他的外孫該有多好啊。

一九六一

尙家住在亞歷山大市江景街的盡頭。那是一幢附帶車棚的兩層小樓，房子旁邊有一塊大岩石，與鄰屋之間以冬青樹籬笆相隔。後院的一個角落長了株石榴樹，看起來有十幾年了。這種樹在維吉尼亞州不多見，卻讓蓋瑞想到他的老家山東，因爲在那兒石榴樹到處都是。他買這棟屋子花了兩萬三千美元，比市場價稍高一點兒，這個區域很僻靜，房子外面砌著磚牆，客廳裡四壁鑲著橡木板，地下室也裝修完整（窗戶正好在地面上一點點，他可以在那裡用一間屋做書房）。於是他沒討價還價就付了訂金。奈麗也喜歡這個家，特別是廚房裡向外拱出的窗戶，餐廳和客廳間的法式雙開門，讓房子感覺比實際更大。她也喜歡這裡的寧靜，於是她開始全心全意照顧莉蓮，打理家務。女兒到今年七月就四歲了，一旦她開始上幼稚園，奈麗就想出去找份工作，做些她喜歡做的事情。但她喜歡做什麼呢？她最近常常考慮這個問題，不過還沒想好。

這個房子帶半英畝草地，蓋瑞負責修剪草坪和灌木。室外所有的活兒都是蓋瑞的，包括拔掉車前草、蒲公英、錦葵等野草。他討厭一種像沒殼的蝸牛一樣的鼻涕蟲，看到一隻就除掉一隻。他的手挺巧，能維護家裡的汽車和電器。偶爾不忙的時候，他會去附近的公園散步，那裡的空氣中迴盪著陣陣鳥鳴。要是天氣不錯，他把女兒也帶去，有時把她抱在懷中，有時拉著她的小手帶她走路，偶爾讓她騎在背上。他還常常教她幾個中文單詞。在某種程度上，他是個不錯的居家男人，對家人溫柔，對鄰居有禮。大家都對他種在房子周圍的一圈菊花讚賞不已。然而他對周圍發生的事情是游離超然的，不願和別人過多來往。他唯一願意和別人交流的話題是籃球。他會一個人在家追蹤看NBA比賽，然後和同事們議論幾句。他也曾試著去瞭解棒球，可棒球比賽就是讓他興奮不起來，他覺得這種比賽節奏太慢了。幸運的是，他妻子從不抱怨他們缺乏社交生活。這對夫婦很少邀請別人來家做客。直到女兒長大在學校交了朋友，一年一次在萬聖節前後爲女兒舉辦一次睡衣晚會的時候，家裡才有幾個客人上門。

蓋瑞表面雖然平靜，但一九六一年對他來說是不安寧的一年。春天他入了美國籍。在公民入籍儀式上，他面對星條旗承諾將效忠美國，發誓會爲了美國憲法而戰。他閱讀了美國憲法及其修正案，有點兒像國家和人民之間簽訂的一份契約，它對公民權的定義和捍衛尤其讓他欽佩。莊重的宣誓儀式打動了他，可他明白自己眞正的身分，只能讓內心保持麻木。儀式完成之後，在給一位女官員看他過期的中國護照時，他甚至勉強笑了一下。女官員用剪刀剪去護照封面上的一角，還給他，祝賀他獲得了新的公民身分。現在，蓋瑞可以誠實地說他也愛上美國生活的某些方面了，比如社會的有序、富有、對人民隱私的保護、按部就班的日常生活、旅行的自由（美國國內旅行只需要一輛汽車，國際旅行只需要一本美國護照或者一張綠卡），等等。然而，他的內心還是忍不住游離到另一塊遙遠的土地，那裡有他的生身父母和第一個妻子。他決定不再跟奈麗生更多的孩子，不想讓局面更複雜。對他來說，幸福在別處。唯獨有朝一日回歸故土並和那裡的妻兒團聚，才算得上眞正的幸福。

拿到公民以後，要想成爲中情局終身雇員，他還得通過測謊檢驗。他閱讀了有關測謊器如何運作的文章，明白只要他回答任何問題時都不驚慌，別讓那指針跳動，他就可以騙過那機器。很久以前他在三藩市買了一些茯苓和五味子，這兩種草藥泡茶喝可以使人稍稍鎮定，他喝了幾天，一周後順利通過了測試。現在他可以接觸到所有「絕密」文件了，有些是喬治．湯瑪斯直接交給他翻譯的。湯瑪斯前年拿到了博士學位，現在同事們稱他爲「湯瑪斯博士」。不過他和蓋瑞還是互稱彼此的名字。他們繼續一起去爵士樂酒吧消遣。大多數時候都是湯瑪斯在滔滔不絕地說話，而蓋瑞只是聽著。過後他會回憶他們的談話，把一些有情報價值的內容寫下來備案。

現在他能讀到更多遠東地區的報導，他清楚地看到中國正陷入混亂。大躍進已演變成一場浩劫。農村公社化是一個輕率的決策，不僅沒有在「幾年內實現共產主義」，反而把整個農業毀掉了。人們不再努力幹活，因爲勞動也沒有報酬，每個人都有權去公共食堂吃個飽。前年秋天，很多糧食在田地裡沒人收割，不是被鳥或牲口吃了，就是爛在了地裡。有些果園連水果都沒人採摘。冬天到來以前人們把所有的食物都吃光了，只好開始吃種糧，春天的時候就沒種子播種了。於是糧食產量劇烈減少。現在不管在城市還是農村，人人都在挨餓，甚至有人餓死了。不少人祕密離開自己的家鄉，到一些饑荒沒那麼厲害的地方謀生。

中國四處傳來壞消息。但蓋瑞只注意他的山東老家，因爲他不確定有些情報是不是被臺灣的情報部門篡改了。（爲了影響白宮和五角大樓的決策，他們總願意給美國人描繪一個亂糟糟的中國。）另外，關注一個他瞭解的地區的新聞，他也能更準確地評估情況的眞實性和嚴重性。然而關於他的家鄉林岷縣，他並不能找到多少情報，鄰近的一些地方倒有不少消息。那裡的村民肚子鼓起來，得了浮腫病，兩條腿腫得像小木桶一樣。很多女人子宮脫垂，連二三十歲的年輕女人都絕經了。一位負責生育控制的官員說她不再需要分發避孕產品了，因爲很多人想生育都不能生了。國家撥下去一點口糧想稍微救援，每個成年人每天六兩，孩子四兩，但這份緊急口糧經過幹部們的層層貪污，到農民手裡已經所剩無幾。根據一份報告，在惠岷地區，也就是蓋瑞家鄉所在的地區，上萬人餓死了，一些村莊整個荒蕪。

整個夏天，蓋瑞都既緊張又疑惑地追蹤這些報導。他奇怪中國曾經宣揚將超英趕美，怎麼眨眼間就毀壞到這種程度？他中午常在一家叫「竹園」的地方吃午飯，那家小餐廳只有六張桌子，但有七毛五一份的特價午餐。在那兒，他就豎起耳朵聽周圍的議論，也跟別人談起中國的情況。一天，他在那兒看見了在美國之音做播音員的趙蘇西。他認識她，看見她一個人吃飯，就問：「我能坐這兒嗎？」

「當然，歡迎。」她高興地跟他揮揮手。她手指纖長，圓圓的杏眼帶著笑意。

他把一碗麵條放在她對面的桌子上，坐下來。她的臉白皙明亮，但看得出眉宇間似有一屢憂愁。她嗓音動人，富有活力，每次在電臺聽她播音的時候，蓋瑞都覺得她像是正在跟一位不在身邊的老友傾訴衷腸似的。他們談到中國正發生的饑荒。她也急切想知道這些事情。蓋瑞告訴她山東人口減少了，但也說：「有人只是逃離了家鄉，或不知去向，所以我們得到的數字也可能誇張了。不過，這件事還是太可怕了。」

蘇西歎了一口氣，把頭髮捋到耳後。她留著齊耳短髮。「我剛聽說我叔叔家的房子被村民們拆掉了，他們用那些磚頭和木料蓋了一個養豬場。」

「他們爲什麼那麼做？」他想這可能跟蘇西家逃到臺灣去有關。

「現在所有的房子都屬於公社。一想起這些我就頭昏腦脹。」她抽咽著，幾乎要落淚了。

「但他們還能養豬嗎？——我是說，他們有東西餵豬嗎？」

「實際上，豬都沒有了。要麼病死，要麼給人宰了吃了。大家都不顧以後的日子了。有人開始吃草和榆樹皮。那麼多人餓死了。我聽說在我老家的縣城都有人吃人的事情了。」

蓋瑞萬萬沒想到這些。蘇西是從江蘇來的，那裡是著名的「魚米之鄉」，水源豐富，土地肥沃。如果連那裡饑荒都嚴重到這種程度，整個國家一定如地獄一般了。

那次午飯後，蓋瑞和蘇西常常在中午見面，或至少通個電話。起初，因爲她背景複雜，在大陸和臺灣都有家人，他跟她說話挺謹慎。但他急於弄清中國的饑荒情況，每當兩人得到什麼新消息時都會一起交流討論一番。蘇西個性從容沉靜，身材勻稱，長得算是漂亮，更不用說聲音清脆動聽了。當他進一步瞭解蘇西以後，他驚訝地發現她還是單身。她已經三十一歲了，可並不像多數年輕女人那樣急著嫁人。她甚至說自己不會做一個好妻子（「家務從來不是我的強項。」她說）。所以她最好保持單身。她以前在高雄曾有一個男友，是印尼華人，一生大部分時間都住在臺灣。他是一名記者，但七年前在一次輪船失事中去世了。這些天來，蘇西只要聽到關於大陸饑荒的任何事情，她都立即分享給蓋瑞，而蓋瑞擅於分析這些情報，能看到各種隱藏的內涵。她十分驚奇，說：「要是我有你的腦袋，我就去念法學院，或者修個科學史的博士了。」

他們在一起的時間越多，他們的談話內容就越涉及彼此的私人生活。一天晚飯後，蘇西告訴蓋瑞幾年前她曾跟一個美國人約會過，是國會的一個錄音工程師，因爲他看不起中國的東西而分手了。她說：「開始麥克還好，可是後來他給寵壞了。我想我對他太好了。一天晚上，我做了鍋巴湯，然後他嘟囔說『又吃這種中國豬食』。我聽見就反擊說『你既然跟一個中國女人睡覺，你就得吃中國飯。』我們吵來吵去，我再也不能忍受，就分手了。以後我就不想約會了。」

蓋瑞微微笑了。她的故事讓他想到了奈麗，她從來沒抱怨過他喜歡的食物，對此他很是感激。然後蘇西歎氣說：「不管我到哪兒，我都覺得自己是個中國人。」

這話讓他有所觸動，可他還是追問：「但你是美國公民，不是嗎？」

「我是。我不是說我不能成爲別的國家的公民。我的意思是我的內心有些東西無法改變，已經定型了，固定在中國了。在這個意義上，我是無藥可救了。」

「老實說，我也有一樣的感覺，」蓋瑞說：「要是十歲以前來美國，可能會適應得更好一些。」

「大概吧。」

幾個星期後的一個夜晚，正値深秋，她約他到她家吃晚飯。她的公寓在杜克大街上，公寓是一室一廳，起居室裡擺著印花沙發，臥室的窗戶上垂著灰綠色的窗簾，窗簾上方有大銅環，屋裡看起來整潔舒適。早早吃了晚飯之後，他們沒喝茶，而是一起喝了一罈米酒，是蘇西的一個朋友從臺北帶給她的。然後一切都水到渠成般，他們發生了關係。做愛的過程如同暴風雨般劇烈，她的枕頭掉在了硬木地板上，脫下來的衣服扔了一地。「啊！」她喘著粗氣，嘴巴張開著，就像離開了水的魚。他嘴裡含著她的乳頭，背拱著，一下下向她的身體裡猛衝。他們發出哐哐的動靜和肆無忌憚的呻吟，一點都不管別人會不會聽見，他們以爲整幢樓裡都沒人能聽懂他們愛的囈語。淹沒在欲望的漩渦裡，他們不顧羞恥，卸掉了平日自重的鎧甲。他們直白地叫喊出各種跟身體和動作有關的詞語，而這些粗俗不雅的名詞或動詞他們在美國都是聞所未聞。它們彷彿是被遺忘的咒語，爲了證實他們自身的存在，這些污言穢語瘋狂地捲土重來，讓兩人更加激烈地交合，如同兩隻發情的野獸。

蘇西第二次高潮後落下淚來。她頭髮全亂了，雙頰緋紅，這讓她煥發出青春的光彩。有一陣子她連脖子都是紅的。她承認說：「你又一次讓我覺得自己是個女人。我要好幾天睡不好覺了。

我會想你的。」

這話讓蓋瑞動容，可他壓住自己的衝動，沒有淘氣地問她會思念他身上的哪個部位。然後他意識到她雖然外表冷靜，其實內心也是一個孤獨、思鄉、飢渴的靈魂。更奇妙的一幕是，兩人肩並肩躺在床上，彼此都打開了話匣子，彷彿有說不完的事情要告訴對方——從他們在老家的童年，到在北京上大學；從他們家鄉的菜式到他們都去過的高山湖泊風景名勝；從土改運動中受到打擊的家人到現在中國農村的等級成分；從亞洲人和西方人不同的審美觀到一些嫁給了英俊外國男人而自己卻相貌平平的中國女人。他們談啊談啊，一直談到深夜一點。這時候他不得不下床回家了。

外面感覺寒冷，似乎接近零下。蓋瑞扣上薄呢大衣中間的扣子。高空懸掛著一輪清冷的彎月，繁星滿天，幾顆星星躲在大樹如長釘般伸向夜空的枝椏後閃爍。一棵橡樹落了一粒橡子，掉在附近的屋頂上，果實在屋頂上輕輕彈跳著直到砰的一聲落了地。蓋瑞在這澄澈的月光中走向他停在蘇西屋後的轎車，不知怎麼想起了一句英文成語，他想像他們兩人就像關在籠子裡的兩隻鳥，只能對彼此啁啾囀鳴。

——

做間諜，收集情報只是第一步。之後還應分析情報，努力將情報派上最大用場，這些都是挑戰。幾個月來蓋瑞經手的情報太多了，不可能把每張有價值的紙都一一拍照，所以他兼起了分析師的工作。他選擇自認重要的內容，將它們編纂成邏輯連貫的報告。他的分析強調美國已意識到中國目前災難性的處境。他想告訴中國領導人，要是他們不趕緊解決困境，可能會遭遇很大的麻煩。美國東西邊都是大海，南北方也沒什麼強國；而中國不一樣，一旦露出羸弱之象，四周那些多半和中國有領土紛爭的鄰國，肯定會有所動作。就像一條奄奄一息的大魚漂浮在群鯊遍布的海域，之後的場景可想而知。他知道，目前看來他的報告可能還有些讓人難以接受，可能誇大，但他覺得他必須這樣做，同時在心裡暗暗痛斥中國領導人的愚蠢。

一九六一年十二月底他去了臺灣。他跟奈麗說他堂兄的岳母剛過世，他應該去一趟，堂兄現在跟他妻子的家人住在臺北。然後，他從臺北去了香港，在那裡跟炳文碰面。炳文這次看起來消瘦憔悴，一臉病容，使蓋瑞更加相信饑荒的嚴重性。但他的朋友搖搖頭髮亂蓬蓬的腦袋說：「我剛做了一個疝氣手術，還沒完全復原。家裡一切還好。」

這話聽起來不像是真的，大概上面要炳文這麼說吧。這人看上去明顯一臉菜相，而且他們用餐的時候，只有他們兩個人，可炳文叫了一桌子菜，什麼都狼吞虎嚥地吃下去。他說蓋瑞的級別又大大提高了——現在他是十六級，相當於少校。蓋瑞很高興，他們一起連乾了三小杯茅臺。炳文還告訴他玉鳳和他的雙胞胎兒女都好，可他父母前年冬天剛剛過世——父親先走，母親三個月後也走了。他父母晚年健康都還好，兩人都有些風濕病，冬天會咳嗽，母親離世前曾發過一場高燒，那都是些小毛病，所以他們大體上是壽終正寢，而不是死於饑荒。炳文告訴蓋瑞他親自去鄉下參加了他們的葬禮，喪葬費是當地政府付的，兩人都埋在尙家的墳地裡，死前都穿著新衣服，大家送了他們十幾個花環，一切都照規矩辦得莊重體面。

這趟旅行前，蓋瑞曾想給老家的家人寫一封信，請炳文從國內寄給他家人，但現在他打消了這個想法，相信他的信永遠不會寄出。按照規定他不能私自和他的家庭直接聯繫，而且讓別人讀到他給妻子寫的信也叫他不舒服。只要他的薪水能按月寄給玉鳳，她和他們的孩子能生活得不錯就好。

炳文告訴蓋瑞他父母去世的消息時，他沒有流露多少情感，但回到旅館後，他感到悲痛凶猛襲來，彷彿飛快上漲的潮水。他被哀傷徹底淹沒了，意志癱瘓，什麼也做不了，只能躺倒在床上眼淚流個不停，任自己沉浸在對父母的回憶中。父親十幾歲時和一些村民一起去西伯利亞闖天下。他們到了海參崴，他幸運地被一對中國老夫婦雇用。老夫婦有一家小商行，父親又機靈又識字，很快在生意上獨當一面。那對夫婦沒有孩子，很喜歡父親，就收他爲義子。三年後兩人都得了傷寒去世，他們把所有的財產都留給了父親。父親將商店賣掉，回到老家，買了二十五畝上好的農田。第二年，他蓋了一座有五間屋的房子，房頂氣派地鋪著陶瓦。隨後，他娶了一個富裕人家的女兒。新娘不那麼漂亮，但上完了小學，在那個時代的女孩中很少見。父母一直想多生幾個孩子，但不知怎麼就只有蓋瑞這麼一個兒子。

蓋瑞覺得他父母度過了尚好的一生。儘管是地主，但父親從來都跟他雇用的幫手們肩並肩在田裡辛勤勞動。他那年考上北京的名牌大學時，父母是那麼欣喜，他們到湖邊的廟裡給土地神燒香，還捐了二十銀元。（土地神原來是個強盜首領，但總是保護老百姓。）蓋瑞在清華讀大三的時候，父母給他挑選了玉鳳。他們覺得這個女孩和善又健康，會讓家庭興旺。出於孝順蓋瑞回家看未來的新娘。讓他高興的是，這個女孩外表美好、舉止得體，所以他同意結婚。現在，他獨自躺在香港一家旅館的床上，呼吸著帶霉味的空氣，徹底被悲傷和憤怒擊垮了。他怨恨上級不讓他回去和家人團聚，他的妻子只能獨自伺候他的雙親，他相信玉鳳一定是個好兒媳，要是他能在父母死前再見他們一面多好啊。傷慟撕扯著他的身心，整整兩天他無法邁出旅館的門。

師範學院七月初才放暑假，不過我的課已經上完了，期末考試和學生論文也改好了。知道本寧在美國後，我特別想趕快回去見他，我也想家，想我的丈夫。於是，六月中旬我就回了美國。

❖❖❖

亨利今年六十一歲，我覺得他比半年前我離開時顯得更年輕了。我跟他打趣說，要是我離開他，他恐怕能活到一百歲。他說：「這個我不敢講，不過我知道你一定比我活得長。」他來自一個長壽家庭：父親九十四歲才去世，去世兩個月前還每晚到房子南邊的一個樹林裡散步；母親現在八十九歲，還自己照顧自己，不肯去養老院。他們科恩家族現在大多住在歐洲，有些去了以色列。亨利常說我抽乾了他的精力，大概我在他身旁時他容易覺得疲倦。而我跟他住同一間屋、睡同一張床、在同一張飯桌上吃飯，總覺得神清氣爽。一定有什麼脾性因素吧。我三十出頭時跟一個中國人有過一段激烈卻短暫的感情，跟他在一起時我總覺得我的精力都被他耗盡了。他是個不錯的人，也許眞的愛過我，但終因無法跨越的障礙跟我分手了。爲了跟我在一起，他得放棄工作、黨員身分以及他的妻兒，他無法承受這些代價。我不能說我愛過他，但這段失敗的感情在我心裡留下了深深的傷口，我後來花了很長時間才慢慢恢復，把他從我的心裡拽了出去。我內心的傷痊癒了，現在生活滿足安寧。上次去北京也沒跟他聯繫。不過偶爾回憶起他時，那記憶還是會在我的內心泛起一點波瀾。

我回來後亨利高興極了，尾隨著我從這屋走到那屋，我們一直說個不停。他有一半猶太血統，但上眼皮厚厚的，臉部線條柔和，留著前短後長的髮型，看起來有點像蒙古人種。他穿一身牛仔褲恤衫，襯得他四肢修長，也稍微看出一點小肚子。亨利青年時上過西北大學法學院，讀了一年後開始討厭當律師，就輟學了。他有兩個兄弟，一個做財務規劃師，一個在《華爾街日報》當編輯。亨利跟他們不太一樣，他更喜歡動手，善於修理東西。我們很少雇人打理花園、整修房屋，都是他在忙活，而且搞得一點也不比專業工人差。關鍵是，管理物業也讓他保持體形。我倆在家事上是個合作完美的團隊——他負責房屋，我負責處理帳單，掌管帳目。

我回來第二天我們就去了七海飯店吃廣式點心。想不到美國的廣式小吃是我在中國時最想念的美味，這眞諷刺。本來中國的中國菜應該更豐富、更精緻，但自從敏敏告訴我中國的農產品會濫用抗生素和殺蟲劑、飯店也會用劣質油後，我就儘量少出去吃飯了。每當我看見市場上叫賣碩大的梨子，一個一磅多重時，我的心裡就惴惴不安。後來我知道中國一些有錢有勢的人有自己專門的採購渠道，只從特定的菜園或農場進貨。有些官員甚至圈一座山來種茶，只在那裡專用人工採集，不用殺蟲劑。全國也有不少賣有機農產品的商店，但都只供應給軍政界的高幹。亨利和我坐在餐館的火車座裡，悠悠閒閒地用餐。當我提起我有一個侄子在麻州時，他興奮起來，眼睛一亮。

「別激動，」我跟亨利說：「本寧不是小孩子，他已經二十六歲了。」

「對我來說，這年紀就是小孩子。你以前怎麼不說？」

「我也才知道這件事，而且我還沒搞清楚呢。我們慢慢去瞭解他，好嗎？」

「當然，不著急。」

「回了家，又這麼大吃一頓可眞好啊。」

雖然這麼說，其實我很少吃得過飽。小時候，媽媽每星期都會給我稱體重，說要是女孩身材走形，就沒什麼前途。她一星期只准我吃一次霜淇淋，但可以多吃幾塊餅乾，大概因爲她在烘焙店工作，買餅乾打折吧。我不明白她爲什麼擔心我的體重，她和爸爸都不胖。現在我身高一百七十三公分也才六十公斤。不過，今晚吃了這些美味的點心以後，我恐怕會增加到六十一公斤。

晚上我給本寧打了電話。他聽上去很高興，一聲聲叫我小姨，聽得我好開心。珠麗一定告訴過他我是他們眞正的小姨，絕不是什麼冒牌貨。不過，我說我想去見他的時候，他卻沉默了。我都聽得見他的呼吸。然後他說：「好吧，小姨，我也很想見你。」他告訴我他的地址，還有我該怎麼走。這倒不需要，我對波士頓熟悉得很。

我喜歡從華盛頓乘火車去波士頓，特別是火車途經康乃狄克州時，能看到海景，還有成雙結對的天鵝在湖中逡巡。甚至雪後初霽的巴爾的摩看起來都挺美，銀裝素裹之下，彷彿一個靜謐的廢棄古戰場。在中國，每當有人問我中美兩國之間最大的差別是什麼，我總回答，是風景和地形。簡言之，這裡的土地更適合人類居住，自然資源也更豐富。他們可能不信，但我說的是實情。相比之下，中國的土地過度耕種、已近枯竭。如果有人來美洲大陸參觀的話，我建議他們坐灰狗汽車橫跨整個北美。這樣他們就能明白美國和加拿大這兩個國家的土地和自然資源多麼豐富，農產品的數量可以多麼龐大，而中國跟這兩個國家保持良好關係又多麼重要。

我走出地鐵站時，本寧已經站在昆西中心站的外面了。他笑嘻嘻地瞧著我，好像我們已經見過面一樣（某種程度上可以這麼說——我們已經在電子郵件裡交換過照片了）。他迎上來把我的小手提箱拎過去，說：「歡迎你，莉蓮阿姨。」我驚呆了，他跟父親長得像極了，都是一笑起來眼睛就變得細細長長的，都長著寬鼻翼、圓顴骨和方下巴。他的腿也有點輕微的羅圈，走起路來跟他姥爺一樣有些外八字。只是他個子比蓋瑞矮一點點，看起來差不多一米七八。他大概直接從班上過來，肩上還背著一只棕色的皮公事包，兩個指頭勾著包帶。

他告訴我他把自己名字中的「寧」去掉了，我可以就叫他「本」。他住的公寓離這個地鐵站走路只要六、七分鐘。公寓裡有四個房間，就他一個人住。我說晚上我可以去住旅館，可他堅持要我住他家。我簡單梳洗後，在他的客廳裡坐下。他說：「莉蓮阿姨，晚飯我們出去吃，還是在家吃？在家吃，我可以做飯，也可以叫外賣。」

「我們出去吃吧。我以前在波士頓大學讀研究生，我想看看現在昆西變成什麼樣子了。」

就六月底的天氣來說，今天還算比較涼快。東北邊不斷有風吹過來。我們沿著漢考克街往市中心方向漫步時，我的皮膚都能感覺到大海的氣息。這個城市變化了許多——處處可見亞洲人的面孔。有些商店的招牌甚至是中英雙語的。有人說昆西會變成波士頓的第二個中國城，我一點兒也不奇怪。不過這也不太可能，因爲這兒是個城市，向四面八方蔓延，有四個地鐵站，而亞洲人分散在四處，並沒有一個中心。頂多有一些中國移民或流亡者會蝸居在這個區域的某些小角落裡。本和我決定試試一家臺灣飯館。

我們一邊等上菜，本一邊給我講他在這裡的生活。他在波士頓地區已經住了一年半，剛拿到綠卡，但他經常出國旅行，一年要去亞洲或歐洲八、九次。他說：「我在這裡可能住不長。」

「爲什麼？你不喜歡這裡嗎？」我問。

「喜歡。可是我只負責這家國有企業在美國的分部。我隨時可能調動工作。」

一個臉圓圓的女服務員過來跟他友好地打招呼，他轉過臉去跟她說了幾句廣東話。我很驚奇，服務員走後，我問他粵語怎麼說得這麼流利。他說：「我在廣州住過一陣子。」我記得父親曾在日記中抱怨，他在香港的時候一點兒也聽不懂當地話。有一次他寫下：「他們似乎叫誰都是『鬼佬』。」

本問他的父母和姊妹們怎麼樣。我說她們都很好，只是很想知道他在做什麼。我不知道本對他的姥爺瞭解多少，我還沒跟他提到我父親，不想讓他一次面對那麼多資訊。我們點的菜來了——他要了炒麵，我要了魚片粥。另外還點了乾煸四季豆和陳皮雞。菜不多，但都很可口。我喜歡簡單清淡的飯菜，本似乎也不是個愛大吃大喝的人，我很高興。他說他最不喜歡中國的那些宴席，都太浪費了。我也的確注意到一些中國人，尤其是一些所謂的「新貴」，以爲好日子就是奢靡浪費。一些年輕女孩可以毫不猶豫用自己一個月的工資去買一個路易．威登、古馳或凱特．絲蓓手提包。她們都太注重外表及表面上的價值了。我在北京時一些年輕同事的消費方式我眞無法認同，用他們自己的話來說，「花錢就像開自來水龍頭似的」。中國人一向以務實聞名，對待那些名牌，他們也許應該更理性。

本繼續批評中國的宴席，「吃了三、四樣菜以後，你根本就嘗不出什麼不同的味道了。上那麼多道菜究竟有什麼意思？純屬浪費。有人給那些愛吃的人起了各種外號，有『吃貨』、『專家級吃貨』、『無所不吃級吃貨』。這些人對自己的稱號還很驕傲呢。中國眞正的改革必須從餐桌開始。」本和我都笑了。

「那兒的餐桌文化我也有些看不慣。」我同意說：「在北京，每次看到那些豪華宴席，我總納悶最後誰買單。有次我問坐在我旁邊的一個政府官員，他說他每星期都有五、六天得出來陪單位的客人吃晚飯，那就是他的工作。」

「最後當然是納稅人買單。」本說。

「所以餐桌改革就跟政治改革一樣重要，對吧？」

「對我來說甚至是首要的。不管彼此的政治觀點一樣不一樣，大多數人對這樣具體的改革應該都不會反對。」

吃完晚飯，我跟服務員招手結帳。但本執意要請我，說我是客人。我順從了他。他要了打包盒，裝起剩菜準備帶走。這個做法讓我欣慰。（不少中國人在飯館吃完飯，都懶得把剩菜帶走。其實貧窮和浪費常常是手挽手的。）我和本一起走回他的公寓。

我一邊喝茶，一邊給他看父親的照片。其中一張是蓋瑞正拿著水管沖洗一輛別克世紀君威轎車。「這麼說，他的車挺闊氣。」本的兩隻嘴角往上翹了翹。

「他總是開別克。」

「我也喜歡美國車，又大又穩，馬力強。我開一輛福特野馬。」

「挺費油的吧？」

「我不介意。」

大多數來美國的中國人第一輛車會買TOYOTA Corolla或現代Elantra，本的品味頗不一樣。另一張照片是蓋瑞正在吹生日蛋糕上火苗尖尖的蠟燭，眼角都笑出了皺紋，母親和我站在一邊，一邊拍手一邊唱生日歌。本放下照片，發出一聲輕歎。

我喝了一口高山茶（是我最喜歡的臺灣牌子之一），饒有興趣地發現我們用的茶杯跟飯館裡的一樣，都是圓圓的無把的杯子。我對本說：「你看起來好像不高興呀。」

「你媽媽有金色的頭髮和藍色的眼睛。」

「她的眼睛實際上是灰色的。」

「她是個金髮碧眼的美女呢。」

「在有些人看來，她和你姥爺是很匹配的一對。對了，他的英文名字叫蓋瑞。」

「我一向以為他在這裡過著悲慘的生活，如果不是窮愁潦倒的話。我以為他為中國做出了巨大的犧牲。」

我沒明白本的意思，一時不知如何作答。好歹接了一句：「他當然愛中國。」

「跟他一樣，我也在為我的國家努力工作。」

「不過，我可不希望你也是個間諜。」我說。他笑了。

我們的話題漸漸轉到愛國主義上。現在有些中國年輕人似乎對此十分著迷，聲稱為了國家利益，他們可以毫不猶豫犧牲自己。他們堅持說自己對國家的愛是無條件的，為自己是一個民族主義者而驕傲。本和我對這個問題的意見不太一致。我說我愛美國，可絕不會比愛我的老公更多。我相信國家不是一座廟堂，而是一所大宅，大家建造它是用來遮風擋雨和防禦危險的。政府就是管理這所大宅的人，要是房子出了問題，可以修、可以整裝，必要的話，甚至可以推倒重蓋。要是這個房子對某個人不合適，這個人也應該有找別的房子住的權利。移民的自由就促使政府必須盡責，把自己管理的房子修繕得更好、更適合公民居住。我繼續說：「把國家神聖化是沒道理的，讓它在你頭上作威作福更愚昧。我們應該問問這個問題：憑什麼國家要凌駕於建造它的公民之上？歷史證明，一個國家可以比一個普通人更瘋狂、更邪惡。」

本沒想到我有這樣一番言論。他還是咕噥了一句：「好吧，我還是無條件地愛中國。」

我問：「要是一個人加入了教堂又怎樣？一個基督徒不可能把國家看得比上帝還重。基督教認爲上帝先創造了人類，先有人才有國，所以人比國更神聖。」

他瞪著我。我繼續說：「你看，愛國主義對你來說已經變成宗教了。這很危險。你想，萬一你的國家背叛了你，不但不保證你的安全和幸福，反而剝奪你應有的權利，你還會無條件愛它嗎？」看他無言以對，我又說：「忠誠必須建立在雙方彼此尊重和信任的基礎上。這是相互的。如果對方不尊重你，你還愛他不是很傻嗎？老實說，有些中國人號稱熱愛祖國，只不過因爲他們必須依賴這個國家才能生存罷了。他們無法想像自己在別的地方存活，所以對他們來說這個國家是最大、最高的東西。其實『中國』這個概念也是在歷史中建構起來的，兩百年前，你去問一個普通的漢族人你的國籍是什麼？他們可能無從回答，因爲他們連國籍的概念都沒有。中國在歷史上也從來不是一個固定的實體，國界變來變去，朝代和民族換來換去。」

「你是美國人，而我是中國人。」本抿了抿嘴，彷彿我的話讓他有些焦躁了。

「別讓國籍把我們分開。我們是一個家庭。」我擺了擺手，揉了揉太陽穴。

他咧嘴笑了。「當然不會。你永遠是我的小姨。」

我想他可能不知道中國對他的姥爺做了什麼。我現在也不想一下子告訴他全部的往事。我說：「本，『未經審視的生活不值得度過』，希望你能記住這句話。」

「是哪位哲學家或聖人說的？」

「蘇格拉底。經常想一想周圍控制你的那些力量，也常常掂量掂量你自己的生活吧。你姥爺是做情報工作的，他就沒能好好檢視一下自己的生活，結果活著也是盲目的。」

「好。我記住了。」本信口答應。

晚上睡覺前，我考慮要把他姥爺的全部生活告訴他，後來又決定再等等。眞相對他可能一時難以接受，我還是慢慢講給他吧。

第二天一早我去本的公司。他的公司在華盛頓街上一座小小的水泥建築的頂層，離公共圖書館不遠。公司有三名員工，兩女一男。男的一隻耳朵上戴個耳環，穿一件粉紅色的襯衫，正拿著螺絲起子在桌邊查看一臺電腦，電腦裡面的零組件都暴露在外。本給我介紹一位女雇員，說是他女友，來自烏克蘭，名叫索妮雅。索妮雅長著淡黃色的頭髮、淡褐色的眼睛，身材挺壯實，看起來又聰明又精神。我和本單獨在一起時，我問他喜歡什麼樣的女人。他一臉窘迫，說：「哎呀，你以爲我對待女人像對待貨物那樣嗎？資本主義社會才那樣。」他欲笑又止：「索妮雅是我能信任的人。每次出公差的時候，我需要一個人幫我打理這兒的一切。」

「找個信得過的人確實不容易。」我承認說。

中午索妮雅跟我們一起在一家麵條小鋪吃午飯。我發現她用筷子比我還熟練。而且她兩隻手都會用。她說她從小就左右開弓，兩隻手都能寫字。我第一次看見這樣的人。我們談著話，索妮雅也慢慢活潑起來。她說她之所以被本「誘惑」了，是因爲他是個美食家，經常帶她去各種又便宜又好吃的飯館。本抗議說：「哎，別這麼忘恩負義，我對你可從不小氣。公司是不是幫你申請綠卡了？」

「我自己也爲綠卡忙得顛三倒四呢。」她說。

索妮雅的父母和兩個妹妹都還在烏克蘭的頓涅茨克市。她拿國際獎學金上的布蘭代斯大學。畢業後她想在美國待一陣子。雖然目前她正在申請綠卡，但她還不確定自己會在這裡待多久。她也有兩個親戚在德國和丹麥，所以她也可能去歐洲，看自己喜不喜歡那裡。她談起移民就像換工作一樣，讓我驚奇。她的生活一定充滿了冒險。

吃完午飯索妮雅回去工作，本開車帶我去一家遊艇俱樂部。那家俱樂部在一幢小高層建築的後面，建築物牆上又小又平的窗戶讓我覺得裡面像個監獄。他說帶我去乘快艇。他拿出鑰匙，打開通往私人碼頭的門，領我沿棧橋一直走到水邊。我們走到盡頭時，他跳進一艘摩托快艇，對我叫：「我們去兜風吧！」

我跟他跳上船。他從斜背包裡取出一臺尼康相機掛到脖子上。船體搖晃了幾下，我心裡一陣興奮。本發動引擎，我們就全速向碧藍的大海駛去。風在耳邊呼嘯而過，吹亂了我的頭髮。我感到莫名的欣喜，忍不住叫出聲來。本遞給我一副反光太陽鏡，我戴上，耀眼的光線立減，但視野卻縮短了些。

本在一座燈塔附近停下，他衝燈塔拍了幾張照片，也拍了幾隻海鳥和一艘經過的渡船。他精力充沛地衝渡船上的人招手、叫喊。從遠處看，人們可能以爲我們是一對情侶——我的連衣裙被風吹得貼在身上，導致我曲線畢露，再加上戴著墨鏡，我可能顯得很年輕。然後我們接近了一座修船廠，那裡停泊了一些待修的船隻。我以爲我們在抄近路回碼頭，但眼前出現了一艘長長的驅逐艦，甲板上一個人都沒有。本停下船，引擎空轉著。他半跪在甲板上穩住相機，開始拍戰艦的照片，拍了幾張衛星天線後，又拍了船頭的大炮以及導彈發射器。我目瞪口呆地站著，他轉過身來拍了幾張我的照片。我在那些照片中的樣子可能傻極了，因爲我正驚訝地張著嘴巴。我還沒來得及開口詢問，他已經加快引擎，沿著我們來的路開回去了。我懷疑他剛進行了一項間諜活動，並且利用我做了掩護。但轉念一想，那艘驅逐艦，就這麼停泊在那裡，沒人看守，像是早已被淘汰廢棄了似的，也許早就不是祕密。中國肯定對這種型號的船隻瞭若指掌。然而，我還是禁不住疑慮重重。

那天晚上我問本究竟爲中國做什麼事。他不肯告訴我，只是說：「莉蓮阿姨，你太敏感了。我怎麼可能冒險做什麼非法活動呢？我沒那麼蠢。要是我不能在美國安頓下來，我對中國也沒什麼用。這也是爲什麼我一直努力說服公司總部讓我在美國多住幾年。一旦我入籍了，我就可以更加自由地行動了。」

「希望我錯怪了你。」我說：「我對間諜行動敏感，也是因為你姥爺是一名中國頂級間諜。」

「我知道，他為我們的祖國犧牲了自己，是一名無名英雄。」

「這是什麼意思？」

「中國幾乎沒有人知道他的英雄事蹟。」

在他的腦子裡，關於蓋瑞，似乎有一個官方的宣傳形象。我像是嚼到了什麼發霉的東西，卻又不敢當別人面前吐出來，所以我結束父親的話題，跟他談起了美國生活。本說要是資金允許的話，哪天他想買一艘帆船，甚至想買一艘自己的遊艇。但他內心有些不安，美國對他的吸引力似乎越來越大了。「這個地方真的很誘惑人，容易讓人墮落。」他說：「它能把你吸進去，讓你忘記你是誰、從哪裡來的。」

「這就是為什麼大家常說這裡是一個大熔爐，」我繼續說：「你的意思是，你身在美國，卻必須跟自己對它的愛做鬥爭？」

「這不是愛，這只是吸引。」

「但吸引會發展成別的感情，而且也是產生愛的第一步。」

「好吧，這正是我所害怕的。」他若有所思地笑笑。

一九六二—一九六三

一九六一年底，中情局總部大樓在維吉尼亞州蘭利市的郊區竣工了。華盛頓地區中情局的很多分支單位都搬進了那座嶄新的建築群，也包括蓋瑞所在的翻譯機構。來年二月起，他將每天去那裡工作。辦公地址的變換使他在中國情報事業中的地位提升了，因爲在中國上級的眼中，他算是實實在在地鑽進了美國情報系統的心臟。他的價值飆升，情報部門的領導也可以在北京的政治局吹噓他們的這項成績了。

蓋瑞喜歡他的新辦公室，從那裡可以俯瞰一片柏樹林。某種程度上，中情局建築群有點像一座森林公園，四面八方都掩映在樹叢中。蓋瑞常常站在辦公室窗前，凝視周遭寧靜的風景。有時會跑來一對野兔，牠們相互追逐，一起分享在樹林裡找到的食物——一枚塊莖或乾果，不慌不忙一口一口地咬著吃。蓋瑞注意到所有的松鼠、花栗鼠以及白尾灰兔都吃得很好，一個個肚皮圓滾滾，身上的毛油光水滑。早晨，一些藍松鴉和紅雀會落在草地上四處啄食，或在晨曦中梳理自己燦爛鮮亮的羽毛。雖然這些肥肥的鼠兔有時只能讓他聯想起中國的饑荒，可這些鳥兒、小動物們活得那麼輕鬆自在，他也忍不住喜歡盯著牠們看。

他不太理解爲什麼發生在中國的這場浩劫在國際上幾乎無人關注，的確，整個世界正陷於各種更有爆炸性的事件中。一九六二年秋，古巴導彈危機讓美蘇兩個超級大國差點陷入一場核戰。蓋瑞一直跟蹤相關的新聞報導，直到甘迺迪總統宣布俄國人同意把核彈運離古巴，他才終於不再擔心。全體美國人都鬆了一大口氣，有人甚至歡呼雀躍，因爲美國明顯獲得了勝利。但事實上，蓋瑞認爲蘇聯也不是輸家。作爲交換條件，白宮也保證移除所有部署在義大利和土耳其的中程導彈，而且不會入侵古巴。在蓋瑞心中，赫魯雪夫和甘迺迪一樣勇敢大度，能夠爲了達成一項和平協議與敵人握手。一場世界大戰避免了，蓋瑞心存感激。甘迺迪未來第二輪競選的時候，他願意爲此投他一票。

接著，中印於西藏南部又爆發了邊境衝突。中國軍隊越過麥克馬洪線將印度軍隊打得潰不成軍。然而作爲勝利一方，在深入爭議領土十幾公里之後，中國軍隊又迅速撤回了原來的駐地。世界爲之驚訝，因爲沒有哪個國家會輕易放棄戰士們浴血奮戰得來的領土。蓋瑞翻譯臺灣發來的報告時才逐漸明白中國爲什麼撤退。在國際上，中國差不多已淪爲一個「劣國」，韓戰時獲得的一些聲望正逐漸消失，大躍進的餘波以及大饑荒使整個國家變得敗落。美國和蘇聯都與中國爲敵。連不少第三世界國家都更尊重印度一些，因爲尼赫魯有更好的口碑，也比毛澤東更有個人魅力。最主要的是，如果中國要長期佔領打下的土地，也沒有足夠的能力維持那裡的軍隊。通往前線的道路險峻極了，隨時可能被山洪衝垮，或因山體滑坡、暴風雪以及雪崩而掩埋。（中印邊界之戰所需的彈藥和補給就靠驢子和馱馬運送了好幾個月。）最終，毛在一次會議上提出：「這一仗不打則已，要打就要打出十年的和平。」蓋瑞覺得毛澤東在處理國際事務時更精明謹慎一些，也許是因爲在國際上他無法行使他在國內所擁有的那種絕對權力吧。

蘇西也這麼認爲。蓋瑞可以和她無拘無束地談論中國的政治、經濟，因爲她也讀新聞，愛和他一起探討、分析形勢。然而他們的談話最後總會落到他們之間的關係上。蘇西最近煩躁不安，常常表示他們的關係可能無法繼續下去。

「到底什麼是你對我眞實的感情？」一天下午，她在客廳裡盯著他的眼睛問。

他沒聽懂。「你到底想說什麼？」他問。

「我究竟是你的什麼人？你打算永遠把我當成你的婊子嗎？」她的眼睛裡燃燒著受傷的怒火。

「蘇西，我跟你說過多少遍了，我不能拋棄奈麗。要是我離婚，我還會失去女兒，我無法同時負擔妻子的贍養費和孩子的撫養費。奈麗不會去工作，她一定會想方設法把我弄破產的。」

「老天，你只想到錢嗎？」

「我不想變成一個欠債不還的人，我有很多責任。」

「你對我就沒有責任嗎？」

「我們是朋友。你是個獨立的女人。」

「你的心眞硬得像石頭。」

他一言不發拿起帽子往門外走。

「你去哪兒？回來！」她叫道。

他還是頭也不回地走了。

她常說他是「冷血動物」，然而在床上他又特別溫柔熱情，他甚至不用刻意努力，幾句話就能讓她心旌動搖。一次他對她耳語說：「我就是你的狗，聽你處置。要是你想殺了我，你現在就可以這麼做。隨你用刀還是用槍。」她看得出來他眞的把自己完全交給了她。眞不明白他到底是怎麼回事。

然而一做完愛，他就會恢復理性又成爲他平時的自己，冷靜而疏離。她不可能想到他的實際生活是多麼麻煩——中國有妻兒家庭在等他回去，這裡又有另一個太太和女兒。一想到他的兩個家庭，他就感到自己被撕裂成兩半，現在又有第三個女人。然而他越是忽視蘇西的暗示和建議，蘇西就越是沮喪。她把他的固執歸結於他溝通能力的喪失。她說她無法理解一位職業翻譯家怎麼不能把自己的想法和感覺訴諸語言時，他只能繼續沉默。要是他能跟她吐露一切，要是沒有孩子，要是中美不互相爲敵、而他能在兩國之間自由通行，要是他能成爲兩個國家的公民、一個世界人，那該多好啊！

他知道蘇西是一個好女人，但他的沉默和若即若離使他們之間的隔閡更深，她的脾氣也更惡劣了。十二月中旬的一天，他離開她的公寓時，下決心這是最後一次見她。是的，他最好讓自己及時解脫，別再往外面尋歡作樂。他只能獨自忍受這份深入骨髓的孤獨。

在家裡，他和奈麗除了家務外，不談論任何別的話題。女兒現在上一年級，又害羞又頑皮。最近奈麗找了份兼職工作，爲一家父子開的叫做「好籬笆」的小公司記帳。公司在一個十字路口附近，她每週有三個早上去公司辦公室工作，其餘時間在家裡幹活，一小時掙一塊九毛五。這錢正好夠家裡平時購買食品雜貨的開支。然而蓋瑞不支持她工作，認爲自己的薪水足以養家。奈麗不想放棄，說：「我不能全靠你養活。」也許她內心深處覺得他並不愛她，總有一天會離開。實際上，連在床上蓋瑞都很少對奈麗說「愛」這個字，最近有好幾次無論奈麗怎麼努力，都無法激起他的欲望了。「你眞冷血。」她恨恨說道，同時又懷疑這是不是眞的。結婚前，他曾跟奈麗說她是他唯一的女人。怎麼可能？眞是個撒謊精啊。

他只有跟女兒在一起時才很用心、也有活力。每天早晨上班時他順路送女兒去喬治梅森小學上學。女兒鑽出轎車前，蓋瑞總會說：「給爸爸親一個！」她就會在他的臉頰上輕輕啄一口，然後蹦蹦跳跳地跑走，沉甸甸的書包在後背上一拍一拍的。只要身後沒車，他都會等在路上，一直目送她消失在學校磚樓的大門後面。

一九六三年九月下旬蓋瑞經由臺北去香港時，炳文告訴他中國的饑荒過去了——情況開始好

轉，中國又回到了正路。國家領導人改正了錯誤，實行了新政，人民正致力於建設新社會。至於蓋瑞在鄉下的家庭，每個人都很好。所以蓋瑞盡可以放心專注於他在海外的任務。這次他提供的情報價值無可估量，特別是國際上對中國國內形勢的看法，以及中情局在印度支那地區的活動。炳文給蓋瑞在恒生銀行的帳戶打了五百美元，說：「我們知道這筆小數目遠遠不能補償你做的貢獻，但我們盡力了。以後等國家富強了，我們會給你更多的。」

「爲自己的祖國服務是光榮的。別再提錢的事了。」蓋瑞動情地說，眼睛一陣發熱和濕潤。

炳文給了蓋瑞凱文．莫里神父的聯繫信息，凱文是巴爾的摩市中心一家天主教堂的神父。炳文說：「放心，莫里在菲律賓長大，媽媽是福建人，爸爸是英國人。以後要是情況緊急，你就跟他聯繫。他會幫你送交情報的。」

兩人在「老上海餐館」用完午飯後，登上了一艘遊輪。遊輪向大海駛去。蓋瑞感到神清氣爽、精神飽滿，彷彿他周圍的土地和海水都比維吉尼亞更讓他振奮。他的確很多年沒感到自己這麼有活力了，此刻心中湧起的快樂撫平了思鄉的痛楚。他凝望遠處的海岸線以及鬱鬱蔥蔥的山丘，山中的一些別墅在色彩不斷變化的樹蔭下若隱若現，而綿延的群山之後就是他夢迴多次的土地。成群的海鳥在閃爍的波濤上盤旋，發出銳利的叫喊，如同孩子們在嬉戲。東北方向，一艘舢板在遙遠的地平線上輕微地起伏，船上扯著銅色的帆。

爲了讓蓋瑞放鬆，接下來的三天裡炳文帶蓋瑞去了一家海濱俱樂部、兩家表演傳統劇碼的戲院、一家賣現撈海鮮的水上餐館，還有深水區的成排商店、西港城。蓋瑞在那裡給奈麗和莉蓮買了不少東西。這趟旅行他玩得很開心，回來時滿載禮物，妻子和女兒看了都十分稀奇。

他給奈麗帶了一串珍珠項鍊和一個竹柄象牙頭的撓背器。還有兩包臘腸，紅紅的像乾縮的熱狗，奈麗和莉蓮看到切成片的香腸裡白色的肥肉部分，活像少量的乳酪，都心生疑慮，碰都不想碰。只有他吃得津津有味。連續幾個晚上他都切幾片香腸放在一只小碟子裡，自己一個人一邊喝威士忌一邊細細品嘗。

兩個星期後，蓋瑞在中情局參加了一個小會，討論越南的軍事狀況。與會者還有其他八位同事，都是東亞專家。湯瑪斯從他栗色的公事包裡掏出一份內部報告，開始宣讀一些材料，都是關於中國在越南地區的活動。他說中國已祕密派出幾千名工兵和數個高射炮兵團幫助越共。一些中國步兵甚至換上北越軍裝幫助打美國人。中方也部署了一條供給線，從雲南省一路蜿蜒過來，穿山涉水直到河內。還有，昆明南邊一些城市的部隊醫院一直在治療越共受傷士兵。中國簡直成了北越的大後方。如果中國人繼續以這樣的規模援助越共，美國人是無法打贏這場戰爭的。

「我們必須想辦法制止赤色中國，」湯瑪斯對圍坐在橢圓形桌子邊的專家們說。「五角大廈希望我們給出一些建議，幫助他們制訂計畫阻止中國人。」

別人表達意見時，蓋瑞的腦筋卻在別處。他在想如何才能搞到那份內部報告，裡面顯然有重要的情報，包括美國如何看待中國在越南的作用，以及美國可能採取針對中國的手段。美國人把中國看成這次戰爭的主要對手，可能會對那裡的中國部隊發動攻擊，甚至可能轟炸中越邊境的幾個城市。不管付出何種代價，蓋瑞都想把那份文件弄到手，複製一份。他打算近期跟莫里神父見一次面，交給他一些有價值的情報，第一次試試他那條管道。

坐在湯瑪斯旁邊的一位同事拿起那份報告開始翻閱。他一邊看一邊用指尖不斷敲打自己的前額。見他翻到了最後一頁，蓋瑞說：「我也看一下。」

同事把文件遞給了蓋瑞。蓋瑞一邊聽別人說話，一邊流覽這份報告。然後他把它隨意放在自己的黃色資料夾旁邊，彷彿那是他剛從自己的資料夾裡拿出來的。他也參與了討論，時不時說幾句自己的建議。他說中國人善於夜戰，所以在越南的美國兵應該配備一些探照燈和照明彈；我們的部隊也應該避免處於中國炮火的射程範圍，因爲中國的大炮射擊準、狠、快；我們也應該考慮進行海上封鎖，因爲很大一部分武器是從蘇聯經由海上運到北越的。

這時一位坐在蓋瑞對面的戴眼鏡的男人問：「你能把那個遞給我嗎？」他指的正是那份報告，蓋瑞無奈只能遞給他。

剩下的會議時間裡他都在考慮怎麼才能把那份報告弄回來，但都沒成功。不久後它就回到老闆手裡。開完會，湯瑪斯整理東西，連同那份文件一起放進公事包，然後他把包夾在胳膊底下就離開辦公室。目送老闆邁著僵硬的兩條腿沿著走廊遠去，蓋瑞意識到他只能採取偷竊的手段了。

第二天，蓋瑞帶著一只黃色資料夾去湯瑪斯辦公室，說他需要領導簽字報銷一些差旅費，因為財務主管辦公室不肯給他辦理。最近他去三藩市面試一些新招募的人員，在那兒租了兩天車。會計不肯為他報銷租車費。蓋瑞告訴了湯瑪斯實話，說他開車去柏克萊大學亞洲圖書館，在那兒見到了中國古代詩歌的著名翻譯者斯萬森教授，他的書湯瑪斯和蓋瑞都很欽佩。湯瑪斯說起他們的總會計師：「有時候莎倫真是個守財奴，但我們也的確需要一個人來控制我們的支出。」他沒再說什麼，擰開鋼筆蓋看蓋瑞那份黏著收據的報銷報告。

這時電話鈴響了，湯瑪斯接起電話，是他妻子阿莉西亞打來的。「對不起，等我一會兒。」他對蓋瑞說完就走進裡間，好私下說話。蓋瑞抓住這個機會，打開了他老闆放在沙發上的栗色文件包，找到那份報告，放進了自己的資料夾。他本來計劃製造一個小麻煩，比如打翻一個菸灰缸或一個咖啡杯，於是湯瑪斯得去廁所取紙巾，這樣他就可以一個人在辦公室裡待一會兒。要是這樣還不行，他就再來一次，給老闆送一對長得像鳥一樣的熱帶魚，因為湯瑪斯和他妻子都喜歡金魚，在家裡有一只大魚缸。現在阿莉西亞的電話來的正是時候。不知怎麼蓋瑞跟湯瑪斯打交道時總是很有運氣——他想從他那兒拿什麼東西時從未失過手。

兩分鐘以後湯瑪斯回來給總帳會計師寫了一個便箋，說蓋瑞是因為公事去伯克利的，應該給他報銷費用。

晚上蓋瑞把報告都拍了下來，一共十一頁。但接下來他開始焦慮不安，擔心老闆已經意識到文件不見了。又懷疑老闆是不是故意在會議上傳閱這份報告，好激起自己做賊？這個可能性雖小，但也不是完全不存在。他是不是已經被懷疑了？甚至已經中了他們的圈套？最近幾年中情局正集中精力搜尋滲透在組織中的蘇聯內鬼。雖然這項行動是祕密的，但大家都在議論管轄蘇聯情報的很多官員，特別是那些來自俄國的人都神經高度緊張，生怕成為調查的對象。他努力平息自己的疑慮，覺得他不大可能成為中情局反間諜人員抓內鬼行動的目標，調查的視線應該遠遠還瞄不到他。畢竟他只是東亞部的一名翻譯，總是小心地躲在雷達的掃描之外。

他在這份報告上也留下了自己的指紋，這真是太糟糕了。怎麼辦？然後他又想起會議上其他幾個人都碰過這份文件，所以矛頭不會單指向他。現在，他得想辦法把報告還到湯瑪斯辦公室去。只要老闆沒意識到文件丟了，歸還應該不用著急。這種事他做過幾次，知道還文件總比偷文件容易得多。

第二天晚上回家路上，他在一個付費電話亭給莫里神父打電話。他第一次跟莫里交談，對方聽起來壓低了嗓音，但還是能感覺到他聲音洪亮。他們約好在巴爾的摩內港的碼頭見面，都偽裝成釣魚客。蓋瑞告訴莫里他會穿牛仔褲和一件灰色馬球衫，背一個橄欖綠背包。

兩天後的下午，星期六，蓋瑞來到碼頭。他看見一個四十多歲中等身材的男人正倚靠在鐵欄杆旁，手拿一根閃閃發光的魚竿。可他看起來不像亞洲人。蓋瑞猶豫了一會兒，想起莫里只有一半中國血統。確實，那個男人圓眼白膚，看起來像個混血。不過，蓋瑞還得小心試探。他走過去，放下背包，還有一只米色的瓷提桶。提桶裡裝著潮濕的鬆土，鬆土裡有蚯蚓。他把魚線甩進水裡，兩隻手臂搭在欄杆上，就挨著那個男人。

「地方不錯啊。」蓋瑞說。然後他低聲說出接頭暗號。「你是怎麼來的？」

「我開車來的。」對方隨意回答。他朝蓋瑞轉過臉來，一個會意的笑容蕩漾在他臉上。他顴骨高高的，下巴尖尖的，但總體線條柔和。

「你開什麼車？」

「一輛老道奇車。」

「哪年的？」

「一九五二年的。」

「什麼顏色？」

「巧克力色。」

蓋瑞伸出手，那男人緊緊握住。神父的手感覺結實而有力，蓋瑞想，這個人一定經常健身。

蓋瑞請他抽菸，莫里說自己不抽。但蓋瑞還是把那包拆開的駱駝菸塞進了他手裡，小聲說裡面有膠捲。他開始說中文，然而神父用英文回答，說自己聽得懂普通話，可發音很糟糕，別人很難明白。於是蓋瑞也轉而說英文。他們繼續談將來的工作。莫里說他只是個助手，主要任務是幫蓋瑞跟中國聯繫。這讓蓋瑞有些意外，他以爲莫里是他的上級，負責中國在華盛頓地區或者東岸的間諜活動。

「不是。」莫里搖著他圓圓的腦袋。「我的工作很簡單——就是爲你服務。你是老闆。」

「我們應該多久見一次面？」蓋瑞不敢相信自己在莫里之上，因爲莫里也會將上面的命令傳達給他，所以莫里至少也是名聯絡員。

「全取決於你。」

「好吧。要是我有什麼情報就給你打電話。」

莫里一無所獲地收起魚線，蓋瑞看見他的魚鉤上只有一隻橡皮蝌蚪。於是他指著自己的瓷桶說：「這兒，用蚯蚓。」

「太嚇人了。我可不想碰什麼活的蟲子或昆蟲。」

蓋瑞大笑，挑出一隻肥的穿到莫里的魚鉤上。「魚不喜歡吃死東西。要是你用假餌，至少讓它在水裡動來動去，看起來像活的似的。」那三寸長的蠕蟲在魚鉤上扭動了一下。「這下你會釣上來一條鯊魚啦。」

他們繼續一邊釣魚一邊聊天。遠處伸進水裡有一個船碼頭，上面有一座低矮的磚房，磚房上有幾塊玻璃在陽光下一閃一閃。在那後面，一艘拖船在深藍色的海面上緩緩向西開去，船頭冒一縷白煙，船後拖出一道三角形的白浪。「糟糕，我忘記帶水了。」莫里顯得很渴的樣子。蓋瑞從自己的背包裡掏出一只沉甸甸的番茄遞給神父，神父立即大咬一口。他們身後有一輛卡車鳴了聲喇叭，就像從喉嚨裡壓出的叫聲，驚得莫里轉過身去。蓋瑞意識到神父惴惴不安、渾身不自在，也許對這個見面地點很不適應。

儘管不時吹來陣陣涼風，但太陽暴曬，兩人的額頭都沁出了汗珠。蓋瑞拆開另一包菸，又點上一支。此時神父的釣竿突然抖了一下，給扯彎了。莫里叫喊了一聲，趕緊收魚線。「我釣上了一條魚，一條大魚！」他褐色的眼睛閃閃發光，興奮地就像一個小男孩。

「天哪，這只是條小鱸魚。」蓋瑞輕笑，搖搖腦袋。在地上翻滾打挺的魚的確還不足十五公分長。「哎，你最好把牠扔回去，要不然它會死的。」

「你……你能幫我把牠取下來嗎？」莫里結結巴巴地說。

「你不知道怎麼把魚從魚鉤上取下來？」

「從沒幹過。」

蓋瑞拿起那條花紋鱸把魚鉤從牠嘴裡掏出來。「給你，拿著拍張照片吧。」他把魚丟給神父。「我這兒有臺新相機。」他另一隻手指著他的背包。

莫里搖搖腦袋，「我可不要做這個紀念。」

「好吧。」蓋瑞把魚扔回水裡。小東西搖搖擺擺地遊了幾碼後，消失不見了。「這麼說，你以前沒怎麼釣過魚？」

「這是我第一次。」

「難怪你的釣竿看起來那麼新。」

「我昨天剛從西爾斯超市買的。」

「早知道我們就別裝成釣魚的了。」

「是啊。這兒的水很髒，沒什麼人在這裡釣魚。再說，兩個中國佬一起在港口釣魚也怪扎眼的。」

他們決定從此把對方當朋友看待，不採用間諜工作的傳統方式——沒有代號，也沒有祕密交接地點。他倆都相信事情越簡單、越自然越好。讓別人覺得一切都光明正大。在別人面前，兩人也應該顯得自然、放鬆，儘量別引人注目。莫里說他可以告訴教堂裡的人，蓋瑞是他朋友，這樣兩人就可以隨時見面了。

❖❖❖

我侄女珠麗一個星期跟我通三次電子郵件。她還在那個樂隊當主唱，現在開始有人關注他們了，他們也常常去附近的城鎮演出。有一次我問她想不想來美國。她說：「去旅遊幾天還行，移民就算了吧。我不像我有些朋友腦子裡總想著移居海外，我這個年紀離開中國大概太老了。還有，我也不會說英文。」

我希望她能來我這裡住幾個月。她還和武平混在一起，也許還幻想某天他會離開他的妻子。我很擔心，想說他也許只是個徒有其表的人，不值得珠麗這麼愛他，卻還是忍住沒說。

然後珠麗告訴我，當地國安部門有兩個人來找她問過我的情況。除了我在廣州的「行動」以外，他們還想知道我跟她怎麼說我的父親。湊巧的是，我根本想不起來我跟珠麗談過任何關於蓋瑞的事。我的謹慎還是頗有先見之明的。要是珠麗完全瞭解她外祖父的歷史，她可能會一時糊塗做出什麼魯莽的行動。國安部的兩個人雖然沒否認我是她的小姨，但叫她對我小心，要和這個「對中國有偏見的美國女人」保持距離。他們也讓她以後若聽見我說任何不尋常的事情，比如奇怪的詢問或無理要求，都要立即跟他們彙報。珠麗別無選擇，只能答應他們。她寫道：「當然，他們說你的話，我一句都不信。我一看見你就知道你是我姨媽。雖然你身材比我媽好，頭髮顏色也淺，但你和她看起來眞像姊妹。家人就是家人，對吧？」

她告訴我國安部的人也找過她父母，詢問我去拜訪他們的事。她父親打電話叫她跟我說話的時候要小心，「莉蓮是美國人，可能另有所圖。」父女倆還爲此吵了一架——珠麗說我沒有壞心，而她父親堅持讓她別跟我說太多中國的事。後來父親不耐煩了，就讓步說：「我不是說莉蓮是個壞人。我喜歡她，相信她是個好人，不會害人。就讓你要小心，記住你跟她寫什麼東西、說什麼話，都可能有別的眼睛在看、別的耳朵在聽。」

我告訴珠麗說：「我不怪你爸爸。他擔心你是可以理解的，他也是爲你好。你是要小心。」

從此，我跟珠麗寫電子郵件和打電話時也開始注意，不敢自由自在地說話了。我不知道國安局在多大程度上監控了我們之間的談話。我告訴珠麗，請她轉告她父母，我會關心本寧，無論什麼時候本寧需要我，我都一定會幫他的。

——

亨利對我的侄子很有興趣，於是我邀請本來我們家。我請本來我們家還另有一個原因：我希望能跟中國的家人聯繫，又不想讓他們受到傷害。我想聽聽本對這件事有什麼建議。我不想在電話裡問他——他的電話可能也已經被聯邦調查局控制了，手機也未必安全。我懷疑他是某種間諜，不過只涉及某些邊緣型間諜行爲，頂多是個小刺探。

我邀請本在獨立日來我們家，但那個星期他女朋友索妮雅的父母要去波士頓探望他們。所以他七月八日才到。我們開著買了兩年的豐田普銳斯去火車站接他。這是他第一次來華盛頓特區，看到我和亨利以後，本精神振奮地向我們揮手。他拖著一只藍色的拉桿箱，笑容燦爛地向我們快步走來。他抱了抱我和亨利。他們兩個在電話裡已經有過幾句交談了。

我們走出車站後，亨利問他對這趟火車旅行感覺怎麼樣，本說：「什麼都棒極了，除了巴爾的摩以外。」

這話讓我和亨利都大笑起來。回家路上，我們談起了汽車。本說想不到我的豐田普銳斯跑得這麼穩、這麼安靜。他的福特野馬已經跑了三十七萬公里，每次踩油門時都又吵又顛簸。他剛找到一臺二手引擎，不久就能換到他的舊車上去了。他永遠都不會換掉他的福特野馬車，除非新車是中國型號的。遺憾的是中國目前還生產不出安全的、高品質的汽車。

「一臺新VOLVO怎麼樣？」我問：「去年一家中國公司從福特收購了這家牌子。」

「希望他們別把這個產品搞砸了。」本說：「不過VOLVO不適合我這樣的單身漢，更適合有孩子的家庭吧？」

「爲什麼這麼說？」亨利問。

「要是我有孩子，我可能會考慮VOLVO。」

「也挺貴的。」我插了一句。

「當然，假設我買得起。」本說。

我們在家吃晚飯。我拌了一盤蔬菜沙拉，煮了豬肉韭菜蝦餃，餃子是從銀泉的馬西姆超市買的現成的。本喜歡紅酒，我們開了一瓶法國梅洛紅葡萄酒。我也用義大利巴薩米克黑葡萄醋加蒜蓉調了一個餃子蘸醬。大家都用筷子吃飯。晚飯時，亨利問本：「你想家嗎？」

「有時候是挺想的。」他笑著說，上嘴唇往上翹一點兒，彷彿餃子太燙了。「不過新英格蘭在氣候和地形上跟中國東北很像。要是他們派我到邁阿密或休士頓去才糟糕呢。我是北方人，適應不了南方的濕熱天氣。我來美國後的第一個夏天被派到阿拉巴馬，在那兒住了整整半年。那才叫辛苦。」

「那你在波士頓就像在家一樣嘍？」亨利問。他用筷子指著自己的盤子。

「其實不像。我得學會對任何地方都別產生感情。公司隨時會叫我回去，或派我去別的地方。」

「要是你可以自己選擇，」我說，「你想在美國定居嗎？」

「肯定的。我喜歡美國。在這兒生活非常好。」

「你最喜歡美國的是什麼？」亨利問。

「說出來別人可能不信，我最喜歡人們在這裡所能享受到的秩序與和平，只要你遵紀守法。」

「還有你得能付得起各種帳單。」我加了一句。

「當然。關於這點，我發現美國人工作都太賣力了。甚至比中國人還拚命。也許就因爲這裡要付的帳單太多吧。我有些朋友同時做兩、三份工。太瘋狂了。他們都相信只有努力工作才能致富。我看不出一小時掙十塊錢或十一塊錢怎麼能讓他們發財。不過另一方面，這也說明了美國生活的積極的一面——努力工作多多少少總能得到些回報。」

亨利和我微微笑著，他的一席話逗我們開心，我們也都深深讚許。晚飯後，我們坐在客廳一邊喝茶一邊繼續聊天。本和亨利都喜歡冰球，於是他們決定看溫哥華加人隊和波士頓棕熊隊一場決賽的電視重播，而我去地下室的書房，修改一份關於冷戰時期好萊塢電影裡亞洲人角色的論文。稿件的提交期限很嚴格，我必須在三天內完成這篇東西。

本告訴我，我跟珠麗打電話時應避免談到政治，她的電話線肯定被國安局監控了。而且，我給她寫信也得小心。那兒的網路警察會監控網路內容，他們能進入別人的電子郵件來搜集證據。最近他們封殺了一大批部落客，關閉了他們的帳戶，因爲這些人什麼都敢說，又擁有太多的讀者。無論是誰，只要吸引了太多群眾的注意力，遲早會遭到打壓。本擔心他的雙胞胎妹妹，覺得她很容易反應過激。

第二天早餐後，亨利和我帶本簡單參觀了一下我們的房產。我們帶他看了整棟三層小樓，最後到了後院。後院裡有一株巨大的楓樹。樹幹上掛著兩只透明的餵鳥器，裡面裝了各種穀類和葵花籽。我們停下來看一些金翅雀、紅交喙鳥還有知更鳥在那裡啄食。一些鳥吃飽了，就聚在一個花崗岩水盆旁唧唧喳喳，一邊戲水或者整理羽毛，水盆旁邊還有一個腰果形狀的花壇。而大多數別的鳥兒都棲息在附近的楓樹或者鵝耳櫪樹上，安靜地等待餵鳥器旁邊的兩隻鳥吃完飛走——然後下一對才會飛到那個塑膠管那裡去吃。牠們一直井然有序地做這件事情，就彷彿在耐心地排隊，雖然也有零星幾隻鳥會急躁地在不同的樹枝間飛來跳去。

「天哪，牠們比北京乘地鐵的人都要禮貌多了。」本對附近的鳥兒揮了揮手，俏皮地說。一隻紅胸知更鳥展了展牠的翅膀，似乎在回應。

亨利笑了。「牠們互相間都認識。」

我插了一句：「牠們肯定也不如中國的鳥兒厲害，不會競爭。」

這次本大笑起來。他說：「無須競爭就能存活，這眞是上天的恩賜。」

後院的東邊有一個網球場，周圍豎著高高的鐵圍籬。綠色的球場上散落著幾只網球，有幾個發霉在那裡，就像掉在地上的熟爛水果。本一看到網球場就脫口而出：「哇，你們倆是眞正的地主啊。」

有幾秒鐘我接不上話，然後我說：「亨利打理這兒的一切。我們自己管理這處房產。」

「我這方面的手藝也不錯。」他轉向亨利說：「要是哪天你想退休了，就雇我來吧。我會木匠活兒，也會修水管。去年夏天，我還幫我的朋友迪昂修過屋頂呢。」

「眞的嗎？」我問。

「當然。一般的瓦匠活兒我也會做呢。你看見我父母家的地板了吧？」

「看見了。」

「所有房間的地磚都是我鋪的。」

「那眞了不起。你爲什麼用水泥接縫，而不用防水灰漿呢？」

「那個太貴了。」

毫無疑問本會做不少事，但我不敢保證這兒所有跟整修房子有關的事情他都懂。不過沒關係——他總是可以學。

早上的交通尖峰期過去後，亨利帶本去華盛頓市中心參觀一些博物館。我回到書房繼續寫那份關於冷戰電影的文章。這幾天我也在精讀父親的日記，我已經在這上面花了數百個鐘頭，目前差不多算是能整體上把握他的故事了，可我還是得經常再讀幾遍，特別是那些不完整的句子，好把所有的事件聯繫起來。不過今天我沒空看父親的日記。我得做論文的數十條章節附註，這就得花幾個鐘頭。

傍晚本和亨利回來了。本一刻不停地談論國家廣場周圍的那些免費博物館。他跟我說：「我們甚至看見了好幾個羅丹的原版作品，它們都立在雕塑花園裡，露天地！眞神奇。那些住在附近的居民該多麼有優越感呀。所有那些免費的博物館對他們簡直就像社區裡的便民設施一樣。簡直讓人難以置信。我眞希望我也能住在華盛頓市中心，這樣我的朋友來看我的時候，我就能帶他們去那些博物館了。」

「你最喜歡那個博物館？」

「航空航太博物館。以前我從沒看見過這樣的博物館。」

晚飯前，我帶他參觀了我的書房。他流覽了我的小圖書館，四壁是整牆的書架，上面塞滿了書。他承認說：「這些書裡我只看過七、八本。小姨，我眞希望我是跟你一樣的學者。」他坐在一張籐椅上，喝著杏仁奶。

「你開電腦公司也不錯啊，我只是個看了一些書的女人，其他什麼也不會。」

我給他看蓋瑞留下的六卷日記本。他打開一冊開始翻頁流覽。我說：「我還在整理你姥爺的故事，等我寫好後，你可以把這些日記本拿走。」

「好吧，」他放下手中的本子，若有所思地答道：「要想看明白這些日記，我恐怕得知道更多有關他的生活。」

「我也在努力理解他。」

本和亨利兩人看起來挺投緣的。他們談很多籃球和橄欖球的事情，兩人都是新英格蘭愛國者隊的忠實粉絲。本走後，亨利不停提起他：「多好的年輕人啊。眞希望我也有這樣一個侄子。」

「你跟他只不過才見了一面。」我說。

「莉蓮，你看，我快六十二歲了。幾年以後我恐怕不能像現在這麼能幹了。要是本願意爲我們管理這棟樓，那我們的晚年就可以享清福了。你覺得呢？」

「你能完全信任他嗎？」

「現在還不能，就像我剛才說的，我們可以先試著多瞭解瞭解他。我還是很喜歡他的，這是實話。」

我很高興亨利這麼說。有時我眞的感到我對我的侄女和侄兒們有一種母愛，忍不住想參與他們的生活。但是本看起來似乎野心勃勃。有一次他告訴我，要是他有錢的話，他夢想定居在鱈魚角，有一所花園洋房和一條狗，最好再買一條船。

一九六四—一九六五

這是蓋瑞第三次跟蘇西分手。他想要自己的生活更簡單而專注些，但幾個星期後蘇西又給蓋瑞打電話，說還想見他，她想念他們的「談話」，哪怕只是再見一面也好。她保證她會乖乖的，不再衝他叫喊。一開始他不同意，建議她空閒時找點事做，比如最近流行的瑜伽或靜坐禪修。或者，要是她能找到另一個男人，一個單身漢，就更好了。他不想讓她對自己產生幻想、以爲他會離開奈麗。即使奈麗是美國人，他也不會拋棄她。無論如何他也不想讓自己的生活更複雜了。然而，眞正深層的原因，他根本無法跟蘇西透露。她不停給他打電話，甚至在他上班開會的時候打來。她知道他外表冷漠，但內心善良，所以她大膽逼他。他對她從不頤指氣使，總是平等對她，把她視爲朋友，這是她最喜歡他的地方。和蓋瑞在一起時，蘇西感到放鬆，想打嗝也不用忍住，想嘮叨就儘管嘮叨，想說什麼就直率地說。她從來沒和一個男人在一起如此放鬆和舒服過。如果天天能和他在一起待一會兒該多好啊。

最後他同意只跟她再見一面。初夏的一個下午，他們在聖基督堂附近的一家咖啡館見面了。她對他說：「你必須承認，我們倆之間有很多心靈相通的地方。」

「好了，好了，」他勸道：「蘇西，別這樣。別把自己的生活搞砸了。我的生活遠遠比你想像的要複雜。我是一個已婚男人，還有一個孩子，遠離我你會過得更好。」

「要是能，我早就做了。」她垂下眼睛，睫毛扇動了幾下，彷彿對自己的話感到羞愧。「有時候我想，這是不是我前世欠的債，我總覺得我像欠你什麼東西，這輩子就是來還你的。」

「我們倆只認識了幾年。」他說。

「可我覺得好像已經認識你好幾輩子了。」

她的話深深打動了他，於是這段感情持續下去，直到他生命終結的那天。他每個星期去看她一次，通常是在晚上，跟妻子謊稱在中情局加班。奈麗從沒質問過他晚上到底去了哪裡，只知道他的工作一向有祕不告人的地方，也以爲職場上的男人，在家庭之外應該有一些別的應酬。只要他每個月能把工資帶回來，還懂得照顧家庭，她就沒什麼可抱怨的了。

然而，一九六四年初夏，她還是發現了丈夫的外遇。他們的一個鄰居克拉克太太告訴她，她先生常常在酒吧或飯館撞見蓋瑞和蘇西在一起。那天晚上，奈麗和蓋瑞激烈地爭吵起來。莉蓮第一次聽見從父母嘴裡說出那些她平時絕對禁用的惡毒詞彙，她嚇壞了，把自己鎖在房間裡，一邊哭一邊聽他們瘋狂的咒罵。

第二天早晨父親照常送女兒去上學，一路上兩人幾乎沒說話。儘管這樣，莉蓮跑進學校前，還是親了父親一下。暑假馬上就要到了，她很高興，這樣就不用父親天天送她上學了。但從那天起媽媽似乎變了一個人，常常獨自靜默良久，就像得了咽喉炎，不能多說話似的。事實上，奈麗在考慮離婚的可能。蓋瑞說他可以接受離婚，但條件是女兒得跟他。說眞的，由於他的職業，還有他整天心不在焉的樣子，他絕不可能獨自撫養女兒；他之所以堅持單親監護權就是爲了挽救婚姻。奈麗果然猶豫了，因爲她根本不放心把莉蓮交給蓋瑞一個人。

但是他們的戰爭對女兒的影響卻是他們沒想到的——小女孩開始做起了離家出走的白日夢。她眞希望她的小豬儲蓄罐已經是滿滿的，這樣她就能遠走高飛了。

一九六四年秋季，奈麗自己也有了外遇，對方就是好籬笆公司的經理，小約翰・特里普。特里普四十出頭，是個滿臉疙瘩肉的健壯男人。他們在一起吃完午飯後，他會帶奈麗去附近的旅館，直到莉蓮放學他們才下床。

實際上，奈麗跟特里普在一起並不快樂。他在床上花樣太多，精力旺盛，連續幾個小時讓奈麗不得歇。他讓她做各種高難動作，就好像她是雜耍運動員似的。每次結束她都渾身酸痛不已，擔心自己的身體裡面被搞壞了，可她又不敢拒絕他的要求。終於有一天下午，奈麗忍住緊張，大著膽子問他，要是她離婚的話，他願不願意娶她。特里普吃了一驚，然後說：「奈麗，對不起，我不能。我眞的很喜歡你，但我這輩子單身慣了，我這把年紀再改換生活方式有些晚了。不過要是你需要我，我隨時在這裡。」

她未必眞打算離婚，她這麼問也想看看這個男人究竟有多在乎自己。這個回答給她潑了冷水，讓她恢復了理智。多麼掃興啊。

兩人對這段關係都談不上認真，於是這場外遇進行三個月就各自散了。不久，奈麗辭去好籬笆公司的記帳工作回到家裡。她知道不管怎樣，蓋瑞都不會拋棄她和女兒。他也跟她保證他會好好維護家庭。

不過，奈麗離婚的念頭並沒完全打消，她還會和姊姊瑪莎在電話上談起這件事。瑪莎是典型的金髮碧眼白種女人，胳膊細細的，笑起來臉上有一對長長的酒窩。可莉蓮不喜歡瑪莎阿姨。她剛蹣跚學步時，瑪莎喜歡叫她「中國娃娃」，她討厭這個稱號。現在這個女人住在西海岸，莉蓮很滿意。

一天放學後，女兒踏進家門，她聽到媽媽正在講電話。「老實說，瑪莎，我覺得自己已經老了。再找個男人過日子太難了……好吧，我會考慮你的意見。你知道蓋瑞對孩子的監護權是絕不會退讓的……也許我和他應該先分居一陣子，只是為了給兩人更多空間，也許對莉蓮也好。」

但這不是莉蓮想要的。那天晚上媽媽和女兒坐在一起讀了《瘋馬的故事》兩個章節後，女兒告訴媽媽，要是爸爸媽媽分開了，她願意跟爸爸過。「我不介意換學校。」女兒說。奈麗感到震驚，獨自傷心了好幾個鐘頭。

莉蓮後來偷偷告訴爸爸，媽媽和姨媽有時在電話上談論和他離婚的打算。「謝謝你的情報。」蓋瑞勉強笑了一下。「我不在家的時候你媽媽常常喝啤酒或葡萄酒嗎？」

「沒見過。」

「那就好。要是她喝酒，一定告訴我，好嗎？我不希望她跟你外公一樣變成酒鬼。」

還好，奈麗不喜歡喝酒。她服務員當了不少年，卻還分辨不出紅葡萄酒和白葡萄酒有什麼區別。倒是瑪莎在和奈麗講電話時，手裡常常端著一杯酒。一旦喝醉了，她就開始絮叨家裡各種不體面的醜事，比如她丈夫賭博上了癮——無論何時她丈夫去拉斯維加斯，回家後必有一場爭吵在等著他；這對夫妻也常常吸大麻或其他菸草——所以，他們經常爲錢吵架；他們的兒子從媽媽的錢包裡偷錢（不過她不會告訴孩子父親，害怕孩子挨揍，渾身又青一塊、紫一塊）。然而，每當瑪莎建議奈麗離開蓋瑞，奈麗就只說：「好吧，我不能著急，我得多考慮考慮。」

每次莉蓮聽到媽媽和姨媽說了什麼新的內容，都一五一十彙報給爸爸。

十一月，約翰．甘迺迪總統遇刺身亡。蓋瑞聽到這個消息時驚呆了。有些同事一談起這件事就情緒激動。戴維．舒曼喃喃地述說著，嘴角微微向下撇，淺棕色的眼睛裡淚光閃閃。蓋瑞聽戴維說完後，一頭趴在桌上嗚咽起來，臉埋在胳膊裡，哭得無比淒慘。他的反應讓同事們驚訝，都覺得在這場國難前，蓋瑞比他們都更傷心、更悲慟，是個眞正的愛國者。事實上，除了這個新聞的確令人悲傷以外，蓋瑞哭泣還另有原因。他認爲如果哪個國家被發現與此事有關的話，可能將

再一次導致世界大戰。他直覺蘇聯可能是這件事背後的始作俑者，而中國即使沒直接捲入，也可能是同謀。

一九六四年整個春夏他都焦躁不安，等待聯邦調查局對此案的調查結果，希望北京跟這事無關。十個月之後，一九六五年九月底結果終於宣布：刺殺事件完全是李．哈威．奧斯維德個人所爲。蓋瑞的很多同事都搖頭表示不信，說一個人不可能單槍匹馬做成此事，他身後一定有一個組織。如果不是黑社會，也可能是某個國外敵對勢力。與他們不同，蓋瑞祕密地鬆了一口氣。

那年秋天，中國也製造了震驚世界的大新聞。十月中旬，中國第一顆原子彈爆炸成功。這個國家雖然慘遭饑荒和革命的蹂躪，但還是以令人震撼的方式回到了國際政治的角力場。毛澤東立刻變成了一隻人人畏懼的怪獸。也有人喝彩，說毛是個有抱負、有遠見的政治家，不怕全世界反對，一心提高自己國家的地位。日本的一份重要報紙甚至宣稱：「核子試驗的成功已使中國成爲亞洲第一大國。」

蓋瑞開始鑽研這件事。雖然美國在日本投過兩顆原子彈（直接導致了日本投降），但他發現毛一開始是十分輕視這種武器的。一九四六年毛澤東接受美國駐中國記者安娜．路易絲．斯特朗採訪時曾說：「原子彈是美國反動派用來嚇人的一隻紙老虎，看樣子可怕，實際上並不可怕。」毛無知的蔑視甚至讓一些社會主義國家的領導者都驚覺了。居里夫人的女婿，法國物理學家弗雷德利克．約里奧．居里，也是一名共產主義者，他讓人給毛澤東遞去一句話：「你們要反對原子彈，必須自己要有原子彈。」毛主席這才幡然醒悟，開始考慮如何製造核彈。他請赫魯雪夫幫忙。兩個國家經過長時間談判，一九五七年十月終於簽訂了一份合約：蘇聯給中國提供原子彈的指導模型、藍圖和資料。蘇聯也會派些科學家來幫助中國發展這個專案。但第一名專家直到一九五九年初才抵達，來了之後沒做任何工作。更神祕也令人沮喪的是，這位專家常常在口袋裡裝一本小手冊，不時拿出來翻閱一番，但就是不讓任何中國人看到裡面的內容。接著又來了一位俄國人，同樣沒什麼作爲。最後在一九六〇年，誰都沒料到，赫魯雪夫違背諾言，從中國核子試驗的各部門撤回了總計二百多名的蘇聯專家。毛澤東是老一代革命家，赫魯雪夫對他表示敬重，但他個人從來不喜歡毛。他有一次曾說：「毛澤東同志的態度就彷彿連上帝都得爲他服務似的。」

蓋瑞和中情局同事們都以爲俄國人走後，中國的核野心也就不了了之了。但讓大家吃驚的是，中國的核計畫繼續進行下去。幾百家工廠和上千名科學家參加了這個項目。大家都住在新疆的沙漠裡，吃得差、工資菲薄，卻仍然奮不顧身地投身於這項事業，日以繼夜地工作。有人甚至就病死在那裡，或消失在沼澤中。中國下決心要製造出原子彈，副總理陳毅在一次工業會議上說：「中國人就是當了褲子，也要把原子彈搞出來！」

不懈的努力終於有了結果，這顆核彈的爆炸把中國的國際地位一下提高了。美國的步法也有些錯亂起來。U-2偵察機接受了更多偵察任務，但大部分飛機被中國的薩姆2防空導彈擊落了，沒辦法再帶回來中國原子彈基地的照片。白宮琢磨了好幾個月怎麼把中國的這個危險計畫扼殺掉。「也不能去搞空襲」，蓋瑞在日記裡幸災樂禍地提到這個事實。別無他法，中情局和臺灣只好籌畫了一個傘兵分遣隊，全部由擅長爆破和夜間戰鬥的國民黨士兵組成，每人配備一支M-16輕量型全自動步槍。他們將被空降到中國領土，專門破壞核試驗設施。這項任務代號叫「霹靂」。除了特種兵以外，一些情報特工也祕密抵達大陸做前期準備。

蓋瑞在翻譯美國和臺北之間通訊文件時，對這項任務有了全盤瞭解。他看到了那些被派到中國的特工們的聯絡方式和代碼。他把這些文件借出來，說晚上要繼續翻譯，然後帶回家拍了照片。除此之外，他還寫了一份報告彙總這些信息，詳細描述了這項行動。蓋瑞知道最近不少中情局官員都熱中於去曼谷度假，於是他把自己的休假期提前，一九六五年六月也抵達了泰國。一星期後，他從那裡再去香港，把情報交給炳文。北京接著就過來了三個人跟蓋瑞會面，他們說事實已一次次證明，蓋瑞的分析都準確無誤，他的預見都很有洞察力。一個月之內，中國捕獲了大部分特工，「霹靂」計畫在開始前就被挫敗了。中情局對臺北非常生氣，認爲是國民黨內部的什麼人跟赤色中國告了密。

一九六五年秋季，莫里神父通知蓋瑞，他被提升至十四級，相當於陸軍中校，而且被中國情報部授予了一等功。他的工資現在是每月一百八十四元，那時相當於一百四十美元。考慮到當時一個工人的月工資一般不超過五十元，這眞是一筆不小的數目。蓋瑞以爲他的工資一定會照常寄給玉鳳，完全沒想到兩年前她就離開了老家，從那以後就沒收到過政府的一分錢。

❖
❖
❖

我在北京的學生敏敏寫信來說她剛完成她的碩士論文答辯，是關於一九七〇至一九八〇年發生在美國的女權主義運動。她眞希望我在她的答辯委員會裡，因爲她的答辯委員會裡有一些「頑固守舊者」用一些「不可理喻、令人噁心的問題」來不停刁難她。我給她回電子郵件問她以後有什麼計畫。她坦白說她想攀登喜馬拉雅山。她說不知爲什麼，她最近就是無法擺脫這個念頭，一直想著那座山。這是我喜歡她的地方——不管一個想法有多天眞或不切實際，她一想到了就滿懷熱誠去追逐夢想。在北京時，有一次我曾告訴我研究生班的學生：「中國人身上有許多優秀的素質我都很尊敬，比如勤勞、智慧、謙虛、敬老，但我也發現中國人有兩個特點我不喜歡，就是小聰明和太現實，都是爲了帶來一些短期的方便或通融。我自己有一半中國血統，可能我也有這兩個特性。這兩個缺點會腐蝕一個人性格中的堅毅、摧毀人的意志，使人不願去做一件只有長期堅持才能完成的事情。蕭伯納曾說：『現實的人讓自己適應世界，不現實的人堅持讓世界適應自己。所以世界上所有的變化都是不切實際的人製造的。』我希望你們能珍惜你們年輕時的不切實際，它就像生命中的火苗，會隨著衰老而熄滅。」我說完才意識到這正是父親日記中的一句話，前天晚上我剛仔細讀過。那本日記的扉頁上寫著蕭伯納的這句名言，他的劇作也跟勞倫斯的小說一樣，伴隨他度過在沖繩時漫長的孤獨生活。

我想我可能得罪了一些學生，但他們中有些人告訴我，我的話讓他們思索了很多，他們欣賞我的直率。一個學生甚至感謝我提醒他別做「一個聰明的傻瓜」。

敏敏不像大多數中國年輕人，她看起來很不實際。攀登喜馬拉雅山的困難彷彿打擊不了她（當然跟其他年輕人比，她的確沒什麼經濟擔憂或家庭責任）。她也許不夠聰明，但她活潑的個性使她成爲一個獨立的個體，顯示出生命的朝氣，並使她跟她的同學們區分開來。爲此我很讚賞她。

她也告訴我她目前有一個難題——一家軍事院校剛剛聯繫上她，要給她一個工作。要是她接受了，她恐怕得延遲實現甚至放棄她的喜馬拉雅山之夢了。我不知該給她什麼建議，因爲她本身並不那麼強壯，就算她富有的哥哥能提供給她所有必備的登山工具，她也未必能登頂。也許艱苦的登山訓練她都完不成。所以對此我並未多言。

——

我不知道亨利已經直接跟本通了電子郵件。他告訴我時，我覺得有些不快，半開玩笑地問：「那你們兩個可以在我背後說我的壞話了？」

「好了，莉蓮，」亨利說：「你知道沒有姑娘們在旁邊，小夥子們可以更加隨意地交談嘛。」

「你們都談什麼？」

「球賽呀、女孩子呀、政治、軍事歷史、智慧型武器之類，還有怎麼賺錢。」

「本已經有女朋友了。怎麼還談論女孩子？索妮雅還不夠好啊？」

「這小夥子很帥，肯定也會有別人看上他的。」

「你眞覺得他帥嗎？」

「當然。」

用中國人的標準，我覺得本的相貌只算中等——有點太陽剛，骨架大，稜角分明。傳統上中國女人喜歡稍有些女性特徵的男人——皮膚光滑、眼神柔和、下巴線條柔和、氣質儒雅。有書卷氣的男人也討人喜歡，也許因爲讀書能帶來權力和財富、更不用說特權了。不過現在這一點已經變了，資本主義已滲透到中國社會的每個角落，人們的很多價値觀和心態都已重新塑造了。現在大部分年輕男性對男性氣概的看法跟過去不一樣。二十年前，我的男性中國朋友常說他們眼中的理想男人是周恩來或魯迅，這兩個人的外表都不是壯碩型的。現在很多年輕男人則會選科比．布萊恩或提姆．鄧肯做他們的男性偶像（鄧肯在中國球迷中有個外號叫「石佛」，因爲他嚴肅冷峻和處變不驚的場上表現）。不管你信不信，也有不少人推崇艾倫．艾弗森，因爲這位一百八十三公分高的籃球運動員證明了個頭普通的男人也能當明星。

七月底珠麗告訴我一個壞消息。武平解雇了她，現在她完全不知道該怎麼辦。我建議她要冷靜。要是這段感情沒有前途，越早分手越好。可是珠麗回信說：「小姨，你不知道，他搞上了別的女人。那個賤人剛從一家戲劇學院畢業，已經在電視劇裡演一個角色了。她知道怎麼媚惑男人，走路的時候屁股扭得跟蛇似的。我怎麼能比得過那樣的妖精呢。天啊，我最不幸的噩夢來了。」我們信寫得越多，珠麗的心態越不平衡，也顯得越絕望。然後她告訴我，她去武平辦公室跟他面對面爭執時，他打了她，還叫她「瘋婊子」。我猜她一定是當眾給武平難堪了。

我給本打了電話，問他知不知道她妹妹的事。他說知道了，他以前見過武平，一眼就覺得那傢伙不可靠。我鬆了口氣。他說：「他自以爲是個萬人迷，用各種手段迷惑女人，其實只是個虛有其表的騙子，典型的『繡花枕頭』。」

「在英語裡我們也有個比喻，叫 an empty suit。」

「是啊，還有 a big nothing，a bag of hot air。」

他說出這些短語逗得我笑起來。「我對他的印象也是他挺滑頭的，很會誇誇其談。」我說：「可是我們怎麼幫助珠麗呢？那個混蛋似乎已經讓她昏了頭。」

「別擔心，莉蓮阿姨。明天晚上我回廣州會跟他搞定的。」

「你打算怎麼做呢？千萬別打架，好嗎？」

「當然不會，我才懶得碰他呢。我跟他談談就可以了。他知道我跟當地的公安部門關係很好，隨時都能把他抓進去。」

本的話我沒完全領會，我問他：「這趟旅行，你錢夠嗎？」「公司會報銷的。我也要回北京開會。」

他這麼容易就能在中美間飛來飛去，這讓我再次想到了父親的人生。蓋瑞在美國的最初幾年裡，曾是多麼渴望能回去看看他的家庭呀，即便只有一次。然而也許他逐漸習慣了失去親人，也厭倦了思鄉。這眞讓人心酸。他還記得他家鄉的街道、山坡上的小徑、以及河岸邊經常出沒的鶴、蒼鷺和綠頭鴨嗎？還有漫山遍野的栗子林和湖邊的廟宇神龕？也許他每天都在拚命壓抑自己對家鄉的回憶，好讓自己在美國能活得像個正常人吧。他考慮過要接受一個新的家鄉，在這裡重新開始生活嗎？他的確慢慢喜歡上了美國，開始享受這裡的日子，但他肯定「吃盡了苦頭」（他在日記裡的原話）。他過的是怎樣一種剪不斷、理還亂的生活啊。最近幾個月來父親的平生在我看來越發迷離，因爲我有時很難看透他給自己套上的那層冷漠的面具。

我想我也許也可以介紹敏敏給本認識。我喜歡索妮雅，但父親的生活就是一個例子：跟不同種族的人結婚日子會多麼困難——彼此說不一樣的語言、在不同的文化和社會環境長大、屬於不同的宗教。雖然蓋瑞跟我母親一樣，定期也去望彌撒，甚至每個月給我們的教堂捐十塊錢，但我不敢說他對基督教是認眞的。他在日記裡從未提到過宗教，似乎一直是個無神論者。他加入教堂可能只是個僞裝。要是他虔誠地皈依了基督，他可能已經在懺悔儀式中坦白了自己的身分，然後有些牧師會進入他的生活，給他提供精神上的引領。但他的日記中除了莫里神父外，沒提到任何牧師。我想可能正是共同的語言和文化背景使他和蘇西走到了一起，我母親根本無法把他們分開。這個念頭促使我給本打了電話，告訴他我有一個學生叫敏敏，聰明活潑，漂亮可愛。我讓他去北京時見見這個女孩。我說：「你可以買一本書給她，就說是我送給她的禮物。我會給她寫信，讓她知道你是誰。」

我讓本買的是史景遷寫的《追尋現代中國》，雖然是一本厚重的書，但對敏敏可能很有用。這本書提供了關於中國現代史的一個絕好的概述，美國很多大學都用它做教材。我告訴本可以在任何好的書店買到這本書，以後我再給他錢。「你不用給我錢。」他跟我保證：「我會當面把這個禮物帶給敏敏的。」

我擔心本可能把事情搞砸，所以晚上我跟亨利談起了本要去幫他妹妹的事。不過我沒提敏敏，我並沒想公開做媒，讓本給敏敏帶的禮物差不多也是好玩。亨利說：「別低估了本，他跟人打交道很有一套。」

「你怎麼知道？」我問。

「我們在一起的時候我觀察過他。」他眼睛一亮，一道笑容閃過他的臉。「他懂得怎麼得體地處理事情。所以我不擔心他。」

「聽起來就像你比我還瞭解他似的。」

「那也是為什麼我希望哪天他能幫我們管理這座樓。他肯定能搞定那些麻煩的租客。」

我忍不住笑起來。亨利每次跟一些租客催討逾期不交的房租時，總是十分緊張，特別是其中的兩個年輕女人。所以每次都是我去催房租。

——

一個星期後，本來了電話。他已經從中國回來了，正忙著趕工作。他說珠麗已經跟武平和平分手，麻煩解決了。聽到「和平」兩個字時我不禁好奇，問他究竟是怎麼回事。他說他去見了武平，告訴他要是什麼說法都沒有就這麼拋棄珠麗的話，就等著瞧。武平的父親做垃圾回收生意，每月從日本和澳大利亞運來垃圾，每噸付一塊五美元，然後撿出這些垃圾裡的可回收部分賣給相關工廠，淨賺二百倍。本給武平看了一份文件，是武平父親的垃圾公司逃稅漏稅的證據。除了違反稅法外，武平父親還把他的一些垃圾填埋地租給了三家養牛場，上千頭牛生活在垃圾堆裡，以裡面的腐爛食物爲生。結果，毒素存在了牛身體裡，他們把這些嚴重污染甚至是有毒的牛肉賣到城裡。僅憑與養牛場合作這一點，就能查封這家垃圾公司，把這個老壞蛋抓進監獄。儘管武平說他什麼都不知道，後來還是害怕了，當天就去找到本。他願意給珠麗五萬元，珠麗接受了。

我問本：「你怎麼知道他父親逃稅？」

「我跟那裡的公安局很熟。現在中國的富人沒幾個乾淨的，所有成功的生意人都偷稅漏稅，要不然他們怎麼能那麼富有？這些情況公安都知道，只要你行爲有什麼不端，他們就能整你。」

他處理妹妹感情爭端的方式讓我有點不安，不過我沒追問他更多的細節。我問：「珠麗還好嗎？」

「嗯，她回黑龍江了，現在和爸媽在一起。」

「你是說她放棄了音樂？」

「她太傻了，一時頭腦發熱跟了武平。唱歌這條路對她不是那麼好走的。現在她該醒醒了。」

「也許你是對的。」我其實也覺得珠麗並不是很有音樂天分，但不知怎麼我似乎一直在逃避這個想法。「你父母現在一定挺高興的。他們還好嗎？」

「我沒去看他們。我在北京忙著開會。不過我給他們打了電話。他們都不錯，還問你好。對了，我見了敏敏，那本書也給她了。她很喜歡。」

「她已經寫信告訴我了。」

「你現在跟她寫信的時候可得小心，莉蓮阿姨。」

「爲什麼？她怎麼了？你不喜歡她？」

「不是。她很好，但是軍方現在對她感興趣。」

「我知道他們給了她一個工作，但她不想去。」

「她想拒絕，恐怕沒那麼容易。」

「眞的?她不能選擇自己的工作?」

「不是那麼簡單的。拒絕那種學校的工作，有點相當於你拒絕爲國家服務的意思。她恐怕得付出點代價。」

「你的意思她可能被當成一個不聽話的人?」

「差不多吧。」

「眞荒唐。」

「中國很多事情都說不通，不過這就是生活，我們只能接受。敏敏還說她要先去爬喜馬拉雅山，她眞有點瘋狂。」

這個對話我不知道怎麼繼續下去了。敏敏應該不那麼好欺負吧；她自己有錢，不工作都可以，幾年後也許還會到美國來讀研究生。所以我不應該過分擔心敏敏。本對敏敏興趣不大，這倒讓我心裡有點不太平衡，不過也沒什麼損失。

關於珠麗，我想了更多。她從前男友那裡拿了五萬元。這不是一筆小錢。記得有一次我問我在北京師範學院的研究生，他們每個月補助生活費多少。他們說一般每月七百元。學生在學校住宿免費，吃飯是主要開銷，而這錢用來吃飯也夠了。事實上，在中國，如果節儉一點，而且知道去哪裡淘便宜貨，不多的錢也還是能生活的。主要是武平用錢來解決問題的方式讓我不自在。珠麗不是曾經愛過他嗎?她怎麼能接受這樣的補償?另一方面，我也知道只要她和家人待在一起，最終一定會從傷心中走出來。我給她寫信勸她別再離開家了。我說：「這個世界上沒什麼比家更珍貴了。跟家人能待多久就待多久吧。他們年紀都大了，需要你在身邊。」

「我懂。小姨。」她回信說。

一九六六—一九六九

一九六六年夏天，炳文被調離香港的辦公室，回中國參加文化大革命去了。自此蓋瑞和炳文失去了聯繫。蓋瑞找到莫里神父，神父也聯繫不到中國任何的上司。中國已陷入完全無序的狀態，沒人負責海外的情報工作。蓋瑞讀到文章說連國務院的一些最高領導都被革命群眾打倒了，頭上戴著高帽，脖子上掛著牌子，被人推到高臺上進行公開的羞辱和批判。蓋瑞追蹤著這些新聞，心情低落。除了在中情局總部圖書館閱讀一些期刊外，他每天上班路上，也會在一個報亭花五分錢買一份《美國日報》。這是一份臺灣出資、在紐約印刷的中文報紙，上面常常刊登一些關於中國令人不安的可怕新聞。在那裡，紅衛兵正在運動中唱主角，他們四處串聯，免費住宿，傳播革命火種。他們都佩戴毛主席像章，手臂上套著印金字的紅袖章，人手一本小紅書。為了表示支持，毛澤東身穿軍裝定期在天安門廣場分批接見他們。

喬治·湯瑪斯買了一本紅寶書，於是蓋瑞也去喬治城大學的書店買了一本。他從頭讀到底，卻覺得這本書也不過爾爾。他認為毛的思想雖然簡練樸實，內含一些不容置疑的常識，可也頗為粗陋，缺乏前後連貫性。大部分語句具有煽動性，更適合用來激勵和組織群眾，並不能解決實際問題。難怪美國大學裡有些熱血青年也喜歡把毛澤東掛在嘴上，像中國的紅衛兵一樣隨身攜帶這本書。一天晚上，蓋瑞和喬治在「波希米亞小巷」酒吧談到了這本書。兩人都脫了西服，把衣服翻過來搭在椅背上，只穿著襯衫。湯瑪斯打了個酒嗝，笑著說：「要是我年輕三十歲，大概也會把這本小紅書當聖經。年輕人太容易被誤導了。」湯瑪斯現在已經五十過半，頭髮掉了不少，也差不多白了一半，但眼睛還是明亮有神。

「毛澤東的思維好像和別人不同，很奇怪。」蓋瑞給自己的杯子裡添啤酒。「他還像一個年輕的鬥士，好戰而且冷酷。」

「我得說他還是蠻有領袖魅力的，無畏、精明。」湯瑪斯飲乾了杯中剩下的紅葡萄酒，心平氣和地說：「不過，有時我讀他的文章也有些困惑。他說『與天鬥、與地鬥、與人鬥，其樂無窮』到底是什麼意思？他以爲自己是戰神嗎？這超出我的理解範圍了。」

「在那兒人們的確把他當神，」蓋瑞說：「唉，一位七十歲的戰神。毛現在是中國最大的問題。」

「爲什麼這麼說？」

「他的自我太強大了，哪怕對國家和人民有利，他也不願承認自己犯了錯誤。在他眼裡，中國不是他的責任，而是他的天下。他不明白一個國家的領袖至多是這個國家的管理者、一個僕人。」

「你能具體說說他的錯誤或缺點嗎？」

「比如說，他應該想盡辦法抓住蘇聯給中國的援助，但他寧可與赫魯雪夫鬧翻，也不願放低姿態。中國那麼貧窮、亟需發展，要是他肯犧牲一點個人的驕傲，百姓就能從蘇聯的經濟幫助中得到很多好處，偏偏他不在乎。追溯起來，中國最近發生的大多數災難都與毛澤東的自負有關。他自封爲思想家，從來不考慮實際問題。他太浪漫了，當不了一個成熟負責的領導。而且，他從不屑於過問小事，不像史達林在實施國家經濟計畫時對一些微小的細節也很注重。就算是思想家，毛的思想也很草率，大部分只是借用別人的而已。」蓋瑞意識到自己說多了，立刻打住。他從來沒如此評論過這位最高領袖，開始爲自己的口沒遮攔感到不安。

湯瑪斯說：「我能看出毛澤東和史達林的不同。毛的行爲有時像個青少年，缺乏一貫性和整體性。但你也可以說他更像一個詩人。」他撕開一小包低脂糖，把那些白色粉末全倒進自己的冰茶裡。

「他的詩還行。」蓋瑞說。他奇怪湯瑪斯爲什麼這麼喜歡用代糖。奈麗說那裡面有太多糖精，所以他從來不用。

一聲高亢的薩克斯風曲調把他們的目光吸引到了樂池。三位樂師正在那裡演奏爵士樂，用腳打著拍子，搖晃著身體。然後音樂又慢下來，在一段起伏的旋律中自由地迴蕩著。蓋瑞瞇起眼睛，臉上露出一副陶醉的神情。

一九六六年底他開始染頭髮。奈麗覺得他眞虛榮，說他留著一頭灰白的頭髮更好看、更莊重，甚至有一點兒教授派頭。他不肯接受生理時鐘對他頭髮的改變。他引用了一句毛澤東語錄：「與天鬥，其樂無窮」，然後又爲這句話感到好笑，奈麗迷惑不解，不知道他在笑什麼。一次她在他背後嘟囔，說他「瘋瘋癲癲的」。女兒無意中聽到了媽媽的咕噥，不過她也喜歡看見父親顯得年輕，充滿活力。有一次女兒撞見了蘇西在父親的車裡，她身材嬌小、窄肩瘦臉、皮膚光潔，是個漂亮女人。看見莉蓮後，他們就停止談話。蓋瑞跟女兒招手，彷彿讓她上車似的。可是女兒轉身飛快地跑掉了，格子裙的裙襬飄蕩著。她從來沒告訴媽媽這件事。不知爲什麼她不恨蘇西，也許是因爲她能看出爸爸跟蘇西在一起時顯得更年輕，也更有活力吧。

間諜活動暫停，蓋瑞輕鬆了一些。他還是不讓奈麗進他的書房，但現在他對自己的祕密沒那麼過分小心了，不像以前那樣，謹小愼微彷彿是他的第二天性。每天經手的有用情報太多，不過大部分他都懶得收集。這些信息送不出去又有什麼意義？所以他聽任那些情報流逝，只保存一些可能有長期價值的文件。

一九六六到一九六八這三年，蓋瑞的間諜工作處於停滯狀態，這也是他在美國生活最平靜的時期。他享受這段放任自流的日子，培養了自己對各種乳酪以及加州葡萄酒的愛好。他常常在公園裡獨自散步幾個小時，手上抓著一根彎彎扭扭的手杖，那是爲了對付偶爾出現的野生動物，特別是蛇。即使奈麗已經知道了蘇西，他的家庭生活也是平靜的。奈麗意識到在心理上她丈夫可能需要一個跟他來自同一土壤的女人。只要蓋瑞不跟她離婚，奈麗也就不再糾纏不休了。很多年以後，女兒問過媽媽爲什麼對爸爸有情人這件事睜一隻眼閉一隻眼，奈麗說：「也許那個女人能給他某種我無法提供的東西吧。我爲你爸爸感到難過。他是孤零零的人，也許需要在別處找到一些安慰。就算這樣，我還是愛你爸爸。」

一九六八年初冬，蓋瑞看到了一份來自臺灣的報告，說蘇聯除了在西伯利亞駐軍以外，又往蒙古派遣了三十多個師，全都是機械化配備，也許想對中國開戰。國際上都知道這兩個國家之間有一些領土爭端，但蓋瑞從未想到這種小衝突會升級到如此規模的對抗。他對這份情報的眞實性毫不懷疑。臺灣的情報機構在蒙古有一個監聽站，目的是爲了掌握中國的軍事動向，但監聽人員也祕密地關注蘇聯的軍事部署。臺北照例會跟美國分享一些資訊。蓋瑞不確信中國是否知道俄國人的機械化部隊和導彈旅已經在它的北部邊境駐紮了。由於無法送出這份情報，他心裡頗爲擔心。

然後就在次年三月，中蘇在烏蘇里江上爆發了軍事衝突。中國在最初的兩場小戰役中占了上風。中國人裝備差，沒用坦克，但他們準備得更好。俄國兵坐著裝甲車從結冰的江面開往珍寶島時，遭到了中國的伏擊。中國很多城市發生了反對俄國沙文主義的大型示威遊行，這件事也引起了國際關注。在美國，一些政治家和專家們在電臺或電視上討論這場爭端，紛紛揣摩為什麼這兩個社會主義國家會陷入戰爭。大部分西方人看到這兩個紅色政權之間產生越來越大的縫隙還是很高興的。但幾個星期以來蓋瑞都在思考戰爭的可能性，內心飽受折磨。中國現在內部的一切都是謎。國家肯定陷入了混亂；然而面對蘇聯裝備精良的軍隊時，卻如此強硬不退縮。毛為什麼上來就批准了這樣一步棋呢？難道他不明白蘇聯會入侵中國，就像去年夏天侵佔捷克一樣嗎？戰爭可能會大大損傷中國，如果不是徹底毀滅的話。中國對此做好準備了嗎？毛不害怕俄國人那上千枚核彈頭嗎？

蓋瑞讀到的文件都暗示了可怕的未來。如果戰爭爆發，中國贏的希望很小。也許國內有什麼麻煩迫使毛通過激發邊境衝突來釋放壓力？然而，這還是引火焚身，可能導致局面失去控制。

要是他能聯繫上炳文，提醒中國領導人前方的危險，別這麼魯莽行事就好了。蓋瑞跟蘇西討論起中蘇發生戰爭的可能性。蘇西說：「毛眞是一個瘋狂的好戰者。」蘇西對毛的評價曾經褒貶參半，甚至佩服他建立了新中國。現在她對毛完全是批評的態度了。她認為毛澤東現在七十多歲，頭腦混亂，早該退休了。此人佔據權力高位越久，就會給中國帶來越多的災難。

蓋瑞對蘇西的評價表示認同，卻不能把自己眞正的擔憂吐露給她——他失去了跟中國的聯繫，手上堆積的所有有價值的情報都將付之東流。另一方面，他現在也習慣了跟中國的隔絕，心理上正經歷著一種從未有過的輕鬆。他的生活更平和，過去的焦慮和恐懼大部分都消失了。他睡得更安心，獨自走路時也不再有被跟蹤的感覺了。他甚至開始喜歡這個地方，在這裡他有一份穩定、體面的工作，一個帶小花園的舒服的家。倘若他只是一名普通移民，他會感到自己成功了，就像有些人跟老家的人吹噓他們在美國終於出人頭地了一樣。

一九六九年七月底，阿波羅號登月成功，這眞是一場震驚世界的偉績。蓋瑞目不轉睛地盯著電視螢幕上那些太空人們，他們穿著白色的太空裝，身後背著巨大的背包，其中一個人正在月球的表面輕盈地四下蹦跳著。他們聚集在船艙和一些設備周圍，彷彿在水下作業一樣。蓋瑞爲這個國家感到驕傲（正如他在一九六九年七月二十日的日記中所寫的「眞是一個偉大的壯舉啊！」），也很高興看到美國國旗插在那兒。現在，在全世界面前發生的這個歷史性事件證明了美國在空間技術上至高無上的地位。蓋瑞內心深處潛藏著一個願望，他希冀這次登月也許能震撼中國領導人，讓他們回復理性，好好看看自己的國家已經落後多遠了。

❖❖❖

八月上旬的一天下午，郵遞員送了一只笨重的紙箱到我們的公寓管理室。亨利去健康中心游泳了，所以我在郵遞員的掃描器上簽了字。顯然這是亨利從紐澤西買的什麼東西，但通常他買東西前都會告訴我一聲。

當天晚上，我跟亨利提起紙箱的事。他說：「哦，那是幫本買的。」

「什麼東西？」

「咱們看看吧。」他眨著眼睛笑了笑。他拿一把黃銅鑰匙劃開箱子上的膠帶，把手伸進一堆保麗龍球裡撈出五只藍色的小盒，每個差不多半塊磚頭大小。

「這是什麼？」我問。

「微型電腦晶片。」

我打開一只小盒，取出一枚方形晶片，大約五公分寬，上面有一個微型冷卻風扇。我的心開始下沉。我問亨利：「這些貴嗎？」

「當然啦。每個五百多塊錢呢。」

「本爲什麼要你買這些東西呢？」

「他說因爲他的中國姓名，一些廠商常常欺負他，導致他的貨有時根本收不到。要是我能幫他買，每樣東西他可以付我雙倍的價錢。所以我覺得這是個賺錢的好機會。你看這五個小淘氣包，我爲它們付了兩千七百塊錢呢，回頭我能賺到百分之百的利潤。」

「這裡好像有蹊蹺。」

「好了，好了，親愛的莉蓮，別這麼殺風景。每個人都可以買這些玩意，我覺得本是好心給我一個賺錢的機會呢。」

晚上我上網查看這些晶片的用處，查了三個小時也沒搞清楚。不過我看到幾條新聞說有在美國的中國人因爲帶晶片去中國而受到指控，因爲飛機或導彈上可能會用到這些東西，所以海關禁止攜帶某些晶片出口。我不確定本是不是爲中國軍方購買這些東西，但我有所警覺，感到這事八成是違法的。

第二天我跟亨利又談起了這件事，提到昨晚看到的新聞——有兩個中國人因爲這些禁運晶片被判處了七年和五年監禁。「好了，莉蓮，」亨利說：「你得了妄想症啦，還在你爸爸案件的陰影裡。要是我買的這東西屬於保密技術，怎麼能沒有任何限制就允許我這樣的普通人隨便買呢？再說，我只買了五個而已，又沒買幾百個。不會違法啦。」

他的道理聽起來挺有說服力，我無法反對，但心裡還是不舒服。第三天晚上我給本打了電話，索妮雅接的電話。她聽上去心情不錯，一直咯咯笑著。她剛搬過去跟本住在一起，他們的關係看起來更進了一步。

「本，莉蓮阿姨找你，」她嬌聲說。

跟他先說了幾句閒話後，我直截了當問他亨利給他買東西的事情。我說：「本，跟我說實話，這是不是非法的？」

「不是，每個人都能買這樣的英特爾晶片。事實上，這些東西已經過時了。工廠都不再生產了。」

「那你爲什麼要讓亨利牽扯進來？」

「他買更容易。再說，我想讓亨利叔叔賺點錢。對他來說，賺這幾個錢挺容易，不是嗎？」

「那你用這些東西能賺到更多的錢？」

「是啊，通常是三倍收益，我給亨利叔叔我賺的三分之一。」

「謝了。但誰是這些晶片的最終買家呢？」

「一些中國公司。」

「他們爲什麼要付三倍的價錢？」

「因爲他們自己不能買。」

「難道這些晶片是禁止出境的？」

「原則上是。」

「你說『原則上』是什麼意思？」

「說來話長了。一九八九年天安門事件以後，美國禁止很多技術出口到中國。有些微型晶片在禁運品清單上。問題是很多中國公司和實驗室一直在用美國製造的儀器，有時舊晶片壞了得換新的。這跟最新的技術沒有關係，是爲了維修那些美國早就賣到中國的儀器。那些中國客戶自己不能直接買這些晶片，所以我們的公司就滿足他們的需求。」

「我希望你告訴我的是眞話，本。」

「我爲什麼要對你撒謊呢？你是我在西半球唯一的家人，親小姨呢。」

「是不是有些晶片用在導彈和噴氣式戰鬥機上？」

「是的。」

「很顯然運這些東西到中國是違法的。要是聯邦調查局發現了，你恐怕要坐牢的。」

「好吧，可是在這個國家或任何地方有多少人在合法地賺錢呢？我也沒大批傾銷這些玩意兒。每次我只賣兩、三個。而且這些晶片就算不在美國，其他國家也買得到。」

他還是沒能說服我。我說：「本，你一定不能做任何違法的事情。在這個國家，要是你想過一個和平體面的生活，你得潔身自愛。」

「好吧，我知道了。」

「我過一陣子給你寄幾篇關於你姥爺的文章吧。你最好仔細讀讀，看看他是怎麼把自己的生活搞砸的。別像蓋瑞那樣當一個盲目的愛國者。」

「謝謝，寄過來吧。我也等不及想瞭解他更多呢。」

我本來想把我資料夾裡的三十多篇文章都寄給他，臨時決定再等等。我把《紐約時報》和《華盛頓郵報》上刊登的七篇關於蓋瑞案件的主要文章複印了一份，自己又讀了一遍後，把它們塞進信封。其中有一些文字被我劃了線：「根據蓋瑞．尚自己供認，他每送出去一份情報就會收到一筆現金，雖然到目前爲止他到底收了多少錢還不明確。一位匿名的中情局官員稱，尚喜歡買昂貴的東西，出手很闊綽。迄今爲止，中情局拒絕評價，只堅持說他們積極參與調查。」我翻到另一篇文章，其中說，「中國人做間諜的方式與眾不同。他們的祕密特工極其耐心，可以在活躍前隱藏多年毫無作爲。毋庸置疑，尚正是一名王牌間諜、中國人情報的主要來源。目前還無法估計他的間諜行爲給美國帶來的損失究竟有多巨大，但他肯定嚴重破壞了我們的國家安全。」

我不想把全部的報導一下子給本，覺得某些災難性的細節還是慢慢一步步跟他披露的好。第二天早晨，我用快件給他寄了那七篇文章。

一九六九—一九七〇

一九六九年八月二十八日，《華盛頓星報》頭版刊登了一則嚇人的新聞，說蘇聯厭倦了與中國之間的邊境衝突，打算對中國的核基地進行大規模空襲。蘇聯人放話出來，想試探一下如果他們眞邁出這極端的一步，其他國家的領導人會如何反應。雖然登載這則消息的晚報近期的聲譽有墮落到街頭小報的趨勢，然而，消息還是引起了公眾的不安。蓋瑞不懷疑這篇報導的可靠性，但他對這篇文章的發表動機更感興趣。連美國國務院也就此事接受了採訪，但國務院發言人說這也許只是「謠言」。新聞看起來是常規發布，但華盛頓情報圈的部分人士也懷疑這可能是白宮的一個策略——在學術圈裡，人們一直在討論如何破壞中國核設施，但這個話題被引向公眾還是頭一遭。他們猜測，美國政府通過媒體曝光這條新聞，可能是在向中國洩密，甚至做出小小的友好姿態。又有人覺得俄國人插手了這篇報導，他們想借美國媒體給中國施加更大壓力，因爲消息肯定會傳到北京，這也許會讓毛澤東和他的同志們收斂一些。也有別的猜測，一些軍事分析家認爲這個報導完全是八卦，堅持說要是俄國人眞想轟炸中國的核設施，他們絕不會事先走漏風聲。

蓋瑞和他在中情局的很多同事一樣，都相信蘇聯的空中打擊計畫絕不是空穴來風，也不是什麼先聲奪人的外交策略。他開始焦慮，不知中國那邊會怎樣反應。他的連絡人炳文也音信全無，是死是活都不知道，所以蓋瑞跟祖國繼續隔絕著。他懷疑他的同志們是不是已經放棄了他，爲什麼沒人跟他聯繫？中國不需要來自中情局的可靠情報嗎？甚至莫里神父也跟中國失去了聯繫。不過，他們倆都確信，有關蘇聯這一動向的新聞不管通過何種管道，一定會傳到中國。

確實，兩星期後，毛澤東下令，整個國家要「深挖洞、廣積糧」。蓋瑞讀了些資料，發現實際上中國好多年前就已開始爲未來可能的空襲做準備了，不過過去的假想敵是美國。每個城市都修建了很多防空洞或掩體，大多數在城市郊區的山上或峽谷裡。一九六九年十月一日，中國在天安門廣場舉行了盛大的二十周年國慶典禮，就在那之前，中國在西部的沙漠裡成功引爆了兩枚核彈。其中一枚是當量達三百萬噸的氫彈。此前，中國已能發射中程導彈。蓋瑞認爲中國人此番是向俄國人示意，若受侵犯他們也能以核武還擊。這也許有些反應過度，但蓋瑞鬆了口氣，甚至覺得毛澤東眞是一個狡猾精明的政治家，早已預見到中國爲了保護自己可能需要核武器。

此時，蓋瑞在美國的生活趨於平靜，和蘇西的關係也繼續下去了。一九六九年夏天，蘇西曾和一個希臘外交官約會。那個男人說話溫柔，留著翹八字鬍。可自從他被召回希臘，斷斷續續跟蘇西通了幾封信後，他們的關係就漸漸沖淡了。蘇西又回到了蓋瑞身邊。蓋瑞嘴上沒說什麼，但其實心裡很高興。現在在家裡，他和奈麗很少吵架，晚上也睡一張床。不過他睡覺不太安分，常常吵醒奈麗。他說夢話，有時中文，有時英文。有時他在夢中跟人爭執，會用母語大叫大嚷，奈麗一句也聽不懂。白天他又回復一貫安靜溫柔、有些心不在焉的模樣。莉蓮上中學了，他現在的閒置時間也更多，於是他開始教女兒下中國象棋。他教她每個棋子的走法，這些奈麗一點也不懂，她連炮和象都分不清。女兒現在平均五場能贏蓋瑞一場。每次女兒贏的時候，他都興高采烈，直誇她有「鋼鐵般的智力」。他常說要讓女兒上預科學校，這樣女兒就能考上頂尖的大學。父女間偶爾會用簡單的中文交流，這讓奈麗很惱火，因爲她聽不懂他們在說什麼。她常喃喃自語：「眞是有其父必有其女」。然而，儘管他很愛女兒，他還是打算不久以後就把女兒送出去讀書——以防他不在家的時候，女兒到他的書房，發現他的祕密。

一九七〇年春天，奈麗在一家叫「佩吉廚房」的烘焙店找了份工作，做麵包、餅乾、派、蛋糕，她很喜歡這份工作。老闆是個六十二歲的女人，名叫佩吉．羅夏沃。她身材矮胖，一頭白髮蓬蓬鬆鬆，戴一副老花鏡。儘管奈麗也到了更年期，可是爲佩吉工作讓她變得精力充沛了。她才四十一歲，已經開始閉經了；她認爲這是蓋瑞多年給她的壓力所造成的。每天下班她都帶一些新鮮麵包回家，丈夫和女兒都愛吃。蓋瑞最喜歡的是義大利佛卡夏麵包、圓麵包卷、猶太夏萊麵包、酸麵包、還有法式羊角麵包。他喜歡就著生大蒜和香腸，尤其是葡萄牙熏豬肉腸，大啃剛出爐的新鮮麵包。有時奈麗也免費拿回家一些當天沒賣掉的糕點，比如蘋果三角餡餅、小巧克力花捲、脆蘋果餡餅，以及各種餅乾。蓋瑞從來沒吃過這麼多甜東西，每塊點心裡都摻了大量糖和奶油，是典型的美國風味。他最喜歡帶酥皮或者有水果餡的點心。他跟奈麗開玩笑地說：「到今年年底，我會長九公斤的。」事實上，無論怎麼吃，他都長不胖。他常說眞希望自己是會吃也愛吃的人，這樣他就能更加滿腔熱情地大吃特吃所有那些精緻的麵包和糕點了。可是他平時吃得並不多，是個天生的瘦子。奈麗跟蓋瑞一樣，雖然胃口好極了，也是吃不胖的體型。

這幾年來，奈麗感受到自己發生了一些顯著的變化，跟十四年前剛結婚時比，她頭腦更冷靜，說話也更有條理了。這也許跟她喜歡讀書有關。她讀了上百本書了，大多是平裝版的愛情和偵探小說。女兒上小學時所有的課本奈麗也都讀了，直到莉蓮去麻州格羅頓鎭裡的預科學校讀書以前，她還常陪女兒一起做功課。女兒則在預科學校裡遇見了一位出色的歷史老師，從此點燃了她對歷史的熱情，甚至對老師本人都發生了一點祕密的情愫，常常在夜晚幻想他的手指會輕輕撫過她剛剛發育的胸脯。莉蓮跟她大多數同學不同，不常回家，因爲她知道父母的關係並不親密。那個家表面上看起來安靜和平，卻有一種讓她畏懼的冰冷感覺。她很高興媽媽走出家門去工作。

奈麗人到中年卻比以前更好看了。一張標準的心型臉，顴骨圓潤，眼睛晶亮，下唇性感飽滿。在烘焙店裡，有時一個員警或一名律師在去法院上班的路上會進來和佩吉閒聊幾句。有些男人會趁機給奈麗暗送秋波，一些人甚至想要挑逗她，可她一點兒都不懂調情。她天生就不是那種人。她總保持一種緘默的態度，外人也許會誤解爲倨傲，就好像她有一個完美的家庭，老公對她寵愛有加似的。因爲得不時品嘗糕點，所以她嘴上沒塗唇彩，但臉上其他部位都仔細地化了妝，使她的五官更顯精緻。她穿一件鱷梨綠的開襟羊毛衫，圍一條紅色的圍裙，戴白色廚師帽。作爲店裡唯一的一位女雇員，有人甚至以爲她是從歐洲剛來英文還不靈光的移民。她會對顧客們無聲地笑笑，笑容中透著些膽怯。蓋瑞一開始不喜歡她出去工作，說他們不需要掙那份錢，但她堅持說她要做點兒什麼好讓自己更有價值。她說這話也是因爲蓋瑞給自己買了人身保險，而她不能，因爲她沒有工作。「我的生命是這麼一文不值啊，」她自嘲著說，語氣中流露出一些苦澀。也許她希望若自己有一天死了，也能給女兒留下點什麼。她不擔心蓋瑞，相信他一定會照顧好自己。

報紙報導了蘇聯攻擊中國核基地的意圖後，蓋瑞就開始努力發掘美國報紙發表這則新聞背後的動機。蓋瑞在中情局雖然只是個翻譯，但到一九七〇年夏天，他也聽到足夠的消息，證實這則報導的眞實性。傳言說前年八月二十號蘇聯駐美大使杜布里寧（Anatoly Dobrynin）曾聯繫亨利・季辛格（Henry Kissinger），要求見面。他們見面時，杜布里寧說的話讓美國國務卿十分驚奇：如果蘇聯對中國的核設施發動空襲，他們希望美國能保持中立。俄國人開始攻擊以前，他們想確定美國人如何反應。起初季辛格很困惑，不知道杜布里寧說這話時有多認眞，但俄國大使強調說，他們的轟炸將十分精準，只針對軍事目標，無論如何也不會傷害普通百姓。季辛格最終相信了這一說法，但不願直接回答，說他得諮詢總統。過了一周以後，白宮也沒給克里姆林宮一個直接的回答，反而由《華盛頓星報》報導了蘇聯的計畫。顯然在這件事上美國沒保持中立：中國雖然是弱國，但某種程度上還是能幫助美國制約蘇聯。北京得知了俄國人的威脅後，引爆了兩顆核彈頭作爲回答。然而白宮洩漏這則消息的雙重意圖，中國領導人未必完全領會：其一是要離間北京和莫斯科的關係，其二也是向中國送去了一支小小的橄欖枝。

蓋瑞知道美國對於中蘇分裂的中立政策——「就讓他們狗咬狗」——但他感覺在中立的範圍內美國似乎更偏向中國一些。這是中國應該抓住的一線契機。要想理解這件事的完整訊息，蓋瑞認為毛澤東以及中共政治局可能需要更多細節。總體來說，他希望這兩個國家的關係更近一些，最終能成為合作夥伴。不管別人如何解讀這則訊息或流言，他希望能促使中美兩國之間建立起某種程度上的和解。目前，這也許是讓中國避免蘇聯魔爪可能造成的毀壞的唯一途徑。

他必須給國內的上級呈上一份雄辯的論述。蓋瑞抱著情報能夠送出去的希望，提筆寫了一份簡潔的報告記述了杜布里寧和季辛格的會面，報告上頭說即使不能逐字證實他們談話的內容，這個傳聞的核心內容是眞實的。他強調說，美國披露這個新聞很可能是在對中國暗中示好，想與北京聯手慢慢對付蘇聯。所以中國領導人要和西方國家建立友好關係，一起抗衡俄國熊，目前正是時機。

他也擔心自己給中國領導描繪的這幅情景會不會過於理想化，但他相信自己的分析，盡可能保持客觀。他骨子裡不是一個樂觀派，也沒理由給國家領導人編造美國的善意。但他現在對這塊土地產生太多感情也有可能。這裡的生活舒適又有保障，很少聽說有人死於飢餓。這種正面的感受可能會影響他的判斷。雖然他總能保持一個局外人的心態，旁觀這裡一天天流逝的生活，他確實熱愛美國電影以及NBA的比賽——他是湖人隊威爾特．張伯倫的忠實球迷。他也喜歡美國的風景——那些山脈、水域、廣闊的玉米地，還有高速公路。如果他只是一個普通移民，或許已在這塊土地上找到家的感覺，把這裡當成故鄉。的確有這種可能。當然，美國軍隊也一直在無情地打擊共產黨人，甚至在越南屠殺平民，但是在這個國家內部已經到處爆發反戰示威遊行。這次戰爭實際上也在這個超級大國的鼻子賞了一記重拳。當然，種族主義和偏見屢見不鮮，但種族隔離制度被廢除了，社會在進步。在這裡，一個人能活得體面並多少有些尊嚴。這是一個能保護它的人民、而大多數人民也反過來熱愛它的國度。蓋瑞試圖抑制這些讓他分心的想法，這些想法可能會腐蝕他的精神，使他沒有足夠的意志去完成他的祕密使命。他繼續修改那份報告，盡可能做到理性和客觀。

等了很久，莫里神父終於通知蓋瑞，朱炳文回到了崗位。十一月中旬，家裡後院的石榴樹最後一顆石榴落地的時候，他直飛到了香港，都等不及從臺灣或泰國中轉。他的聯絡人在消失四年多以後，終於被召回了北京。讓蓋瑞大吃一驚的是，炳文蒼老得厲害，髮際線朝後退了，視力衰退，連眉毛都花白了，臉上布滿的深深皺紋就像地圖上縱橫的道路一般。更慘的是他一隻腳因為骨折過，走路都有點兒跛了，那是他被發配到一個建築工地勞動時被一塊煤渣混凝磚砸的。炳文聽蓋瑞說是從美國直接來的香港，感到有些不安，警告他再也別這麼做。他甚至說，要是蓋瑞被美國人抓住了，上級可能會降罪於他，把他關進大牢。蓋瑞保證以後一定會更加小心。

飲下一杯蘇格蘭威士忌後，炳文情緒似乎好了一些，說他很高興離開吉林農村，而他當泥瓦匠的經歷也讓他的身體更加健康。他感謝蓋瑞能好好活著，仍然自己一個人從事情報工作，顯然是出於對祖國深深的熱愛。

蓋瑞不知不覺被朋友滿溢感情的話語打動了，他無法回答，只能緊張地笑笑。在過去幾年中，他很少想到對祖國的愛，毋寧說他做這一切只是習慣性地完成任務，將一些可能具有長久價值的情報點點滴滴彙總起來，寫成分析報告。

「現在我倆是套在同一輛車上的兩匹騾子了。所以他們把我叫回來繼續工作。」炳文一邊說話，一邊挖了一勺巧克力翻糖蛋糕放進嘴裡，他搖晃著腦袋細細品嘗這美味的甜品。他也一杯又一杯地痛飲法國玫瑰葡萄酒，玻璃酒杯的一側印著他凌亂的指紋。他們選擇在天后區的德利斯咖啡館碰面，因爲炳文晚餐想吃法國料理，所以蓋瑞高興地陪同。實際上，蓋瑞已不再像大多數中國人那樣在乎吃的東西了，他自己也意識到這個變化。炳文放下勺子繼續說：「兄弟，你一定要好好照顧自己，你的安全也意味著我的安全。上面再次啓用我僅僅因爲你是無法替代的，而只有我熟悉你的工作。」

蓋瑞在過去四年中累積的情報，內容豐富，全是精華。炳文晚飯前看了一遍，深深讚歎，對蓋瑞說：「我不知道爲了這批信息，他們會付你多少錢，但我會盡我最大努力爲你爭取到合理的報酬。」

「別麻煩了，」蓋瑞熱切地說：「我知道我們的國家目前困難，沒想要國家付我錢。只要國家認可我的服務，我就覺得光榮而且心滿意足了。」

「你剛才說的話我會彙報給我們的領導。誰知道呢?你的話也許會帶給你更高的榮譽。」

與蓋瑞的期待正相反，這次國家給了他四千美元，其中有一半是他很久以前就該收到買設備的費用。

❖ ❖ ❖

本為了那五塊晶片付給亨利五千四百美元。亨利賺了一倍，他歡天喜地，答應繼續幫本買東西。我對這事滿懷憂慮，可是沒說什麼。亨利不停說本總有一天會「做大生意」。我問：「做多大？」他說：「賺個幾百萬吧。」這可能就是他夢想中致富的標準。亨利頭腦挺聰明，但理財並不是他的長項。他那一點點退休金還是我幫他打理的。

八月中旬的一天早晨，本打電話來感謝我寄給他那些文章。「那些文章你怎麼看？」我問。

「我知道姥爺為中國的情報事業做了不少重要工作，可從沒想到他那麼厲害。這些天我想了很多，實話說，我以前恨他跟一個外國女人結婚，過著舒適的美國生活，我以為那是他拋棄姥姥的部分原因。讀了你寄給我的文章後，我感到他在這裡的生活是悲哀的，也是複雜的。」

「我不覺得他愛過我媽媽。他可能對你的姥姥更有感情。他在日記裡常常提到她。你想，他二十五歲左右離開中國以後，再也沒見過她。他時不時地夢見她。有一次他夢到她受傷進了醫院，情緒低落了好幾天。他還夢到她跟他說英文，讓他十分驚奇。」

「她一個英文單詞都不會說！」

「我知道。那就表示她在他的意識裡扎得有多深。」

我們都陷入了沉默。

然後本告訴我他為什麼打這次電話：索妮雅懷孕兩個月了，是他們的孩子，上星期在藥房買驗孕棒測出來的。現在他必須考慮兩個問題：要不要這個小孩，還有從現在起他應該和索妮雅保持怎樣的關係。他跟索妮雅在這件事上針鋒相對，互相說了不少氣話。他怪她私自停了避孕藥，而她指責他只是在利用她，還在他的部落格上和敏敏那些中國女人調情。他建議索妮雅把孩子打掉，可索妮雅堅決不肯。

「你這個建議眞糟糕，」我對本說：「你怎麼能這麼做？」

「我不是無情的人。我也喜歡孩子，但是這些天我一直在心裡想著姥爺的生活。我不想重複他的錯誤。」

「天哪，他跟你這個麻煩有什麼關係？」

「你看，要是他沒在這裡建立家庭，也不必養育你這個他心愛的女兒，他的生活就簡單多了，沒那麼糾纏，也不會像他在法庭上宣稱的那樣，既愛中國，也愛美國，分裂得像兩個人。」

我感到震驚，沒想到我寄給本的文章會使他對蓋瑞的困境有如此深的思考。「聽著，」我說：「別再把你姥爺當作一個負面的參考。你要過你自己的生活、做適合你自己的事情。」

「好吧。那你說我該怎麼辦？」

「你愛索妮雅嗎？」

「愛。」

「如果這輩子你只能和索妮雅睡覺，你能快樂滿足嗎？」

「老天，聽你口氣就像我是一個精通女人的人似的。跟你說實話，包括索妮雅在內，我就談過三個女朋友。我怎麼能保證跟她一輩子都是幸福的？」

「這不就是說你不夠愛她嗎？她懷了你的孩子，你都不願意跟她結婚？」他不回答，我繼續說：「我不是在責怪你。我只是想指出要是你們兩人之間有個孩子的話，你是無法推脫關係的。」

「我也沒想和她分手。我只是想讓她去墮胎。」

「老實說，聽起來你並不愛她。」

「我愛她，可是我有更重要的責任。」

「什麼責任？你能告訴我嗎？」

「我得爲我的國家做奉獻。這是比我個人的幸福更重要的事業。」

「胡說！永遠別讓什麼國家站在你追求個人幸福的道路中間，拋棄你個人的責任。別以爲拿國家做藉口，就能把自己的內疚化解掉，就不用再面對它。」

他聽起來沒有完全理解我，在那邊沉默不語，於是我轉換了話題。「索妮雅要你娶她嗎？」

「沒有。她從沒那麼說。」

本聽上去很困惑。我告訴他別再建議索妮雅做任何事。他首先得弄清楚她對他們的關係怎麼想，還有要是她想把孩子生下來，她有什麼計畫。要是本不能跟她結婚，她是自己撫養孩子，還是把孩子交給烏克蘭老家的父母？

本怕自己不能說服索妮雅，所以那天晚上，我跟索妮雅通了電話。她不否認自己對本撒了慌，偷偷把避孕藥停了。

她誠實地說：「我只是想和他生一個孩子，我快二十六歲了，不想再拖了。」

「可你不該瞞著本。」

「我不會成爲他的負擔的。」

「可是一個孩子對他來說也意味著很多責任。」

「哦，我不是那麼想的。我可以自己撫養孩子。再說，雖然我不常去教堂，我相信生命從懷孕開始，沒有比生命更神聖的東西了。」

「索妮雅，我們來現實地談一談吧。我也很喜歡孩子，本也是這樣。告訴我，要是你們兩個能結婚的話，你高興嗎？」

「當然，那我就是東岸最快樂幸福的女孩了！」

「那你試圖用這個孩子來抓住他了？」

她輕輕歎了口氣：「莉蓮，你是個聰明女人，你看透我了。這麼說吧，看見他整天在部落格上和別的女孩瞎扯，我眞受不了。要是他眞的和別人好了，我會嫉妒得發狂的。我知道他只把我當一個女朋友看待，但是我可以爲他做任何事情。」

很清楚，索妮雅是愛本的。但是本眞如自己所說，也愛索妮雅嗎？我不敢確定。那我該給本什麼建議？聽到索妮雅就像個小女孩一樣談起她的感情，我也覺得憐惜。顯然她不像她的年齡和她的臉上所表露的那樣成熟。她那麼天眞和固執，我更喜歡她了。

我跟亨利談到了本的困境。他說：「沒什麼大不了，就結婚唄。要是婚姻有問題，那就再離婚。」

我不覺得這是個好主意。我覺得在一個年輕男人的生活中，無論在心理上還是事業上，離婚都會成爲一個巨大的負擔，拖累生活的後腿，削弱男人的自信。也許對本來說，當下立即行動並不明智。這世界上有些困難是無法一勞永逸地解決的，你只能拖著麻煩繼續生活。有時一個問題解決了，又帶來新的問題——換句話說，也許根本就沒有終極解決的辦法。我們美國人常常自詡爲世界問題的解決者，而這樣的心理正是導致我們悲劇的原因之一——我們無法解決的問題太多了。

第二天我給本打電話，告訴他別把自己的意願強加給索妮雅。他不用著急。要是已經懷孕五個月，作人工流產就太危險了，除了把孩子生下來以外別無選擇，他們只能考慮如何撫養這個孩子了。但現在他還有兩個月時間考慮這個問題，跟索妮雅商量出一個辦法。

「其實，有孩子總是一件值得祝福的事。」我說。

「好吧，我會努力去這樣想。」他聽上去沒有信心。

「你也應當好好探尋自己的內心。」

「爲什麼要這樣做？」

「爲了回答這個問題：若你和索妮雅共度餘生，你是否覺得快樂。」

「這個我肯定。」

他聽起來有一點振奮，但我沒逼他說更多的話。

一九七一—一九七二

據說毛澤東看了蓋瑞那份關於美國報導蘇聯轟炸中國核基地新聞的動機分析報告後，大加讚賞，他在中央政治局說：「這個人值四個裝甲師。」這話預示著蓋瑞在中國情報事業中的地位即將得到更大的提升。

他送回的情報幫助毛從新的角度理解美國人的意圖，並對國際事務做出恰當的回應。幾年來，白宮一直想和北京建立某種關係，因爲美國把蘇聯看作比中國更危險、更具破壞性的主要敵手。兩大共產主義國家之間的齟齬雖已不是新聞，但美國人如何利用他們之間的敵意來改變國際政治結構、使之對美國有益呢？白宮沒人能給出一個確切的答案。他們只知道應該把中國爭取過來，而且那裡有那麼大的人口和市場，過一段時間以後，美國也許能和中國做生意。目前，想辦法吸引中國和美國合作是白宮要遵循的基本法則。

誰能想像一只小小乒乓球的旋轉會突然帶動整個世界政治的加速發展呢？一九七一年四月初，美國國家隊去日本名古屋參加第三十一屆世界乒乓球錦標賽。一名美國運動員葛蘭·科恩無意中上了一輛運送中國球員到賽場的公共汽車。當他意識到自己的錯誤時，車門已經關上了。除了搭這輛車以外，別無他法。他站在司機旁邊，深藍色運動服背後「USA」的字樣就這麼展現在那些中國運動員面前。行車當中，沒人跟這位年輕的美國人說一句話，不過，就在汽車馬上要到目的地時，莊則棟，這位已經連續三屆世界冠軍的中國球員大膽走過去，對科恩說了幾句歡迎的話，甚至送給他一塊繡花手帕。美國隊員喜出望外，但身上沒帶任何可供交換的禮物。第二天，他攔住莊則棟，送給了他一件T恤衫，上面別著一枚美國隊隊章。很多記者拍下了他們會面的照片，當天晚上一些報紙就登出了美國隊員和中國隊員交換禮物的情景。這個事件變成了一樁國際新聞。

比賽接近尾聲時，已經贏了三塊金牌的中國隊邀請一些乒乓球隊訪問中國，包括墨西哥隊和加拿大隊。美國人在這項比賽中的成績並不出色，但美方還是找到中國隊詢問是否也能邀請他們，因爲美國北方和南方的鄰居都會去中國。中國隊立即向外交部彙報，外交部建議拒絕。這件事傳到了周恩來總理那裡，他也認爲沒理由邀請一個敵國的球隊來訪。美國人的要求也被報告給毛澤東。主席卻高興極了，對這位中國首席運動員讚歎地叫出聲來：「我的莊爺爺不但球打得好，還會辦外交！」毛指示立即邀請美國人，一刻也別耽誤。但他的助手，同時也是毛的護士長，不肯傳達命令。因爲有個規定：只要毛服了安眠藥，他的話就不算數。看見他的女助手還坐在那裡，主席命令道：「你爲什麼不把我的話傳達出去？」她回答說：你剛吃了安眠藥，我不能破壞規矩。」毛發怒了：「見鬼的規矩！去給外交部長打電話，告訴他我們要立即邀請美國隊。

去啊，去啊，眞希望還來得及。」

於是著名的乒乓外交開始了，給中美兩國正式互訪鋪平了道路。作爲一名直覺敏銳的政治家，毛抓住一個微不足道的開端，把兩名運動員隨意的會面變成了能在國際政治上產生歷史性突破進展的一步。通過邀請美國運動員，他向白宮示意，中國已經準備好向美國打開自己的國門。美國乒乓球隊對中國進行成功的訪問後，季辛格從巴基斯坦祕密進入中國，籌畫一九七二年尼克森正式訪華，最終導致一九七九年兩個國家之間的關係正常化。

一開始，中國領導人一致懷疑在北京接待美國總統並非明智之舉。他們不敢肯定尼克森對這次訪問究竟有多少誠意。美國人的騙術和不擇手段是惡名昭彰的，特別是在他們國家有利可圖的時刻。要是他們言而無信、尼克森臨陣退縮，最後一刻又不來了怎麼辦？那眞是一件在國際上出大醜的事。就算他來了，要是他拒絕簽訂聯合公報怎麼辦？要是他提出不合理的要求呢？整件事情很可能變成中國在全世界的注視下自取其辱。

在政治局激烈的辯論中充滿這些疑問。毛澤東雖然急切地想利用美國來抗衡蘇聯的威脅，但也下不了決心。因此，從最高領導層給蓋瑞直接下了一道命令：盡你最大的努力核實美國對中國有無誠意。這對蓋瑞來說不是難事。他一直在緊密關注跟乒乓外交有關的一系列事件，他所看到的情報也都表明美國是認眞的。他寫了一份綜合報告，闡述中國應該努力和美國重建正常的外交關係。他拍了幾份重要文件證明他的觀點。因爲那年他不能去香港，最後莫里神父幫他提交了情報。一九七一年奈麗得了膽結石，在家裡病了好幾個月，常常痛得哀嚎。醫生和丈夫都希望她能做手術，但她害怕手術刀，只肯吃藥。最後她只好忍受更多的痛苦。如果在這種情況下，蓋瑞還要去遠東度假，這肯定會引來中情局或聯邦調查局的懷疑了。

在遠離故國的地方，蓋瑞欣喜若狂地目睹祖國和美國的關係日益進步。顯然中國領導人相信了他的報告，正張開雙臂接受美國人。

一九七二年夏天，尼克森訪問北京五個月後，奈麗做了膽結石手術，恢復了健康（因為疼痛實在無法忍受，她終於同意手術）。她繼續去佩吉廚房工作，蓋瑞也去了曼谷，一星期後他從那兒飛到香港。這次，除了炳文，負責海外情報的國家情報部副部長丁浩也跟他會面。蓋瑞聽說過丁，這個矮墩墩的男人，長得肥頭大耳，其父是共產黨情報圈裡的傳奇人物，這個系統的奠基人。他們在銅鑼灣一個小巷裡以北方菜著稱的「鳳凰園」擺了一桌豪宴，為了祝賀蓋瑞得到國家最高領導人的表揚。另外還有五個陌生男人也陪同入席，都是從大陸來的。其中一個人沒有眉毛，臉光禿禿地看起來像個白蘭瓜，不喝茶，只咕嘟咕嘟往肚子裡灌著可樂。另外兩個人看起來是跟丁一樣的高級官員。也許他們都藉為蓋瑞祝賀來香港旅遊一番吧。就是在這次晚宴上他聽說了毛對自己的評語「值四個裝甲師」。

兩杯茅臺下肚後，丁講了一小段話。他聲音不高但透著莊嚴，說蓋瑞的情報極有價值，使中國能有遠見、有信心地處理國際政治和外交事務，所以國家授予他特等功。丁代表政治局向蓋瑞宣布他的級別再一次大大提高了——現在他是八級，並被任命為國家情報部副部長。另外，他的銀行戶頭也多了兩萬美元。丁部長對蓋瑞說：「現在你和我級別相同了。祝賀你，我的同志！」他結束了講話。

炳文好像自己得了榮譽一樣，無比興奮，他嘴角有些歪斜地說：「兄弟，你現在是大人物了。我眞為你高興！」顯然，這個消息對他也是新聞。

蓋瑞被這個消息驚呆了，也被朋友的話感動了。他說：「我做的一切都是出於我對祖國的愛。間諜的生活又艱難又孤獨……」他幾乎哽咽，「但每當我想到幾億人能因為我的情報受益，國家會因為我提供的情報更安全，我就覺得我個人的痛苦和損失算不了什麼了。請向領導傳達我對他們的感謝，我會更勤勉地為國效力。」由於眼淚在眼睛中直轉，他不得不打住，喉頭緊縮著。

所有人都深以為然地點著頭。丁部長用一枚象牙菸嘴一根接一根地抽菸，告訴蓋瑞他們很希望看見蓋瑞將來安全而健康地回到祖國，晚年和家人幸福地團聚在一起。也就是說國家會負責他未來的生活。這頓飯他們吃了兩個多鐘頭，直到丁部長喝醉了，開始說髒話，對香港女人評頭論足起來。

在回中環的雙層巴士上，炳文和蓋瑞並排坐在一張硬木座椅上，炳文依然情緒激動。他對蓋瑞說：「啊呀，現在級別上你已經是一個少將了。你走到這一步，我眞爲你高興。」蓋瑞回答說：「我也很驚訝。不過這對我來說眞沒什麼用——一點也影響不了我在美國的生活。在中情局我就是個翻譯，一個低級職員。」

「但你是我們的英雄！」炳文繼續說，「你的業績會在我們黨的情報史裡流傳下去。你是插入敵人心臟的七首。」

蓋瑞內心一緊，心裡隱隱作痛。公車掠過一家電影院，電影院門口招搖地張貼著李小龍電影《精武門》鮮豔的廣告。北邊，一盞孤燈在黝黑的水面不停閃爍，像在發送什麼信號似的。蓋瑞差一點說出他寧可用任何英雄的名號去交換一個正常的生活，但他閉上眼睛，彷彿正在睡去。他抑制了流淚的衝動。過了一會兒，他努力說了一句：「副部長的妻兒能享受到的所有待遇，請保證玉鳳和我的孩子們也能得到。」

「這個我們當然會做到的。」炳文說。

兩個月後，蓋瑞和他兩百多名同事坐在中情局總部的一間會議室裡。喬治．湯瑪斯已經是東亞部第一把交椅，現在由他主持會議，即將給三名員工頒發傑出工作獎。他說今年這個獎與以往

不同，所有獲獎人都是由赫姆斯局長親自批准的。在過去的十年中，湯瑪斯的氣質變得頗像參議員，拿到博士學位後，口才更是不同凡響——他能面對任何觀眾就任何話題侃侃而談。一名獲獎者是古巴裔婦女，她是印度支那地區的專家；另一名是個日本通，一個六十出頭的大塊頭男人，曾在美國海軍當過艦長，有一個日本太太。天氣好的時候，他會划獨木舟渡過波多馬克河到中情局來上班。第三個人就是蓋瑞．尚，他的智慧和重要的分析報告，幫助美國找到與中國建立聯繫的辦法。蓋瑞上身穿一件藍色雙排扣西服，繫一條紅色渦紋花呢領帶，腳踏一雙樂福鞋。他微笑著聽湯瑪斯讚美獲獎者，對他們的工作以及貢獻侃侃而談。

湯瑪斯念到印度支那專家的名字，請她上臺領獎時，那位婦女搖搖晃晃地走上領獎臺。她身材臃腫，穿一雙坡跟鞋。接過了裝在咖啡色小盒子裡的獎章後，她像軍人一樣轉過身來，兩腳跟一併，手舉到太陽穴邊給大家敬了個禮。一屋子人都笑起來。第二位上臺的是那個年紀稍大的男人，日本專家，穿一件兩肘打著皮補丁的咖啡色條絨夾克。他有點駝背，背上拱起一塊，大家給他起了個綽號叫「單峰駱駝」，但沒人敢當面這麼叫他。他從老闆那兒接過獎牌，轉身面向觀眾，親了一下盒子，大喊了一句：「謝謝！愛你們大家！」

輪到蓋瑞的時候，湯瑪斯變得動情，也囉嗦起來。讀完嘉獎宣告後，他又加了一句個人致辭。他說：「蓋瑞．尚是我們多年的同事，已不需要對他多做介紹。你們都知道他是我們這裡最有造詣的翻譯家之一，也是我們情報這一行裡的專家。我很驕傲我們認識已經二十三年了——也就是說，我第一次見他的時候他還是個年輕人。實際上，一九四九年在上海，就是我招募他進來的。當時我面試了十幾個人，他是我們留下的唯一一個。是啊，那時候他眞是個又帥又年輕的小夥子啊。因爲蓋瑞各個方面都很突出，給當時我們文化處的每一個人都留下了深刻的印象。他聰明、效率高、謹愼、學識淵博。自從那時起他和我就在一起工作了，先在中國南方，然後在沖繩，最後在華盛頓地區。我對評判別人並不很在行，但可以說我的職業生涯中做的最成功的事之一就是雇用了蓋瑞。他是奉獻、勤勉和忠誠的楷模。他不但是我的一位傑出的同事，也是我親愛的朋友。現在，我們歡迎蓋瑞·尙。」

蓋瑞腳步稍稍輕快地走到前面，腿有一點兒抖，這對他這樣有經驗的人是不尋常的。喬治·湯瑪斯眞心誠意的話讓他緊張不安，但他還是儘量微笑，擁抱了湯瑪斯。大家鼓掌時他們緊抱了幾秒鐘。蓋瑞感動了，眼睛也濕潤了。他轉過身去對觀眾們說：「拿到這個獎，我十分榮幸，喬治剛才說的話也讓我很感動。在一個人的一生中二十三年眞的很長，對我來說，這也是一個不斷轉變的時期。開始我是個難民，後來是個移民，最後變成美國公民。這個國家接受了我，給了我一個家。能爲這個國家服務，做自己分內的事情，使這裡成爲對我們和我們的孩子來說都更安全和更美好的所在，我爲自己感到驕傲。我希望我還能再工作二十三年。所以我把這個獎看成是對我的鼓勵和安慰。謝謝，喬治。謝謝大家。」在他面前的一張張臉開始飄來飄去，他轉身急急下了臺階，腿抖得厲害。他此番演講沒做任何準備，完全發自內心，現在胸中翻騰著情感。他都被自己的話打動了。眞的，在美國生活了十七年以後，他已經開始把這裡看成是他的第二個祖國。

接下來在七樓舉行了一個招待酒會。吧檯有紅葡萄酒和雞尾酒，六名女服務員四處分送著乳酪和餐前小點。人們互相打趣、談天，聊些無傷大雅的話題，房間裡迴盪著嗡嗡的人語聲。蓋瑞提醒自己別喝多了。當天晚上女兒從學校回家，要去看牙醫，拔一枚臼齒。他還得去火車站接她。蓋瑞舉著一杯香檳酒，偶爾抿一口，時不時從服務員端來的托盤裡取一個肉丸子，或一枚塞著乾番茄的大橄欖。最後他和戴維．舒曼聊起了眼下在中國正流行的紅色樣板戲。戴維特別喜歡《智取威虎山》，不是因爲這個劇裡的歌詞或劇情，而是因爲音樂和舞臺布景。他看過很多當代中國戲劇電影，是革命樣板戲的專家，甚至還能唱上幾段。他常當著蓋瑞的面來一句「臨行喝媽一碗酒，渾身是膽雄赳赳」，或「這小刁，一點面子也不講。」可戴維因爲在中情局工作的緣故，不能去北京看一看，這眞是太遺憾了（他的名字在北京的黑名單上）。他晃蕩著手中的紅酒，提起最近他連以一個非官方文化代表團成員的身分去北京都被拒絕了。蓋瑞安慰他說：「誰知道呢，也許有一天你會成爲一個大外交家的。世事難料，跟著你的興趣走，堅持住。好機會一定會出現的。」

「謝謝，」戴維說。「再說，我喜歡我做的事情，當中國問題的專家，還能拿到報酬。這是沒話說的。」

現在，蓋瑞的生活平靜而富足。前年秋天，女兒上了私立中學，在那兒學得不錯，上大學應該沒問題。每次到波士頓出差時，他都會租輛車開六十五公里到格羅頓鎮去，和女兒一起共度一段時光。他愛女兒，在女兒的教育上從來都捨得花錢。要是某天他回了中國，他希望女兒能常去看他。對這塊土地，他感情最深的就是女兒了。

一九七二年耶誕節前夕，蓋瑞收到中情局通知，說他的工資將上調一千三百美元。以前他的薪水只是每年上調三四百元，僅夠抵銷每年的通貨膨脹。這次工資的大幅上調讓他和奈麗都很開心。她問他們怎麼對他這麼慷慨的時候，他只是說：「我工作努力，這是我應得的。」

她微笑著，一邊撫摸著他光滑的手腕一邊白了他一眼。

「你眞是太自大了。」她說。

❖❖❖

侄女珠麗回福山和父母住以後，我經常跟她通信。她剛開了一家電器商店賣影碟、電腦遊戲，還有手機。她也想搞點兒iPad賣，可是此時供應商缺貨，因爲年輕人都對這個蘋果新產品趨之若鶩。也有一些山寨iPad，可這些仿製品幾乎跟正品一樣貴。她給我發了幾張她店面的照片，跟她媽媽的裁縫店在同一條街上，再往裡走幾家就是。她父母看到她回家都很高興，想盡辦法讓她留下來。一家人新買了輛汽車，紅色奇瑞，一種低檔迷你車，只要五萬元（我懷疑這就是武平給她的分手費）。珠麗是家裡唯一會開車的人，所以她也幫母親的商店送貨。看起來她已經平靜下來，還告訴我她正在給兩個中學生上音樂課，他們將組成一個小小的樂隊，晚上有演出。她只是彈吉他，因爲有別人比她唱得更好。她信中說：「要是當地人有更多的機會就好了，有些人比我以前在廣州的樂隊裡的人還有才華。」

看到她並未失去對音樂的熱情，我很高興。她代父母邀請我明年夏天再去看他們。她說：「我哥可能也會回家，我們會有一個大團圓。」家人知道本寧在美國離我很近以後都很歡喜。我想都沒想就接受了邀請，連我自己都奇怪我怎麼這麼痛快，因爲平素我並不喜歡旅行的顛簸。我覺得跟這些中國的親戚很親，比跟瑪莎姨媽家的人還親近。沒準我的出現也能幫助提高他們家在那個縣城的地位。大家都知道這家人有海外關係，現在這種關係開始吃香了，意味著有更多的機會。政府也跟十年前不一樣，都在努力培養跟國外的交流與合作。很多有錢人把孩子送到海外去留學。一些新貴、暴富者也計劃到海外去做投資移民。因為在中國，他們感覺自己的錢不安全。在北京、上海或廣州，對一些有錢的朋友，甚至流行這麼一句問候語：「嘿，移民辦妥了嗎？」

我在準備秋季要上的一門新課的教學大綱，也在讀一些我將要布置給學生閱讀的書籍。我享受著暑假的安寧與平靜，身心都得到了休養。我在書房裡度過一天的大部分時光，亨利則忙著整修公寓。八月底，他又給本買了五枚微型晶片。這次的東西比上次體積更小、價格更貴，亨利付了不到四千美元。想到未來豐厚的收益亨利有些飄飄然。他在給公寓走廊吸塵、用橡皮清潔刷擦拭大廳的玻璃、或者把帶輪子的垃圾桶從後院拖到前街時，嘴裡常常吹著口哨。可是我知道本的生意可疑，對亨利的這一份副業始終不放心。我想跟亨利談談，讓他別做這件事，可總是開不了口。他這輩子都沒這麼輕鬆地賺過錢，我還是別破壞他的情緒了。要是他喜歡幫本做事，就讓他高興去做吧。

——

九月，勞動節前的一個下午，本打電話來問我有沒有索妮雅的消息。我說：「沒有，她怎麼了？」

「她走了。到處都找不到她。給她發電子郵件，她也不回。」

「你倆吵架了？」

「就算是吧。」

「有第三者？」

「沒有。你怎麼說這個？」

「索妮雅說你在博客上和一些女人整天閒扯。」

「那是因爲我要建一個網站，得找人幫忙。」

「幫什麼？」

「做網站呀。」

「什麼樣的網站？」

「主要是關於武器和空間技術的。公司叫我用網上的資料也編一個雜誌。」

「那你和索妮雅爲什麼事吵架？」

「她眞是個死腦筋。我就叫她給我兩個星期時間，我好做決定。」

「決定什麼？」

「她懷孕的事呀，還能有什麼別的事？」

「我不是告訴你讓她決定嗎？」

「我做不到。孩子意味著一輩子的承諾。要是你不能給他們父母雙方的愛和照顧，就別把他們生下來。我媽媽和舅舅就因爲沒有爸爸，童年過得那麼淒慘，我不要我的孩子也遇到這種事。」

我吃了一驚，這才意識到我把他猶疑的態度想得過於簡單了。「那你打算怎麼辦？」我問。

「我必須找到她。我急死了。你知道我很愛她。」

「要是你眞愛她，就跟她求婚。這樣麻煩就解決了。」

「不是那麼簡單的。我的生活很不穩定。我跟她求婚前還有一些別的問題必須解決。」

至於他的生活爲什麼不穩定，我沒再追問他更多細節。我告訴他我會幫他找索妮雅。掛了電話以後，我給索妮雅寫了一封信請她立刻聯繫我。我說本很焦急，到處打電話找她。我在信裡懇切地說：「請別就這麼跑開，要是你想把孩子生下來，你得給他一個慈愛的父親。這件事上你不能撇開本，這個孩子已經把你倆聯繫在一起了。」

那天深夜，索妮雅來了一個電話，說她在多倫多和一個堂姊住在一起。她父母讓她回烏克蘭，可她不願意。要是本眞打算拋棄她的話，她得找到一個住的地方。

「看在上帝的份上，他不會那麼做的。」

「不一定，莉蓮。有時候他可以很冷血。我不明白他怎麼會這樣。也許他童年受過什麼創傷。」

「他只是說生一個孩子意味著一輩子的承諾。要是他眞是冷酷無情的人，不會說出這樣的話。要是他對你沒感情，他也不會瘋了一樣到處找你。索妮雅，想想吧，我覺得他眞的愛你。他就是認爲要是他讓你生下孩子，他就得跟你結婚。那是現在讓他猶豫的地方。」

「你眞覺得他這麼想嗎？」

「我很確定，要是他想擺脫你，他豈不正好借這個機會解雇你？不管你懷疑他什麼，他本質上是個正直的人。這一點我確信。」

我的話她好像聽進去了，雖然她沒告訴我她接下來會怎麼做。我想給本打電話，可最終還是沒打。也許索妮雅很快就會跟他聯繫，因此我最好讓他倆自己解決問題。

如我所料，第二天晚上本給我來了電話，說索妮雅和她的一個親戚在一起，那親戚三十多歲，在加拿大學雕塑。本當下有一件緊急公務，沒法去多倫多，索妮雅保證幾天後就回來，再也不會這麼衝動行事。聽他這麼說我很高興，然而我還是覺得本有點神祕，就問他爲什麼跟索妮雅求婚那麼難。他停頓了一下，只聽見聽筒中傳來細微的靜電沙沙聲。然後他說：「我得先弄清楚姥爺的生活是怎麼回事。只有那個搞清楚了，我才能決定是不是要在美國定居下來。」

我很驚訝，問道：「你眞的對你姥爺的事情感興趣嗎？我寄給你的那些文章都已經明確地記敘了他在這裡的生活和活動。」

「應該比那個更多。我一定要徹底弄明白他。」本神經質地笑了一聲：「就像弗拉基米爾·列寧同志說的『忘記過去就等於背叛』。我不是個健忘的人。」

我奇怪他爲什麼沒問我要更多的文章或者蓋瑞的日記。我說：「我可以把那本關於我父親的書《中國諜鬼》快遞給你。裡面的信息量很大。可是你不用相信裡面的每一句話。」

「太好了。寄過來吧。我一定要好好讀一下，我也會做出自己的判斷的。」

我給索妮雅發了封電子郵件，請她再給本一些時間，他得決定是不是永遠居住在美國。我加了一句：「你知道他爲一家中國公司工作，可能隨時會被召回去。」

她回信說：「這有什麼關係？要是他必須回去的話，我也很高興跟他一起住在中國。」

看到這話，我微笑了，眼睛也濕潤起來。沒想到她是那麼愛他，都願意和他一起住在中國。對西方人來說，那裡的生活可不是那麼容易的。

一九七四—一九七五

「我就是你的婊子，一個不要臉的婊子！」蘇西對蓋瑞說：「天知道我多想跟你分手。」

他倆坐在她的客廳裡，風扇立在地板上吹著涼風，紗窗外梧桐樹上的知了時不時爆發出一陣嘶啦嘶啦的齊鳴。近幾個月來蘇西常常情緒失控，但蓋瑞已經適應了她的脾氣。今天他一語不發，身體繃緊，側過臉，彷彿準備承受她一個耳光似的。他不但沒離開，反而靜靜坐著，等待她這陣怒火平息，因爲他心裡有件事想跟她理智地談談。

最近他翻來覆去地思考，打算把自己的眞實身分告訴她，也許這樣她就能理解他的窘境，甚至還能幫他找找他在中國的家人。過去的幾年中，他每次去香港見炳文，炳文都說他的家人很好：兩個孩子在林岷縣城裡的拖拉機廠工作。但不知怎麼炳文一張照片都拿不出來，總說忘了跟玉鳳要。蓋瑞無法不懷疑這是不是眞話。但他不能直接給玉鳳寫信——他的信一定會被扣下；他也不能跟炳文硬要照片，那樣會得罪炳文。他想了其他跟玉鳳聯繫的辦法，但都不行。這件事他權衡了幾個月，最後得出結論，唯一的辦法是請蘇西幫忙。

現在蘇西躺在沙發上，情緒激動，臉上蓋一塊折疊起來的手巾。蓋瑞進廚房泡了一壺烏龍茶，給她倒了一杯後，說：「蘇西，我想告訴你一件非常重要的事，生死攸關。」

「好吧，請便。」

「但你得先發誓不告訴任何人。」

她坐起來，被他沉重的語氣給鎮住了，一雙眼睛閃閃地盯著他看。她說：「好，我不會透露給任何人。我知道你有的是祕密。」

於是他開始講述自己的眞實身分，還有他當間諜的歷史，從一九四九年上海開始，一直到他現在在中國國家情報部的身分。他一氣不停地把那些事全傾倒出來，生怕她會打斷他。一個鐘頭以後他說完了，立刻覺得渾身輕鬆。從現在起，他的生死就握在她手裡。她完全可以利用這個祕密來控制他，或者對他提什麼過分的要求。讓他詫異的是，蘇西一點都沒有震驚的樣子，只是若有所思，皺著眉頭，臉色陰鬱。也許這幾年來她早就有所懷疑了。然後他告訴蘇西他原來在中國就有家庭，妻兒還在山東鄉下，以及炳文每次在香港都跟他保證說家人一切都好。他對此有些懷疑，覺得上級也許爲了讓自己後顧無憂、專注於美國的工作，指示了炳文必須這麼說。因爲最近幾年，蓋瑞感到炳文對他的家庭總是避而不談，彷彿隱瞞了什麼消息。他眞想跟玉鳳直接聯繫一下，好知道他們的眞實情況。

他說完後，蘇西問：「我可以看看你的雙胞胎長什麼樣子嗎？你有沒有他們的照片？」

「現在沒有。只有一張留在了香港，在這裡放著不安全。他們都是好孩子，我很想念他們，雖然我從未眞正見過他們，也沒聽過他們的聲音，也許他們對他們的爸爸也一無所知。」

聽到這裡，蘇西開始啜泣，她瘦削的肩膀抖動著，臉扭曲地變了形。「我爲什麼會遇見你？」她帶著哭腔喊道：「我上輩子欠了你什麼，你這麼折磨我？這樣悲慘的關係到底能有什麼結局？我眞希望我能重新開始，永遠不要認識你！」

她的哭訴反而讓他稍稍心安了些。他任她發洩，一句話都不再多說。他需要她，在這個地方她是他唯一能倚靠的朋友。按照他的計畫，他跟她坦白眞實身分也許會使他們的關係更進一步。他告訴自己，從現在起，無論她說什麼、對他做什麼，他都將全盤接受。讓她盡情發脾氣，發洩出內心全部的傷心和委屈，過後她會恢復理性的。他知道她不會拋下他，而且她愛他，愛到她能夠忘記自己，盡全力幫他找到他原來的家庭。

後來，蘇西冷靜了下來，不再聲討他，也不再提這件事，彷彿無論他是什麼，她都全盤接受了，包括他身上背負的所有重擔。蓋瑞很寬慰。他們的關係更穩定了——每星期四下午他都到她的公寓去，午夜離開，風雨無阻。有時蘇西也關心地問問奈麗和莉蓮，彷彿也接受了她們作爲她生活的一部分。耶誕節前夕，蘇西給莉蓮買了一雙漆皮高筒靴，鞋外側分別裝飾了三枚黃銅鈕扣。莉蓮很喜歡這個禮物，可她從來不敢在家穿。

一九七五年二月蘇西回臺灣過春節時，蓋瑞請她經由香港去大陸找他的家人。他說她不用跟玉鳳詳談或告訴玉鳳她是誰。只需要看看她們的房子，如果可能拍幾張家人的照片，這樣他就能知道她們的日子到底過得怎麼樣了。蘇西答應盡全力去鄉下找她們。只是她到了香港，試圖進入中國時卻被海關攔下了。她的名字在中國的一個黑名單上，也許因爲她是美國之音的播音員。中方拒絕給她簽證，說她作爲美國公民不能進入，因爲中美兩國還沒建立正常的外交關係，她只能直接從美方拿到相關的文件。她苦苦哀求，說叔叔已到了彌留之際，他們還是不讓她通過。

蘇西三月初回到了華盛頓，又苦惱又疲倦。她跟蓋瑞說了在香港碰的釘子：「我甚至跟他們說我叔叔在醫院裡病危，我只盼他臨終前再見他一面，他們還是不肯通融。每個人都面無表情，我好像碰到了銅牆鐵壁，就算我撞得頭破血流，也沒人睬我。他們都像機器人一樣。第二天我去找朱炳文，請他幫忙。他大發雷霆，呵斥我沒事先通知他。他說他也沒辦法，因爲我是美國公民，沒有簽證就不能進入中國。他極力勸我別再那麼做。」

蓋瑞緊張了：「你說你知道我在山東的家人了嗎？」

「當然沒說。我只請他幫我過海關。我告訴他我們是朋友。」

「他可能猜到你的意圖了。」

「也許吧，我眞不該去找他。」

蓋瑞也後悔給了蘇西炳文的聯繫地址（本來是應急用的）。這顯然是個錯誤。他擔心上級猜到了蘇西的企圖。果然，第二個星期他就收到了炳文的信，陳述了他的擔心，還暗示上級對蘇西的行爲很惱怒，他們認爲蓋瑞一定瘋了，要不然不會犯這個錯誤，這有可能威脅到他在中情局的地位。他們說要是蓋瑞再這麼不理性，會受到懲罰。彷彿暗示著他們會把他的級別降到上校。「請別讓你的朋友再冒這樣的險了，」炳文請求說：「你會給每個人都帶來危險。」

最後一句話讓蓋瑞頭皮發麻，他意識到要是蘇西在香港再多待幾天，也許會遭遇危險。爲了保護蓋瑞的身分，中方說不定會把她滅口。從此，他再也不讓蘇西捲入這件事了，也不再讓她去香港。除此之外，他也放棄了聯繫家人的企圖。

—

於是蓋瑞的生活一切照舊，他繼續品味著孤獨以及恐懼的折磨；他已經習慣了一切，總是保持著冷靜的頭腦。要是他被自己的罪惡感打倒，他的日常生活也就無法運轉了。他只能讓自己相信中國正照顧著他老家裡的妻子和孩子——他應該做的一切就是專注於他在這裡的任務。時光流逝，他再一次把對玉鳳和孩子們的思念壓到了心底。

在他美國的家中，生活也變得平和。他和奈麗都很少再衝對方喊叫。奈麗知道他定期跟蘇西約會，心裡雖然覺得苦，但也不再跟他糾纏不休了。女兒遠在麻州上學，他每晚能按時回家，奈麗甚至對丈夫心存感激。事實上，經年以來，蓋瑞也對奈麗產生了一種依戀之情。三年前，她因爲膽結石生病，他急得吃不下飯，自己也瘦了七、八公斤。他現在也常陪她一起看電視節目了。不管怎樣，這個美國女人給了他一個孩子還有一個家，在家裡，若他想說點兒什麼，她是唯一可以訴說的人。內心深處，他也感謝她，雖然他從未對她表達過。

蓋瑞整天心不在焉的樣子不再讓奈麗困擾，她在自己的小世界裡忙碌著。她喜歡在麵包店當糕點師傅，現在已經是做餅乾和蛋糕的行家了。她每天很早起床，五點前就到店裡開始烘烤。小店七點開張時，她才回家歇口氣，也給蓋瑞做早飯——她一般打幾個荷包蛋，或做煎雞蛋加法式烤麵包片，或烤薄餅，有時甚至做義大利菜肉煎蛋餅。夫妻兩人一起吃早飯。一天剩下的時間裡她很自由，大部分時候獨自在烘焙店裡準備第二天的半成品。她會按分量稱好麵粉、糖和牛奶，然後揉麵、擀餡餅皮，需要的話再加奶油、乳酪粉或優酪乳油，攪拌好後，最後在麵團裡加入巧克力碎片、葡萄乾或各種乾果。烘焙店離她家不到半公里，所以這個工作時間她覺得還好，每天走路上下班，就當做鍛鍊了。只有偶爾時間緊或天氣不好，她才會開車。她有自己的車，是一輛紫紅色的雪佛蘭。

最近附近的一條街上開了一家老唐甜甜圈（Dunkin’ Donuts），招徠了大批顧客，大部分都是趕早班的人。奈麗和老闆佩吉都注意到這家生意興隆的店，好奇爲什麼這麼受歡迎。有時去那家店買早點的人多得引起交通堵塞，汽車長龍從停車場一直排到街上。一天下午奈麗去買了一只瑪芬和一個貝果，嘗了嘗，覺得一點也不比他們店裡賣的好吃。佩吉和奈麗都肯定自己店裡的糕點更好。那究竟是什麼讓那家店如此成功呢？

佩吉並不十分擔心，說那家店就跟麥當勞或漢堡王差不多，並不能跟眞正的飯館競爭，只不過吸引那些垃圾食品的愛好者。但奈麗心裡放不下這件事，她想搞清楚原因。一天早飯時她跟蓋瑞提起這件事。蓋瑞說：「戴維．舒曼天天早上都去那裡買早點。他說他簡直上癮了。」

「是因爲那家店他上班順路，很方便嗎？」奈麗問。

「這只是部分原因。戴維說那兒有最好的咖啡。」

「是嗎？難道是咖啡讓它那麼紅火？」

「也許。你爲什麼不去買一杯嘗嘗？」

她看了看她那只碩大的腕表。「天哪，我得走了。要是我去晚的話，佩吉的臉又得拉一尺長了。」

路上奈麗果然去老唐甜甜圈買了一杯原味咖啡，確實又濃又香。她讓佩吉也嘗了嘗。喝了一口以後，這個老婦人說：「哎呀，老天，大灰熊喝了這玩意也會清醒一整天的。」

「我們要賣比這更好的咖啡。」奈麗建議說。

「我們不用照搬老唐甜甜圈。」

「這能帶來更多的顧客。」

「我們是麵包店，不是咖啡店。別擔心。我們可以不賣甜甜圈和鬆糕，我們可以賣更多的麵包。再說，我們也不需要那麼多人來買貝果。」

「佩吉，你太不會做生意了。」奈麗中年以後因爲某種清瘦憔悴的神氣，反而顯得越老越漂亮，連眼睛都比十年前明亮了。她一本正經地說：「我們不能什麼都不做，放任他們搶走我們的顧客。我們也賣幾種咖啡吧，都煮得濃濃的，你看怎麼樣？」

佩吉搖搖腦袋。「搞一個咖啡吧檯要不少錢的。」

「但是我們一定要保住生意。」

「好吧，那就在那兒放幾臺咖啡壺吧。」佩吉指著不大的餐廳裡一個角落。

於是第二個星期，店裡布置了一個「咖啡吧」，提供法國香草、哥倫比亞、榛果咖啡，以及本堂原味咖啡，都比通常濃兩倍。旁邊還放著全脂牛奶、牛奶加奶油、蜂蜜、肉桂粉、糖、代糖，以供客人自行調配，以及一些免費品嘗的小塊麵包和點心樣品。那個小角落的確看起來像一個微型的吧檯了。每天清晨，佩吉和奈麗都注意到有更多的人在上班的路上彎進他們的小店。

很快，佩吉雇了另一位全職工，麵包店持續生意興隆。

到一九七五年夏天，蓋瑞吃膩了酸麵團做的麵包，開始愛上了愛爾蘭式蘇打麵包，於是奈麗每晚帶回家一個。蓋瑞早就戒了生吃大蒜的習慣，也不再貪婪地吃肉和香腸了。從那年起他也不親自去香港了，就像老將不用再親自出馬一樣。部分原因也是他害怕時差。放假時，他就待在家裡讀讀寫寫。最近他在翻譯馮內果的《第五號屠宰場》。他知道這也許侵犯版權，但那時在中國什麼書都沒有版權，他們就這麼翻譯出版外國書籍，從來不知道要通知作者或出版社。如果哪天他回到祖國，他或許能出版一本自己的翻譯——最理想的就是中英對照版本，書的一面是原文，另一面是漢字，這樣英文專業的學生就能把它當一本學習當代美語的教材來看。（蓋瑞不喜歡英式英文，覺得聽起來太正式也太做作，偏偏現在整個中國都只教英式英文。）他把翻譯當消遣，每天只在閒暇時翻譯上四、五段。他也不用再費勁去搞情報，因爲他現在隨手都是有用的訊息，中情局所有跟中國有關的報告在送往白宮之前都得經過他校正一遍，以保證內容準確和風格的一致。現在他終於可以放鬆下來了，就像一名垂釣老手，不用再擔心能不能釣上魚，而是只在岸邊的一把椅子上舒服地坐著，半睡半醒地扶著一根釣竿。

一些重要消息會自然而然地來到他的手邊，他就拍下照片，分析一番。現在北京高度重視他的觀點和評估——他已然成爲中國聆聽美國心跳的耳朵。他知道因爲他在中情局的位置，中國領導人已經離不開他了。每當有要緊的情報，他就開車去巴爾的摩市中心莫里神父的教堂。即使沒什麼有用情報，他也會一月一次去找神父吃頓午飯或晚飯。一般情報工作的原則是，沒什麼事就別聯繫，可他倆對此都不在乎。一起經歷了這麼多年的恐懼和危險，他們已經變成了好朋友。莫里神父不吃紅肉，可是喜歡吃海鮮和乳酪。他常常給蓋瑞講他在菲律賓的童年往事。他父親是一個高大健壯的白人，一艘英國遠洋輪船的船長，在曼徹斯特已有合法的家庭，可還是娶了莫里的母親，所謂「當地的老婆」。不過他也供養他菲律賓的華裔情婦，把他在菲律賓的兒子和女兒送到當地的英國學校讀中小學，後來送到馬尼拉的美國學校讀大學。「我恨我爹。」莫里神父咬了一口軟殼蟹三明治，說：「他是個自私的混蛋。」

蓋瑞暗暗發笑。他注意聽莫里神父說話，對自己的過去卻隻字不提，生怕一旦開始便無法控制自己情感和記憶的洪流。

❖❖❖

本又來到大學校園城，說要取亨利剛給他買的晶片。他再次以一倍的利潤付給亨利酬金，一共三千九百二十美元，亨利興奮極了。可是本氣色不太好，眼睛浮腫，臉又憔悴又疲憊，好像睡眠不足的樣子。他告訴我他讀完了關於姥爺的那本書，又讀了一些其他材料，想弄清楚姥爺究竟是怎麼回事。他來見我是因爲他在調查過程中遇到了難題。他去波士頓公共圖書館找到了一九八〇年秋天《紐約時報》和《華盛頓郵報》的微縮膠捲，讀完所有關於蓋瑞被捕和他間諜活動的文章。但他鑽研這個案子越深，對姥爺的疑惑就更多，跟他以前想像的形象非常不同。

我們倆坐在我的書房裡，沒有旁人。本的眼皮有些輕微的顫動，他問起我的父親：「你覺得他想念他中國的家人嗎？」

「想念。」我說。

「他愛我姥姥嗎？」

「當然。他很想她，特別在他們分開的頭幾年。他總是游離於他在這兒的一切，心不在焉。他日記裡不斷提到夢見你姥姥。」

「可他跟你母親結婚了，還另有一個情人。」本語氣尖銳地說。

「他是個複雜的人，可能心理受到了創傷。」

「被什麼傷害了？」

「被不得不與家庭分離傷害了。你想想他的心理負擔，開始一定難熬極了，後來又變得疲憊和麻木。他畢竟是個年輕人，不可能從此壓抑他內心的渴望和痛苦。我越研究他的歷史，我就越覺得他的生活好可怕。」

本端起咖啡喝了一大口，繼續問我：「他對你是個好爸爸嗎？」

「絕對是。他對我溫柔、慈愛又耐心。我大概是世界上他能夠信任又貼心的唯一一個人了。不過我十三歲就去上了預科學校，然後又上大學。我跟他在一起的時間遠遠不夠。有一次他告訴我，某天他會帶我一起回山東老家。可惜沒有實現。」

「他從來沒見過他兒子，我舅舅十二歲就死了。一些文章說蓋瑞在中國情報部門是個大人物。他真有那麼重要嗎？」

「按他日記裡說的，他是國家情報部副部長，級別是少將。」

「誰能相信我舅舅餓死了，而他父親是個高官？」

「我聽說他是得腦炎死的。」

「當地醫院是那麼說的。有人也說他是得腸絞痛死的。但我姥姥告訴我他實際上是餓死的。死的時候肚子鼓得像個氣球。饑荒時，家人只能吃野草、榆樹皮、柳葉、棒子麵這些東西。舅舅本來體質就弱，再加上整天吃不飽，連骨頭都萎縮了。一旦生病，根本無法抵抗。」

「你姥爺是一九七二年、饑荒過去以後很久才提拔起來的。」

「可是我們根本沒從他的高位得到任何好處。老家四處散播流言，說他逃到了臺灣和美國，有人甚至恐嚇說要公開批鬥姥姥，拖她去遊街，她嚇壞了。其實，那些人是嫉妒政府每月給她的錢。五十年代，八十元是筆鉅款。爲了保護家人，姥姥沒辦法，只能切斷跟丈夫的聯繫。離開山東後，她故意沒跟政府報告她去了哪兒，也不再收到他的工資。跟這樣一個不知去向的人有公開的聯繫讓她害怕極了。她不得不搬家，從零開始，在一個巴掌大的村子裡好歹掙扎著活下來。我媽媽十幾歲就開始什麼活都幹，到處拾糞、挖沙賣給建築隊。她也給養豬場割豬草，冬天賣凍豆腐，每天天不亮就出發。她和爸爸結婚後，兩個人都在地裡幹了好多年牛馬活兒。我爸爸在一個花崗岩採石場差點被砸死了，一條腿受了傷，好幾個月不能工作。我們家的日子一直過得清寒窘迫，勉強餬口，直到後來爸爸在縣政府找到一個辦事員工作。」

「他得到那份工作會不會是因爲有一些政府幫助呢？」我懷疑政府是否真的對玉鳳在哪兒毫不知情。我覺得幾乎沒什麼人能逃脫政府的監視。

「我懷疑。」本說。「在縣委工作以前，爸爸曾短暫地教過小學。他文筆不錯，縣政府需要他那樣的人做宣傳工作。我們家人很多年都沒人提起姥爺，直到九十年代中期政府通知我們他在海外執行任務時犧牲了，咱家的歷史才正式澄清。姥姥聽到這個消息時哭了一夜。」

「蓋瑞的工資從一九六〇年起就沒給過家人。政府應該把這一部分還給她。」我叫道。

「我姥姥遞交了請求，政府的確給她了。要不然我家的裁縫店也開不起來。」

我的眼睛變得又熱又濕。跟他們不同，我是父親那筆小財產的主要受益人。奈麗繼承了父親的財產然後又贈給了我（他們是家庭房產的共同擁有者）。我家現在的公寓樓的首付就是母親給我的。但我不願本知道這些，我繼續低頭不語。

本接著說：「莉蓮阿姨，你覺得姥爺後來還愛中國嗎？」

「我覺得是的。要不然無法解釋他一直渴望回到中國，在美國又一直過一種格格不入的生活。

「換句話說，他為中國做出了巨大的犧牲。我尊重這個，但他在受審時說他也愛美國。」

「這一定也是眞的。他在這兒住了那麼多年，沒辦法不培養出對這個地方的一些好感。再說，我母親和我都是美國人。」

「老實說，這是我最害怕的地方。」

「怕什麼？」

「愛兩個地方，同時也被兩個地方所撕裂。」

「這就是你為什麼不能下決心跟索妮雅結婚、在美國定居的原因嗎？」

「可以這麼說吧。」

他沒再多談他的困境。我知道他在某種程度上由他在中國的公司所控制。在我內心深處還存留一份懷疑，也許本一直在爲中國軍方收集情報，雖然我不能肯定他有多職業化。我猜他可能只是個小間諜，專門收集工業和技術信息。即使這樣，這也是個危險的工作，他可能隨時被抓住。

他跟我們在一起只待了一天，第二天早上就乘阿西樂快車回波士頓了。我讓他拿走了蓋瑞全部六本日記，希望這些能給他的研究帶來些方便。

我叫亨利別再給本買晶片了。「到底有啥大不了的？」他不以爲然地問。

我說：「這些晶片禁止出口到中國。本可能就是爲一些中國公司買的。」

「那是本的事。我只是在美國買了它們而已。」

「那樣你也許就是個同謀。」

「別自尋煩惱了，莉蓮。這麼想想吧，我做的都是合法的事。本拿走它們以後，我就跟這些晶片的去向毫不相關。我在美國合法地買這些東西怎麼可能受指控呢？再說，別人要想買這些東西總能買到——就算不從美國，從臺灣、新加坡也都能買到。」

「這件事讓我心驚肉跳。」

「寶貝，別緊張。這種利潤能讓我很快還完債，富起來的。」

於是我不再堅持，雖然心懷焦慮。

一九七八—一九七九

蓋瑞每年兩次給莫里神父送去一批膠捲，每回交貨之後，他在香港恒生銀行的戶頭裡就會增加一千美元。但他從不直接從那兒提取現金，以免引起聯邦調查局的懷疑。一九七六年文化大革命正式結束後，他恢復跟炳文的定期通信，還跟以往一樣稱他堂兄。每當他問起玉鳳和孩子們的情況，炳文總說老家一切都好。炳文也一再重複上面的意思，叫他千萬別再試圖和國內的家人聯繫。不過這也等於白說——上頭終於通知他，玉鳳已離開山東到東北去找她弟弟了，至於她目前的地址，蓋瑞根本無從知道。

繼毛之後上臺的中共領袖讓他精神為之一振。他在日記中提到鄧小平這位新任國家領導人：「這個人個頭雖小，卻有可能成為一個拿破崙式的人物，他應該會讓中國走上正途。他甚至可能勝過毛。至少他更謹慎、務實、懂經濟。」

莉蓮上了布林茅爾女子學院，蓋瑞大部分的積蓄都花在女兒的教育費上了。現在蓋瑞五十多歲，健康出現了一些問題。肩膀得了肩周炎。最近又診斷出有糖尿病初期症狀，醫生告誡他飲食中要注意澱粉和糖——他最好別再吃白麵包和米飯了。早飯可以喝麥片粥，一頓飯至多吃一片裸麥麵包。要是餓了，應該多吃蔬菜和蛋白質。所以奈麗帶回家的所有精緻點心，蓋瑞都不能吃了。事實上，他懷疑就是這些甜食導致了他的高血糖。在超市裡，他看到那些新鮮的咖啡馬芬，只要九毛九一個，他饞得直流口水，然而他必須強迫自己走開。這種強烈的欲望如此難以抗拒，連淚水也要在眼眶裡打轉了。他從來沒這麼自我憐憫過，儘管他也意識到這很可笑，或許是意志變弱了的信號。白天他感到暈眩和口渴、四肢倦怠。不管吃什麼喝什麼，嘴裡總覺得苦。他注意到了自己指甲的變化，現在又平又寬，每個指甲上的月牙白只有一點點，視力也衰退了——每次看書報雜誌時眼前都有更多蝌蚪狀或珍珠狀的東西飄來飄去。他配了副眼鏡，但他不喜歡戴，大多數時候都把它頂在頭上。健康惡化促使他開始反覆考慮提前退休的可能。他讀了一些有關間諜的書，知道大多數人在安全撤退前都遇難了，或是落得個身陷囹圄的結局。也許身體變壞是提醒他及時撤退的信號。然而他也知道一旦從中情局退休，他對中國就沒什麼用了，所以他還得小心別讓自己在上級眼中過多貶值。他明白，一個無用的人連寵物都不如。的確，變成一個誰也不需要的人是多麼可怕啊。

幾年來，他從情報中獲悉中國高官所享受的待遇。他知道若在中國，作為一名副部長，他很可能會有自己的司機、祕書、勤務兵、護士，以及醫療特護。中國上層官員的薪水沒那麼豐厚，每月大約相當於兩三百美元，但他們的物質生活其實是無憂無慮的——國家為他們安排了一切。相反，他在這裡的未來卻很難說。一想到這個他就焦慮不安。蓋瑞上班途中有一家小小的養老院，門前豎著一根旗杆，上面飄著一面美國國旗。他僅是看到這個地方，就會想到這是多數美國人都無法避免的淒涼晚景。奈麗母親一九七四年去世，不久後父親麥特就去了當地一家養老院。還算幸運，他能被佛羅里達州收走的財產只有他那負債累累的蔬菜農場。蓋瑞和奈麗曾開車去那裡看望過他老人家一次，老人身體虛弱又神智不清，不停責怪他們沒給他帶一瓶傑克丹尼爾威士忌或野火雞威士忌。還說他兒子常來看他，每次都給他帶半打啤酒和烤雞翅，可是他唯一的兒子吉米三十年前就在薩沃島海戰中陣亡了。回華盛頓的路上，蓋瑞跟奈麗說，要是他以後也得在這種地方終了的話，坐輪椅還能接受，倘若要陌生人來餵飯和幫忙洗澡，還不如先自我了結算了。這些天來，他一直翻來覆去考慮自己老年以後的生活。若中國不召他回去，在美國，他就只能待在中情局裡一個卑微的翻譯人員的位置上，然後跟其他那些普通的老人下場一樣。所以他最好趁時間還來得及趕緊做些什麼。

去年冬天佩吉去麵包店上班的路上扭傷了腳踝，從此走路有點跛，不得不拄一根柺杖，明顯看出衰弱了許多。最近她一直說想去紐奧良跟女兒團聚，要把麵包店賣掉。一天奈麗問她：「麵包店你打算賣多少錢？」

「十二萬。」佩吉沙啞著嗓子說，鼻音很重。

「這個價格對一個麵包店太高了。」

「它值這個價。去年秋天我們剛更新了不少設施，我們有穩定的客源，還有二十多年的聲譽。這地方是個小聚寶盆，你知道的。」

「要是我買，你能便宜點兒嗎？」

「哎，生意歸生意嘛。」佩吉笑了。看來這個問題有商量的餘地。

「我得先想想怎麼籌錢，你能等嗎？」

「好，我可以等你一陣子。」

從那時起，兩人就經常聊起麵包店的價錢。奈麗和佩吉已經熟識到可以用打趣或玩笑的口吻來討價還價。三個星期後，佩吉終於同意把價錢降到十萬零五千，說不能再低了。

奈麗想拿自己家的房子做抵押貸款，蓋瑞不同意，說：「要是我們有幾個月還不上款，這個家就沒了。我們不能冒這個險。再說，萬一我死了怎麼辦？你就無家可歸了。」

「哎，別這麼悲觀。我肯定比你先去見上帝。」奈麗一直有這樣那樣的健康問題，所以她這麼想。

「這件事交給我，好嗎？現在你告訴佩吉我們會買她的麵包店，先確定別讓她賣給別人。」

蓋瑞在香港恒生銀行的戶頭裡有四萬美元，現在缺六萬五。他想直接跟中國政府要這筆錢。這件事他來回衡量了好多天，假想他提出這個要求，中國會怎麼反應。他猜測自己在領導眼中的聲譽可能會受損，但也許不至於徹底毀了自己。不管怎樣，他爲祖國做出了巨大的貢獻。以後他回到中國時，他們也沒有足夠理由降他的級。更重要的是，他覺得自己有權提出這個要求，他認爲國家應該滿足他的願望。於是他寫信給炳文要七萬美元，說他這裡有一些重要工作立刻需要錢。一個月之內這筆款子就打到了蓋瑞在香港的帳戶上。炳文回信時只說：「貨已發出」，甚至問都沒問他錢打算怎麼花。

現在到了更危險的一步：把錢轉到他在美國的銀行帳戶上。他知道一次性轉移這麼大一筆資金會吸引聯邦調查局的注意。但他必須行動。他就是這樣一種人，可以悄無聲息蟄伏幾十年，然而一旦時機到來，就會躍然而起，回復生機，不顧一切地行動。他打算冒險，也許這就是他退出美國前要做的最後一件事，所以他可以不計後果。於是，每隔三四天他就寫一張支票從恒生銀行轉六七千美元到他花旗銀行的帳戶。他以爲把錢分小數額多筆轉帳也許能隱藏他的形跡。

六星期後，現金全部到賬，他給奈麗一張銀行本票去買麵包店。奈麗大吃一驚，問他：「你哪兒來的這麼多錢？」

「從臺灣堂兄那兒借的，不要利息。」

「我們一起簽這份約吧。你花了這麼多錢。」

「我不想跟這件事有關係。」

「爲什麼？你……你生我的氣了？」她結結巴巴地囁嚅著。

「不是。我希望這樁生意只在你的名下進行，所有文件都只你一個人簽署。這樣做比較好。」

「我不懂。」

「別問這麼多了。這家店的糕點已經讓我得了糖尿病，我不想再跟它有任何關係。」

奈麗看著他面色蒼白的臉，先是驚奇，繼而爆發出一陣大笑。蓋瑞雖然整天不苟言笑，但是偶爾蹦出一兩句冷笑話來，還是可以很有幽默感的。

於是奈麗買下麵包店，自己一個人簽了所有文件。一星期後，佩吉搬去紐奧良。奈麗保留店裡原有的兩名店員，原本打算再雇一個人手，後來作罷。她把店名改成了「奈麗廚房」。其實她不太喜歡店名裡「廚房」兩個字，但又怕改變太多連運氣也改沒了，因爲這家店雖小，但以前生意一直十分興隆。

奈麗注意到超市裡也開始賣老唐甜甜圈品牌的產品。迄今爲止，她的店裡除了一開始提供的三種咖啡外，也開始賣兩種老唐口味的咖啡：原味和老唐特濃咖啡。她一心想把自己的小店變成麵包房加咖啡屋，甚至在門外掛了個牌子，上面寫著：「我們賣老唐咖啡！」但她有點害怕自己這麼做會不會惹來麻煩。蓋瑞認爲既然超市能賣這些咖啡，奈麗也可以這麼做。

如今奈麗未來的生活似乎都有了保障，於是蓋瑞給中國上級寫了一封信，要求回國。他說自己身體有病，每天心力交瘁，不久以後可能會從中情局退休；自己做情報工作也已三十多載，此間他一直全心全意爲黨和國家服務，所以現在也許是他收工的時候了。他眞切地希望能回國和家人團聚，在中國安度晚年，最後安葬在祖國的土地上。他甚至附上醫生給他最近的體檢報告，說明他的空腹血糖是一百七十二，顯然得了糖尿病。

他把這封信交給莫里神父，請他儘快交給上級。他跟神父說：「我眞是越老越想家了。眞希望我現在就能回家。」

「你眞幸運，還有國家可回。」莫里神父呆呆地望向遠處的虛空。他上唇留著鬍鬚，臉色如此蒼白，說他完全是白人也說得過去，他鼻孔的形狀也是橢圓的，手背上長著汗毛。「我都不知道家在哪兒。以前我母親住的地方算是我的老家，一座淺藍色的小平房，在一條小巷子裡邊，外面圍著一圈石牆。母親去世後那房子換了主人，對我來說它就什麼都不是了。」

「那你姊姊呢？」蓋瑞問。

「她現在在紐西蘭。」

「但你屬於你的教堂，不是嗎？你是個神父，跟我們凡夫俗子不同。」蓋瑞原來一直羨慕莫里神父身上有一種輕鬆鎭定的神氣。現在他看見另一個無家可歸的人，另一個孤獨的靈魂。

莫里神父說：「我眞希望我是個信徒。」

蓋瑞想了想，無法揣度這位不相信教堂的神父內心可能承受的孤絕程度。他坦承道：「我怕我的心也堅持不了多久，也許就會在這裡摔成碎片。」那種麻木的痛楚在他的胸膛裡再一次攪動，然而他卻拚命克制自己別笑起來。近來他大笑時，常失去控制，止不住流淚、抽搐、啜泣。

他明白自己已到達臨界點，壓力隨時可能壓垮他。

「你不會有事的。」莫里說：「你爲祖國做出了偉大的貢獻。他們肯定會歡迎你回家，就像歡迎一個榮歸故里的兒子一樣。」

「那你屬於哪個國家？」

「我不知道。我幫助中國只是出於對祖宗的忠誠，還有對殖民主義和帝國主義的痛恨，但我不可能去那兒住。」

「換個角度想，這也不錯。」蓋瑞說：「四海爲家，這樣你了無牽掛，更像一個出家人了。」

「對我來說，家也許不是一個眞實存在的地方，更是一種情感或嚮往。」

「我很佩服——我是說，你能在你的內心找到你的精神家園。」

「不知道能不能找到，但我一直在努力。」

莫里神父咧嘴一樂的時候，蓋瑞也勉強笑了一下。

他們這次見面後，蓋瑞開始長久地等待北京的正式答覆。

❖❖❖

亨利和我正在我們公寓樓的走廊裡忙活，掛一幅我從北京帶回來的大尺寸油畫。我剛給它配上畫框，畫上是一串正在開花的彩虹仙人掌。這時，前門走進來兩名高個男人，都穿著深色西服打淺藍色領帶。一位三十幾歲，另一位大約五十歲。其中一人問科恩家住哪裡。

亨利從梯子上下來，說：「我就是科恩。」

兩人亮了一下他們聯邦調查局的徽章——一個叫辛普森，一個叫柯利弗頓。我瞥了眼他們的胳肢窩，顯然他們衣服下都藏著隨身武器。年紀較長的那位問亨利：「科恩先生，您有時間嗎？我們想問幾個問題。」

「好。請直說。」

「咱們能換個地方談嗎？」那人繼續說。

「當然，你們想知道什麼？」

「你最近買了些英特爾晶片。」

亨利把手放在我肩膀上。「我太太能跟我一起去嗎？」

我說：「你們好，我叫莉蓮。」因爲不清楚他們的意圖，所以我沒伸手跟他們握手。

「當然。她可以加入我們。」這位年輕調查員說話的語調顯示他的地位並不遜於他的年長同事。

我意識到這不是一場審問，暫時鬆了一口氣。他們跟我們走到我們公寓走廊的盡頭。我們在客廳裡落座，年長的柯利弗頓對亨利說：「我們想知道你最近買一些微型晶片有什麼用途。」

年輕的辛普森加上一句：「或者，你是不是又轉賣給別人了？」他拿出一支筆和一本黃色的標準筆記本放在腿上。

「是這樣，我是爲一位朋友買的。」亨利說。

「買這些晶片是非法的嗎？」我問。

「不完全這樣。」柯利弗頓回答。「不過這些物品是禁止出口到某些國家的。」

「我有一個侄子在波士頓附近開一家電腦公司，亨利就是替他買的。」

「他叫什麼名字？」辛普森問。

「本·梁。」亨利說。

柯利弗頓打開公事包取出一只黃色簡易資料夾。「這人就是你侄子嗎？」他遞給我一張照片。

快照上是本更年輕的時候，身穿短褲背心，胳膊下夾一顆籃球，滿頭大汗，臉還有些嬰兒肥的影子。「是我侄子。」我說。這張照片似乎是他來美國之前拍的。

「他是個不錯的年輕人，」亨利說。「我們是朋友。」

「你有沒有想過他可能把這些晶片運送到中華人民共和國去呢？」柯利弗頓繼續問。他眼睛瞇縫著瞧著亨利，下巴揚起來。

「我一點都不知道這些晶片的最後去了哪裡。」亨利說。「本有一家電腦公司，他要買各種零件是很自然的。我從來沒想過買這些晶片的合法性，因爲這些東西到處都有賣的。我只是替他買了這些而已。」

「他爲什麼不自己買這些東西？」柯利弗頓問。

「他說他的中國姓，梁，常常招來種族歧視。」

「你能詳細談談嗎？」辛普森說，蹺起他的一雙長腿。

「本告訴我他訂的貨總是到得很晚，有時甚至等不到貨。我相信他說的是眞的。」

「長官，」我插了一句，「你們知道現在在美國，種族歧視還是存在的。」

「這個我們不否認。」柯利弗頓說。「但我們現在談的是別的，跟犯罪有關。」

「買微型晶片犯了什麼罪呢？」亨利問。

辛普森義正嚴辭地說：「那得看這些晶片去了哪兒。要是它們被偷運到中國，就是犯罪。」

一陣沉默。我很確定本把它們運出美國去了。看到亨利無語應對，我勉強搭腔：「我們也希望能瞭解這些晶片的去向。不過我們對此眞的一無所知。」

兩位調查員似乎對我們的回答很滿意，起身告辭。然而快走到門口時，柯利弗頓轉身對亨利說：「如果您不介意的話，我想再問一個問題。本．梁每次付給你多少錢？」

「我每次花的錢的百分之二百。」亨利說。

「您能再明確些嗎？」

「如果我買晶片花了一千，他會給我兩千。」

「那是百分之百的利潤，眞是一筆好生意啊，不是嗎？」

「我們是親戚，又是朋友。所以本對我很大方。」

亨利起初有些緊張，可是說出的話又清楚又堅定。我很讚許他的表現。然而，聯邦調查局官員的到訪還是讓我倆都惴惴不安。他們走以後，我們繼續談論本。亨利知道我父親是一名中國間諜，於是他開始意識到這次談話背後的涵義。他擔心本，無法不懷疑他也是中國的間諜。

「你覺得本跟你爸爸是同一條戰線上的人嗎？」亨利的臉扭曲了一點。

「很有可能。但我爸爸是副部長，是個大人物。本至多是個小嘍囉。」

「你的意思是他竊取技術機密？」

「也包括軍事方面的一些東西吧。」

「他還插手什麼？他會走私武器嗎？」

「那不可能。要想在國際市場上傾銷武器，你得有強大的後臺。這是利潤極大的生意。只有一些中國太子黨能搞這個。」

「不管怎樣，你開始眞不該邀請他來。」

「你怎麼能這樣說？亨利！是你一直不聽我的警告，只想賺錢的。」

「好吧，我貪心了。怪我自己。你覺得我們應該制止本嗎？」

「應該。但怎麼制止呢？」

「跟他談。」

「我怕他的電話已經被監聽了。」

「那給他發電子郵件。」

「可能也不安全。也許我下個星期應該去波士頓一趟。」

「不，你應該這個星期上完課就去。得讓他知道他現在很危險，不能再爲共產黨政府工作了。」

我原先想解釋本可能有間諜任務，但也許很難說服他。考慮再三我還是同意這個星期就去見他。本絕對有沒告訴我的事情，我最好當面跟他談談。

一九八〇

一九七五年，毛澤東有一次面對互相扯皮爭吵的手下們大發雷霆：「見鬼！我對自己家的事還不如對尼克森辦公室裡的事瞭解得多！」這話傳了出來，讓美國的情報圈大吃一驚。很多人頭疼了，心裡充滿了各種疑問和猜測。毛不會是開玩笑吧？或者他只是在吹牛？他是不是老糊塗了，難道不知道尼克森已經辭職了嗎？或者美國政府真的已經被中國共黨滲透了嗎？這簡直令人難以置信。然而，無風不起浪，就算毛的話裡只有一絲一毫的眞相，這也意味著中國已經有了鑽到白宮去的某種渠道。中情局爲確保自己的組織中沒有內鬼，要求各部門所有能接觸祕密文件的人都接受測謊。蓋瑞別無選擇，只能跟自己的同事們一起被測試了一遍。幾十年來，這種測驗他已經經歷過不少次，這回總算還是有驚無險地通過了。儘管如此，他從機器上下來的那一瞬間，還是爆出一身冷汗。要是出了紕漏，恐怕就會被解雇了。

自從跟中國討了七萬美元以後，蓋瑞就開始擔心上級對他的看法。他們一定以爲他還會在中情局繼續工作才給這個錢的。現在他一拿到錢，就遞交了提前退休申請，中國方面肯定措手不及，說不定已經開始懷疑他的忠誠了。有人大概會斥責他已經被資本主義社會和美國的生活方式腐蝕了，把錢看得比什麼都重。這也許就是爲什麼他遞交申請許久後，中國方面至今沉默。

同時，蓋瑞的糖尿病加重了。他老是覺得口渴，不斷喝水，所以每個小時都得去廁所。上班時他頭暈眼花、無精打采，集中不了注意力。下班回家的路上他擔心自己開著車睡過去。雪上加霜的是，他睡眠也出了問題，每晚只能睡兩三個小時，導致白天他更加昏昏沉沉。醫生給他開了胰島素，終於奇蹟般地起了效果——打了幾針以後，他前額不再感到麻木和繃緊，腿也不癢了，甚至味覺都恢復了。從那時起，他每次出門前都得隨身帶一支注射器和幾小瓶藥水。他跟湯瑪斯和幾位同事提到了提前退休的想法，他們也都看到了他眼中的倦乏。中情局雖然依舊重視他的語言能力和對東亞事務的洞見，但他們可以接受他退休。不過到目前爲止，他自己還沒下定決心，因爲胰島素似乎控制了他的病情，而且中國方面還沒有回音。

他也跟蘇西談到他的計畫，蘇西認爲他應該回去和中國的家人團聚，她覺得蓋瑞越早結束間諜生涯越好——她只希望他儘早脫離這份危險的工作。她甚至說自己退休後也會回臺灣，那樣，她會時不時去看望他，因爲現在美國公民去中國旅行已經不再受限制了。她的話更堅定了蓋瑞從中情局退休的想法。

一九八〇年七月底，北京終於來了回覆：蓋瑞提前退休的做法不合適。上級勸他在中情局能待多久就待多久。糖尿病並非致命疾病，美國有最好的醫療技術和設施，通過胰島素和膳食調理，這種病完全能得到控制；他今年才五十六歲，應該還能在工作崗位上再堅持幾年。同時，祖國也爲他的回歸做了安排。中國歡迎他退休後回去，但他不應當匆忙，要給中國一點時間找到他的繼任者，他也有責任幫忙物色——最好能在中情局內部招募一個。上級的說法聽起來理由充分而且態度懇切。再加上中國剛給他七萬美元，蓋瑞現在十分後悔自己提出退休。爲補救過失，他明白得重整自己，再忍受幾年這種艱難的日子。也許他將不得不在這裡耗盡自己最後的生命。

然而最近他越發思鄉了。他的思緒禁不住要飄回他老家的一個公共澡堂去。三十年前，他在那裡泡完一個熱水澡後，總會一絲不掛地躺在一條窄床上，身上只搭一條熱毛巾，美美地睡一個多小時。醒來後，就有跑堂的少年送來一杯茉莉花茶，喝幾口，再和幾個熟人聊上幾句。要是他能再次躺在那個熱氣騰騰的池子邊上、無憂無慮地熟睡過去該多美啊。他知道如今大部分傳統的澡堂子可能都已經消失不見了，但是他無法控制自己的幻想。同時，他想像中的家園也已模糊，不再是他長大的村莊或鎮子，而是在不確定的中國某處，甚至是上級可能爲他安排定居的任何地方。儘管如此，他的回歸渴望卻變得更強烈、更不可遏制了。

他一點都不知道自從那筆資金從香港轉到美國後，聯邦調查局就盯上他了。他們開展了徹查，最後在所有的疑點之間都找到了關聯：現在他們終於意識到毛澤東說他很瞭解白宮辦公室的話絕不是玩笑或自我吹噓。諜鬼終於洩漏了行蹤。所有注意力都集中到這個叫蓋瑞・尙的人身上。他受到了嚴密監視，郵件和電話被檢查，所有帳單也經過檢視。他們還在他家街對面的鄰居家租了個閣樓，在那兒安裝了一臺祕密攝影機來監視他。他們跟蹤他越久，就越爲他簡單、輕鬆的間諜風格而驚訝。在很多方面，此人看起來一點兒都不專業。比如說，很少間諜會年復一年地親自去東亞，還通過普通郵路給連絡人寫信。他無視間諜應遵守的起碼規矩，卻歪打正著成爲一名潛伏高手，成功地躲過反間諜掃描，三十多年沒人發現。聯邦調查局認爲他們必須立即制止蓋瑞：他搞的破壞已經無法想像。如果他們不立即行動，此人擁有美國護照，一旦察覺出危險就可立即逃往國外，甚至可能躲進中國大使館。

他們從司法部獲得了與嫌疑人「談話」的批准，連中情局都沒打招呼，生怕這次抓內鬼行動受到干擾，就直接包圍了目標。九月的一個下午，三名聯邦調查局探員到尚家按響了門鈴。開門的正是蓋瑞。奈麗在西雅圖探望姊姊，瑪莎剛做白內障手術。女兒則在波士頓大學讀研究生一年級。蓋瑞平靜地請三位探員進屋，好像他已經期待了他們很久。蓋瑞一定認爲他們拿到了足夠的證據來指控他，這就是他必須面對的最後時刻。這一幕情景，他在腦子裡不知道已經構想了多少回，以至於他對此情此景都感到十分熟悉了。家裡只有他一個人，這是最好的。他領著三人來到餐廳，在餐桌旁坐下，他自己坐在一頭。他想他們一定已經毫無疑義地證實了自己的身分。他態度溫順，卻無恐懼。

其中一人開始了「談話」，語調非常客氣，彷彿在跟一位資深同事交談似的。但蓋瑞說：「在我告訴你們一切之前，我有一個條件。」這既非要脅，也非請求，好像他肯定這就是他們談話的方式。

「什麼條件？」一位皮膚白裡透紅的男人問。

「我的家人和我的女朋友蘇西．趙對我所做的一切毫不知情，請不要驚擾她們。」

他們彼此看了看。那位粉紅臉頰的男人，想必是他們的頭兒，笑了，肥肥的手指頭敲擊著桌面，旁邊放著一臺袖珍答錄機。他說：「只要你合作，這個我們可以辦到。」

他們的贊同使蓋瑞更加確信他們已掌握了指控他的證據，因爲他們看起來完全相信他的家人對他的眞實職業一無所知，蘇西也從未捲入過他的活動。

訊問開始了。總共持續了七個小時，中間吃了一頓晚飯。（探員們問了蓋瑞的喜好後，從一家中餐館叫來外賣，有芝麻雞、麻婆豆腐、兩道海鮮，還有一個各種開胃小菜的大拼盤。蓋瑞明知自己有糖尿病，但他特意想這樣大吃一頓，認爲自己下次再吃中國菜恐怕遙遙無期了。）他的回答明瞭而直接，以至於審問者們常常覺得驚奇。他從來沒想到也許對方掌握的證據並不足以證明他犯罪，部分原因是一個探員撒了慌，說他們已經跟蹤他好幾年了，另一個原因也是蓋瑞從未接受過完整的間諜訓練，不知道怎樣用法律來保護自己。

晚上十點左右，審問結束。蓋瑞老實地伸手讓對方銬上自己，對方就銬上了他。一輛員警巡邏車把他送到阿靈頓縣監獄。從那兒，探員們直奔巴爾的摩市去逮捕莫里神父，然而他們到達牧師住所時，人卻不在。屋裡的一切井井有條——甚至茶壺裡的水還是溫熱的，只喝了三分之一，他們在屋裡等神父回來。等了整整一個小時後，他們才意識到莫里神父已經逃走了。

蓋瑞的律師建議他認罪，奈麗也勸他這麼做，這樣他也許能從輕量刑。可他不聽，想要接受庭審，他認爲自己對中美兩國都做出了重要貢獻，或許心裡還存著一線希望，就是庭審時陪審團的意見發生分歧，難以定罪，這樣中國能有足夠的時間營救他。陪審團到齊了，八女四男，蓋瑞執意要在法庭上據理力爭，不是爲了逃脫懲罰，而是他相信他理應得到公正的裁判。每個人都看出他被自己的幻覺蒙蔽了，偏偏他已經勸不回頭了。審判結果對蓋瑞來說是場災難，法庭控告他是中華人民共和國的間諜，爲錢出賣情報。他對美國的背叛給國家安全造成了巨大的損失，並導致大量人數的死亡。他給中國洩露的機密多不勝數，其長久危害無法估量。蓋瑞否認對他的大部分指控，強調他對中美兩個國家都是忠誠的。他說：「這兩個國家就像我的父親和母親。作爲一個孩子，我很難把他們分隔開來。他們兩個我都愛。我不可能傷害其中一個去取悅另一個。我的確給中國傳遞了情報，但那是爲了促進中美兩國的關係，這樣兩個國家都能從中獲益。事實上，我抓住每一個機會來促進兩個國家之間的相互理解與合作。上帝知道這幾十年來，我通過仔細檢讀中文期刊報告給美國提供了多少重要情報。有時我一周工作六十多個小時。我因爲工作努力，還得到數個嘉獎。」總而言之，就是他幫助兩個國家走到一起，並像兩個朋友那樣握手言和。有鑑於他的勤勉和奉獻，就算他不配戴上桂冠，至少也應當被看作一個有價值的公民。「我是個美國人，就像你們一樣愛這個國家。」他聲嘶力竭地結語。

喬治．湯瑪斯做他的證人，他圓圓的腦門上沁著汗珠，說：「在我看來，蓋瑞．尚的確幫助了美國跟中國重建外交關係。他以一種非正常的方式爲兩個國家都作出了貢獻。」說這話的時候，他的眼睛不敢望向蓋瑞，已經長了老年斑的手有一點發抖。

戴維．舒曼，今年四十三歲，儘管留著一把金色的絡腮鬍，挺著啤酒肚，臉上還是顯得有些孩子氣。他對法庭說他覺得蓋瑞也許是個愛國者。他眨著駱駝一樣的眼睛說：「我記得當年甘迺迪總統被暗殺時，蓋瑞．尚情緒崩潰，在辦公室裡哭得像個孩子一樣，比我們其他任何人都更傷心。你可以問中情局裡的任何一個人，我可以向你們保證人人都會說他是個紳士，又和氣又友好。當然現在反省整件事情，一想到蓋瑞．尚是我們之中的共黨內鬼，我就頭皮發痲。唉，眞嚇死我了。」

然而，這些證詞沒能說服陪審團的成員，他們對這些中情局官員一個個搖腦袋、皺眉頭，或面帶怒容。政府方面的律師是一個中年男人，長著貓一樣的眼睛和稀疏的眉毛，他開始反覆詢問被告。這人挺起胸膛，用一種沙啞的煙嗓問道：「尚先生，一九五三年，你是不是給中共提供了十多名中國叛變戰俘的名單？」

「那是因爲——」

「是還是不是？」

「是。」

「他們付給你多少錢？」

「五百美元。」

「所以爲了那一點小數目，你賣給共產中國十多條人命？」

「不是那樣的。我不知道這情報的後果。我以爲那些人是去臺灣的。那是我第一次給中國送情報。也許我對這起偶然事件是有罪的。但我後來知道這些回歸者被監禁或處死了，所以我再也沒做過這種事。」

「那你知道這些人有的被處決了？」

「是。後來有人告訴我。」

「尙先生，一九六五年，那些被派遣到中國破壞核設施的祕密特工們的聯繫計畫和代號名稱，你是不是都洩露給共產中國？」

「是的。我故意想停止這項任務，因爲這可能導致第三次世界大戰。那是可怕的情景。美國能從這樣的戰爭中得到什麼好處呢？無非是生命和財產的損失，浪費納稅人的錢罷了。所以我要不顧一切阻止這個計畫。對這件事我一點兒也不後悔，也不認罪。」

聽眾席中有人發出暗暗的笑聲，還有一些喝起彩來。法官的臉黑了下來，一撇山羊鬍子歪斜著，他重重地敲擊小木槌維持秩序。法庭重新安靜下來時，那位臉頰扁平的法官繼續追問被告是不是也竊取了導彈和飛機的情報。對竊取技術祕密的指控，蓋瑞傲慢地回答：「我只對戰略性情報有興趣。我不是小毛賊——對那些低級情報我不屑一顧。」

法庭陷入一陣意味深長的沉默。外面正飄著細雨，窗玻璃上斷斷續續地流淌著雨線。透過玻璃可以看見柏樹的尖梢輕輕搖擺。天空陰沉，看似馬上就將迎來一場傾盆大雨。

陪審團很快全體一致裁定被告有罪，法官判處蓋瑞一百二十一年牢獄、罰款三百萬美元。陪審團也陳述他們對一些中情局官員的憤怒，這些官員似乎要爲這個可怕的騙子、紅色間諜辯護，而置眞理和國家的利益於不顧。其中一位長著拱形眉毛、四十多歲的黑人婦女，甚至說她懷疑這些官員是同謀。

這個被裁定有罪的人面無表情，彷彿無動於衷，雖然他疲倦的眼睛更加狹長，太陽穴也一跳一跳的。他咬著嘴唇讓自己別哭出來。有幾秒鐘他周遭的一切突然變得模糊。他往前俯下身子，雙手緊緊抱著腦袋。

接下來在法院的前廳裡，當一個女記者問蓋瑞想不想對中國政府說什麼的時候，他大叫：「我請求鄧小平過問一下我的案子。鄧主席，請讓我回家吧！」第二天，幾份主要報紙都刊登了這些話。但在一個新聞發布會上，中國大使對華盛頓否定了北京和蓋瑞．尙的聯繫，他堅持說：「讓我重申，我從來沒聽說過這個人。中國在美國根本沒有間諜，我們跟他毫無關係。所有對中國政府的指控都是沒有根據的，是那些與我們國家爲敵的人僞造的。」

❖❖❖

「你去監獄探望過你父親嗎？」本問。我們沿著沃拉斯頓海灘漫步，本雙手插在牛仔褲褲兜裡。遠處的海岸線上看得見波士頓市區鱗次櫛比的高樓，一團霧氣正朝西北方向退去，一些大廈的部分樓層被遮住了。細雨漸漸停止，烏雲也慢慢散開，天空露出了好幾處碧藍，一架客機正朝著洛根機場的方向無聲地降落。

我說：「那年十一月底我去看過他一次，但我在波士頓大學教一門課，得趕緊回去上課。爸爸不能跟我多說話，一名警衛就站在他旁邊，我們之間還隔著玻璃和鐵絲網，只能通過聽筒交談。他不停說『對不起』，然後就淚流滿面。末了他隔空送我一個吻，還勉強笑了一下。那是我第一次看到他流淚。整個過程我彷彿給下了藥般一句話也說不出。我媽媽去得更勤些，保證他的病能得到應有的治療，牙床潰瘍也得到了處理。我真希望我在家裡能待得更久些，再去看他一次。」

「他一定死得很慘。」

「我聽到他自殺的消息後就崩潰了，那陣子我只要看見一個老年男人就會忍不住淚水。」

本已經讀到蓋瑞死的時候頭上套著一個垃圾袋，脖子上用兩根接在一起的鞋帶勒緊，將自己窒息而死。（他省了早餐，以防死後身體髒亂，就躺在他單人牢房的小床上，死得悄無聲息。）

頭天晚上我和本談到了蓋瑞的死，本也終於承認他的確是中國間諜，雖然只是個小角色。

大海正在退潮，海灣中風平浪靜，水面幾乎沒有波紋。本說：「最觸動我的是他跟法官說的這句話『我不是小毛賊』。我看到這句話就哭起來，我知道我就是一個小賊。最近我搞到了美國海軍陸戰隊剛配備的一種最新夜視鏡、一本F-18戰機手冊，一本公共電臺頻率的小冊子，還有其他一些玩意兒。我一直在偷竊技術機密——是個貨眞價實的小毛賊。」

「蓋瑞在某種程度上挺自負。」

「他必須給自己很高的評價，否則在這個行當裡活不下來。他這種間諜只有認定自己要做的任務是無比重要的，才能在各種逆境中堅持下去。」

本的回答讓我想起父親日記中一度讓我非常困惑的話：「對我來說，自我犧牲是美好的。」顯然父親相信自己所做的事情是高尚的。儘管他智力超群，他卻生活在迷霧中，沉湎於一種古老的情感，致使理性也不能幫他看透那情感是否合理。的確，把受難看得或幻想得崇高一些，是能讓痛苦顯得更光明，也更容易承受。

海灘遠處，一個小女孩拎著一只橘黃色的小提桶和一把小鏟子正叫嚷著向她母親蹣跚踱去。母親則坐在一塊圓石頭上翻看一本時尚雜誌。太陽出來了，沙子開始乾暖變白。

本繼續談蓋瑞：「我還是覺得他放棄得太快了。中國可能正在努力營救他。」

「你太天眞了。中國大使不是否認他跟中國有任何關係嗎？」

「那不可能是最後的說法。姥爺的級別並不比大使低，甚至比他還高。也就是說，大使根本無權決定蓋瑞的命運。公開否認可能只是一貫的官僚辭令。一旦媒體安靜下來，這案子不再那麼惹人注目時，一定會有辦法救他出獄的。」

「大使代表國家。」

「就算我這樣的小人物，在緊急情況下也有脫身計畫的。姥爺的情況不應該那麼簡單。」

我想問本，他能如何脫身，但打住了話頭。浪花像白花花的牙齒齧咬著沙岸，一對斑駁的海鷗從水面振翅飛起，發出尖利的鳴叫。它們懸在空中，翅膀幾乎不動。我說：「這件事也許蘇西．趙知道得更多。上次我們談話時，她說她憎惡那個共產黨國家，因爲他們拋棄了蓋瑞。」

「我很想見見她。她好像一直到最後都忠於姥爺。」

「也許我應該再去看看她。你要跟我一起去嗎？」

「什麼時候？」

我想了想，覺得聯邦調查局可能隨時會出現在本面前，於是我說：「越快越好吧。我現在就給她打電話。」

我從我的黑色麂皮手袋中摸出手機，撥通了蘇西的電話。響了三聲後，她的聲音出現了，慢慢吞吞地好像我把她吵醒了一般。我說：「蘇西，我是莉蓮。」

「哪個莉蓮？」

「我是蓋瑞的女兒。」

「噢，我以爲你早把我忘了呢。」

「你怎麼樣？」

「還能起床走動走動。」

「我侄子，也就是蓋瑞的孫子，和我想去看看你。要是我們去蒙特婁，能見你嗎？」

「當然。隨時都可以。我也想看看你呀。你說你有個侄子，是中國人嗎？」

「對，他是從中國來的。這個我們今天晚上可以再詳談，行嗎？」

「沒問題。九點左右打電話來就好了。」

她的安排聽上去不錯。我把電話收起，對本說：「蘇西隨時可以見我們。我們明天就去蒙特婁，怎麼樣？」

「可是我不能坐飛機。我一登上飛機，聯邦調查局就會知道的。我們可以開車嗎？」

「好主意。可是你越境不需要簽證嗎？」

「我有綠卡，不需要簽證。」

「那我們就開車。」

「咱們租車，還是開我的？我的車剛換引擎，跑起來像新的一樣。」

「那就開你的車，應該沒問題。」

我們朝本的住處往回走時，本告訴我他怎麼走上間諜這條路。他說：「我在洛陽那個間諜學院的大部分同學上這個學校，都是因爲家裡有父母或祖父母從事這項工作。學校說我們是這一代人中的精華，都是黨親手挑選出來的。我們都宣誓過，要爲祖國的革命事業奉獻終生。現在回想起來，整件事情實在道貌岸然，彷彿我們每個人都將成爲偉人似的。領導甚至說我們是『國家脊梁』。我被選上也是因爲姥爺是個頂級間諜。他們覺得我天生也應該善於做這件事。其實很多地方我學得不好，至少是表現不出眾。我槍打得不好，游泳也游不了三公里。徒手格鬥我常常輸掉。但我的語言感覺不錯，我的英語成績在全班名列前茅。前一天講過的東西我可以一口氣流暢地複述出來，還能像個口技藝人那樣模仿各種發音和語調。還有，我懂得怎麼和人交往，能跟陌生人很快建立有效的對話。我有一個外號叫『萬能膠』，就是說我總能找到辦法跟別人建立聯繫。我們訓練中有一項任務是到小村鎮中跟當地人談話收集情報，每次我得到的有用訊息都比同學們要多。老師們都覺得驚訝。我也善於分析情報，能發現一些小細節背後的涵義。所以畢業以後他們繼續訓練我，把我送到海外執行任務。他們讓我讀了碩士研究生，我還有一個工科碩士學位呢。」

「他們是怎麼跟你說你姥爺的？」我問。

「他們說他是個烈士，執行任務時犧牲了，我應該沿著他的腳印繼續前進。」

「現在回過頭看，你怨恨這種說法嗎？」

「有一點吧。不過在某些方面，他們也讓我成爲有能力的人，還享有各種特權。」

「你知不知道你現在有麻煩？聯邦調查局可能隨時來抓你。」

「這個我意識到了，我得趕快行動。」

「你處於這種被動的局面已經很長時間了。索妮雅知道你眞實的身分嗎？」

「也許吧。不過我從來沒跟她說過。」

「你要決定的事情太多了。老實說，沒幾個女人能受得了你這麼消極。」

「實際上，我跟上級請示准許我跟索妮雅結婚，把孩子生下來，在美國住得更久些。但他們不希望我在美國有太多牽扯。在這兒出生的孩子是美國人，那樣我跟美國就有了扯不斷的聯繫。上面批評我個人生活不檢點，叫我讓索妮雅去做流產。我一直在想怎麼辦。我不能強迫她。」

我們進了本的家時，索妮雅手拿一根木勺，攪著牛肉末和黑橄欖，正在做義大利麵醬。她身穿一件淡紫色的家居服，肥肥大大的有點像孕婦服，但實際上她懷孕的跡象還不明顯。她衝我們微笑了一下，鼻子上一顆青春痘更明顯了，圓圓的臉上掛著擔憂，眼睛裡透著一絲陰霾，然而她還是很漂亮，特別從側面看去。每天的晨吐已開始讓她受罪，鼻子也塞住了。昨天晚上她曾對我吐露心跡：「我眞搞不懂本。他似乎對什麼都感到厭倦。他跟我保證這保證那，可我不敢相信他。」

我嘗了一口麵條醬，告訴索妮雅：「味道好極了。」然後我壓低聲音說我們明天上午要去蒙特婁，但她不能告訴任何人我們去了那裡。

「去做什麼？」她問。

「我們去見我父親的一個老朋友。星期天就回來。」我繼續壓低聲音對她說：「別太擔心。一切一定會變好的。」

「眞希望這樣。」她無力地歎口氣。一鍋水燒開了。索妮雅把一束天使髮通心粉掰成兩截扔進水裡，攪拌起來。我則去水池邊刷洗盤子。

附近有家加油站，晚飯後我把本的黑色福特野馬跑車開去加滿了油。本接著在地下室車庫裡檢修一番。他往油箱裡倒了一瓶燃料處理液，說他每年秋天都這麼做一次。他也檢查了車上所有的燈、加了機油、水、閘油、玻璃洗滌劑，確保車子運行良好。天氣預報說明天氣溫會驟降，我往後備箱裡放了兩件外套。回到公寓時，我們都心照不宣地對他的間諜活動和明天的旅行避而不談，不是怕索妮雅知道，而是擔心他的公寓可能安裝了竊聽器。另一方面，我也佩服本這麼能沉住氣。他似乎遺傳了蓋瑞承受壓力和不確定性的能力。明知聯邦調查局已盯上了他，他處理起事情來還是頭腦清醒——他一定受過大量的心理訓練。儘管讚賞他，我也擔心他可能無法逃出險境。也許我該勸他向美國自首，申請政治避難。假如眞做如此極端的轉變，我們必須好好權衡一下利弊。

我們在蒙特婁外面的一家汽車旅館住下，接著我就給蘇西打電話，告訴她我們已經到了。她說她的公寓裡太亂，我們在那兒見面不合適。我知道她住在中國城，就說我們可以請她在中國城吃頓午飯。她提議說去「金豐」，我知道那兒，是家挺貴的粵菜館，所有餐桌上都鋪著餐布。我們說好第二天中午十一點在那兒碰頭。

在旅館前臺，我想本大概不願和我住一個房間，所以我說要兩間。本阻止了我，他說：「我們要一個標準間，兩張床。這樣更自然些。」他這麼說我當然很開心。八小時的旅程下來，我累得不輕，可我們一直到午夜還沒睡。我們談了本在福山縣的父母家，也繼續談了他姥爺。我們談話時，我有心將話題引向他目前的情況，甚至提出讓他去聯邦調查局自首。他搖搖頭說：「莉蓮阿姨，你才天真呢。就像很多美國人一樣，你只看到事物的一個方面。要是我叛變了，我父母和姊妹怎麼辦？中國是不會放過他們的。他們永遠都不會原諒我。」

「這個我的確沒想到。」我承認。

「你見過他們，也知道在那個邊遠的小鎮他們的家境並不差。你以爲僅靠自己他們能過得那麼好嗎？從我做這件事開始，就一直有人在支持和關照他們。要是我背叛了國家，這些人也能把一切拿走，毀掉他們。」

「那你打算怎麼辦？」

「這些天我一直在考慮這些問題。我的公司值一百五十萬美元，是中國政府的投資。要是我向聯邦調查局自首，這家公司就完了，罪也會算在我頭上。還有，我也得跟美國交代中國在北美的其他間諜活動。這樣在中國方面，我就犯了嚴重的叛國罪。」

「你爲什麼不能反過來指控的次序呢？國家未必就總是無辜和正確的。難道中國不是無情地利用你姥爺嗎？對你不也一樣嗎？你的國家不是也出賣了你們嗎？」他表情震驚，兩道眉毛緊緊皺在一起。我繼續說：「本，中國現在很多情況也在變化，有些人已經不用倚靠國家才能存活。要是你家人的經濟狀況情況下降，我總是能幫助他們的，定期給他們寄錢。所以現在，你就只想怎樣做對你和索妮雅最有益。」我不得不提到錢也是爲了徹底說服本，他的家人離開國家的支持未必不能活。

「謝謝你！莉蓮阿姨！這對我來說太重要了，有了你的幫助，我確實能感到後顧無憂了。我會想出辦法來的。」

我關了燈，可是過很久他都沒睡著，在靠窗的那張床上翻來覆去，時不時發出一聲輕輕的歎息。我的話一定在他心裡不停地翻滾。

第二天上午我們退了房，開車進市區。十五分鐘後我們就到了中國城。我眞喜歡蒙特婁便利的交通。我們在一個露天停車場停車，然後走路去金豐所在的聖于爾班大街。我們在角落的一張餐桌旁坐下不久後蘇西就來了。她拄著一根枴棍，枴棍頭上連著一根細皮帶。她比十個月前我上次看見她時更虛弱，背也駝得更厲害了，也許她正遭受風濕病或骨質疏鬆症的折磨。本和我站起來，本拉出一把椅子，我們扶她坐下。我把她的枴棍掛在一個椅背上。她用一張紙面巾揩了一把鼻涕，努力笑了一下，不過那笑容只讓她的臉顯得更病懨懨的，眼睛裡泛出了淚水，下眼瞼腫著。

我說：「你感冒了嗎？蘇西？」

「不是，是戒除後遺症。」

「戒除什麼？」我問。

「咖啡因。我剛戒了咖啡。」

「你為什麼要戒咖啡呢？」我想到她幾乎是沒幾年好活的人了。

「我要重整一下我的生活。」

「你是不是在和什麼人約會呀？」我認真地說。

「一邊去！」她格格笑著：「我早就清心寡欲了。就是想活得再長些。年輕時以為自己活不過六十歲，活多久都無所謂，只要開心就行。可是過了六十歲以後，不知怎麼反而越老越想活，大概我變得貪心了吧。」

「這很自然。」我說：「生命對你越來越寶貴了。」

「眞是個聰明的姑娘。所以我喜歡你更勝過你媽媽。」

本給她倒了一杯茉莉花茶，說：「喝這個吧。姥姨，喝這個你會舒服些。」

喝了幾口花茶後，蘇西的確平復了些，舒服地盤著腿。她咧嘴笑著，臉上的皮膚皺起來，看得出塗了一層化妝品。她斜視了本一眼，評價了一句：「他跟你爸一樣帥呀。」她眨眨眼睛，那雙曾經的杏眼如今已差不多耷拉成了三角形。

「是的，」我同意說：「也跟他一樣聰明。」

我們點了午飯。蘇西只要了一碗餛飩，說自己不餓，看見我們就很高興了。她看起來的確一直喜洋洋的。我們繼續閒聊了一會兒。

菜端上來時，我對蘇西說：「我上次看過你以後，腦子裡一直有個問題。爸爸的日記怎麼會在你這兒？」

「蓋瑞感覺可能會有不好的事情發生。他說若有人找我問話，我就裝傻，假裝對他的祕密職業一無所知。他想讓我保存這些日記，別讓任何人看到。他對危險有第六感。」

「他想讓你把這些交給我嗎？」

「他倒沒那麼說，不過我想他大概有這個意思。再說，這些日記也可能成爲犯罪證據，他不想讓聯邦調查局找到它們。」

「蘇西姥姨，」本加進來：「關於我姥爺我有一件事想不清楚——他爲什麼自殺呢？中國一定有辦法營救他的。」

「算了吧。中國不要他了，」她嘴一撇，「蓋瑞入獄後，我收到他一個紙條。他讓我去北京請求鄧小平用中國抓獲的幾個美國間諜交換他回去。」

「你收到他的信？」我驚詫得放下了湯勺。

「對，我從信箱裡拿到的。」

「他怎麼可能從監獄給你寄信呢？」本問。

「我也想不明白。可能那裡也有一個祕密特工把信偷運出來，扔進郵筒裡了吧。或者有人去看蓋瑞時幫他把信帶了出來。反正我是收到了那封信。然後我立刻去香港找到蓋瑞的連絡人朱炳文，他幫我通關進了中國。在北京我找到一些官員，請他們帶我跟鄧小平面談。」

「你見到了嗎？」我更加詫異了。

「當然沒見到。情報部有一個大人物，姓丁，他在辦公室裡接待我。但不管我怎麼懇求他們，他們都不願營救蓋瑞。」

本說：「那人一定是情報部部長丁浩，八十年代，他是中國情報工作的總負責人。他說了什麼？姥姨？」

「他說中國跟蓋瑞再也沒關係了。對他們來說，蓋瑞是個叛徒，一個勒索者。丁說，『他剛向國家訛詐了七萬美元。這是筆什麼數目？我給你算算吧：我一個月工資才兩百美元。那是我三十年的工資啊。』另一個人說：『尚蓋瑞在美國富得流油，手上都是現金，開的是別克轎車。他已經被資本主義腐蝕了，像蛇一樣貪婪，想吞一頭大象。』這個人繼續說蓋瑞甚至得了資本主義病，因爲中國的老百姓天天吃蔬菜、粗糧，從來不會得糖尿病。我意識到沒辦法跟他們講理，所以我再次請求他們讓我面見鄧小平。他們當面嘲笑我，說我腦子有病，鄧主席才沒時間處理這種小事呢。我眞的氣壞了，衝他們叫嚷起來。」

「看到我發狂，丁說：『實話告訴你，你再吵也沒用。鄧主席對蓋瑞的案子很瞭解，已經給了指示：就讓那個自私鬼和他對兩個國家都忠誠的傻夢一起爛在美國的監獄裡吧。所以蓋瑞的案子已經結了，他自斷生路，誰也幫不了他。』這就是我聽到最後的話。」

「然後你就回來告訴了爸爸？」我問。

「我不是家庭成員，不能去監獄看他。肯定有別人告訴了他上面的意思。」

「我眞不敢相信，」本目瞪口呆地說：「他有少將軍銜呀。」

「將軍也是軍人。」我說：「軍人都是可以被犧牲的。」

「每個人都一樣。」蘇西同意說。

「蘇西，我還有一個問題。」我說。

「問吧。」

「這個可能涉及到你的隱私，也有點尷尬，可我還是想知道。爸爸爲什麼這麼喜歡你呢？是因為你們有相同的文化背景，都是華人嗎？還是你們在床上很契合？還是別的？老實說，我不覺得你比我母親各方面都強。」

蘇西嗤笑了一聲：「家庭生活從來不是我的長項，我也根本不會討男人歡心。我們開始只是相互吸引，慢慢才越處越融洽。我們在一起可以談個沒完，什麼都談，儘管有時候我們也吵架，可是很多年以後，我們的關係還是變成了友誼。再說，我也比你媽媽對他更有用。」

我知道她偷偷去過香港，試著去中國找玉鳳但沒成功，可我還是問：「在哪方面？」

蘇西說：「我舅舅曾是臺灣情報部門的一個高官，也就是說，蓋瑞隨時可以為國民黨工作。我曾建議過他，要是有一天他被美國政府抓住了，可以說自己是為臺北工作的。臺灣不是美國的敵國，他的罪可以減輕多了。換句話說，我可以是蓋瑞的後援和避難所。」

「那他為國民黨工作過嗎？」

「從來沒有。他不是三面間諜。他不想背叛大陸，因為他不想讓他那裡的家庭陷入危險，也不想把我捲進間諜任務。我很感激他。他從來不利用我撈好處，我們只是好朋友。他是個眞正的君子。」

「那你告訴過你舅舅蓋瑞的眞實身分嗎？」

「當然沒有。要是國民黨知道了這件事，他們會跟中情局揭發的。一直到最後，我跟蓋瑞都彼此忠誠。這是不是很了不起？」

我點點頭，蘇西忍不住啜泣起來。我看了一眼本，他也眼睛濕潤了。「蘇西阿姨，」我喃喃低語：「謝謝你一直幫助爸爸，愛著爸爸。你讓我們更懂他了——他至少一直以自己的方式維持著忠誠和尊嚴。」

「我還在想念他。」她用一張紅色的餐巾紙擦著滿是皺紋的臉，恍恍惚惚地咕噥道。兩頰上的妝都抹得一道道的。

飯後我們把蘇西送回她住的公寓樓，那是座老年公寓。接著我們徑直上了十號高速公路，往東開去。我開車時，本沉思不語。等到路上沒有什麼車而我們以巡航速度行駛時，我問本：「你覺得丁浩的話有道理嗎？我是說，他說你姥爺是個敲詐者。」

「沒有，那只是個藉口。」

「為什麼呢？按照當時中國的標準，七萬美元的確是一筆大數目。」

「這跟姥爺的貢獻比算什麼？記得毛澤東對他的評價嗎？『這個人很聰明，值四個裝甲師。』一個裝甲師有兩百輛坦克，一輛坦克就值幾十萬美元。」

「但那是蓋瑞對他們還有用的時候。」

「對，他們榨乾了他。他的下場簡直就是一個愚蠢和錯誤的反面教材。某種程度上，也可以說是他對你母親的愛葬送了他。」

「為什麼這麼說？」

「他拿那筆錢是為了她那個該死的麵包店！簡直就是故意暴露身分——沒有一個專業間諜會做這麼危險的事。他怎麼能那麼鬆懈！」

「我不確定他是否愛奈麗，但他一定想對她公平一點。在一起生活了二十五年，他也一定對她發展出某種感情。後來他想永遠離開美國，就希望奈麗沒有他在身邊也能活下去。我們可以說這叫作愛、榮譽或責任心，什麼都可以。關鍵是他終於做了一件自己認為對的事情，並且願意為此付出代價。」

本震驚地看著我。我又說：「你不覺得我母親也是犧牲品嗎？」

「這個我能理解。那這麼說吧：是他的做人原則害了他。」

「也因為他對利用和控制他的那種權力的殘暴天性缺乏瞭解。」

「你指中國？」

「就是。中國對你姥爺所做的是邪惡的。另一方面，他允許國家站在道德制高點來決定他該如何生活。這也是導致他悲劇的一個原因。」

「不是那麼簡單的。他大部分家人在中國，叫他如何做到和中國劃清界限？」

「那就是他悲劇的另一個源頭——他無法單獨存在。」

我們的對話停了下來，我繼續默默駕車。本的座椅朝後放了一些，他靠在椅背上彷彿在打瞌睡，但我懷疑他只是陷入沉思，在考慮使自己脫離困境的辦法。我就不再打擾他了。

天淅淅瀝瀝下起了雨，雨滴啪啪打在前車窗上。我打開雨刷，雨刷一下下單調地刮著玻璃。我們現在車速是每小時九十五公里，一直跟在一輛油罐卡車後面，保持著一百五十公尺的距離。

我們快到美哥格城時，本坐直身子，從褲子後口袋裡拽出一本筆記本，在上面寫了幾個字。他把一張紙撕下來遞給我。「莉蓮阿姨，拿著這個。」他說。

「這是什麼？」

「是一個電子郵箱地址和密碼，我早設好的。從現在起，我們只能通過這個帳戶聯繫。要是你想找我，你就在這個帳戶的草稿箱裡留封信。我讀完以後，就把草稿刪了。我給你寫信也一樣。我們讀完信以後必須清空帳戶裡的一切。」

「爲啥這麼做？」

「這樣在網上就不會留下任何書寫痕跡。收發電子郵件不安全。我們共用一個只有我倆知道的信箱。每次看完信務必刪掉一切。」

「你往中國送情報也用這個方式嗎？」

他呵呵笑了：「這只是各種方法中的一種。也有更複雜的辦法，比如密碼或加密處理過的傳眞。對你我來說，這種方式足夠保密了。」

看起來他開始制定計畫了。不管他做什麼，都比束手就擒好，所以我沒再多問。

回到大學公園城後，我每天都查看幾次我們共用的電郵信箱，不過什麼動靜都沒有。我給本寫了幾句話，希望他一切順利。第二天早上，那封草稿不見了，意味著他已經讀過了。我覺得心裡舒服了點。

九月二十一號星期三我和亨利出去吃晚餐，慶祝他六十二歲生日。他又談起本，說希望他能早日擺脫聯邦調查局的麻煩，離開那家可疑的電腦公司，要是某天他能幫我們管理公寓就好了，這樣我們就能像一家人那樣住在一起。亨利知道這樣的結局也一定是我最喜歡的。的確，如果這個想法成眞的話，那就算我有福氣。我總是羨慕有些移民家庭——父母和孩子，甚至孫子輩們，住在同一個屋簷下。當然對年輕一輩來說可能有點困難，因爲他們一般需要多一點私人空間。但我沒告訴亨利本目前的情形，因爲眼下什麼都還很難說。

亨利盼望早點退休，恨不得現在就能領到社會保險金。我嘴上沒表示任何意見，但心裡疑惑要是他完全閒著了，對他究竟是不是好事。他的工作強度其實不大，空閒的時候很多。不過，他還是提出我們應該雇一個幫手，這樣他修繕維護的工作能減輕點。要是他眞想這麼做，我也不介意，但我還是覺得他應該找些事情做做，這樣他能活得更長久。他大笑著說：「比起活得久我更想要活得舒服——我要的是品質而不是數量。」

那天晚上我們回家後，我打開電腦再一次查看那個祕密的電子郵箱。裡面有一封新郵件。信上說：

親愛的莉蓮阿姨：

你讀到這封信的時候，索妮雅和我已經不在波士頓了。我們都很喜歡麻州，但現在不能繼續住在那裡。我剛把公司低價賣掉，好搞足盤纏。我不確定我和索妮雅最終會在哪兒安定下來，但我們至少擁有對方，而且將一起面對今後所有的困難、艱辛和幸運。只要她和我在一起，不管去哪兒我都不會孤獨。她將成為我的妻子和我孩子的母親，而且是我唯一的夥伴，我會好好珍惜她、愛她。因為這件事的緣故，我在中國的家人可能會遭遇某些後果，而我很長一段時間將無能為力。但我相信在你的幫助下，他們能渡過難關。在家人中，我最擔心的是珠麗，因為她也像我，內心倔強不肯屈服。鄉鎮的日子平凡又沉悶，我怕她會再次離開家。但只要她和父母待在一起，她應該沒事兒。所以請你一定要說服她待在老家。另外，別讓他們知道我的情況，那樣他們只是徒添擔心，等我以後情況穩定好轉了，我會告訴他們的。

我現在覺得非常自由，我這輩子第一次感到自己像個獨立的人，當然也是一個沒有國家的人。我決定從現在開始留起鬍鬚，然後有一大把鬍子，這樣我就會看起來更成熟老練一些，也更凶猛一些。我不敢肯定我和索妮雅能否過上富足體面的生活，但我們會接受所有等待著我們的歡樂和悲傷。這是自由的真正狀態，是吧？

我們兩個都愛你。

本

另附：本來明年開春我計劃去華盛頓拜祭你的父母，但我現在不能這麼做了。下次你去看他們的時候，請幫我和索妮雅也給他們送上兩束鮮花吧，白菊花或者玫瑰都可以。

我覺得逃離是他所能夠做出最自然的抉擇，但這樣處理他的生意可能有點太倉促了。但從另一方面來說，這可能也是他籌集路費唯一的辦法。

他們現在已經越過邊境到加拿大了嗎？我猜測著本和索妮雅的行蹤。這似乎不大可能。有一次我跟本半開玩笑說，他可以學美國逃兵役的那些人，移民到魁北克，但他說中國在加拿大的影響力太大。他和索妮雅可能還在美國。他們現在最迫切的任務是逃避美國聯邦調查局和中國情報員的追蹤，所以現在他們可能得不斷旅行。不管他們現在在哪裡，我相信他們總有辦法活下來。

我又讀了一遍本的信，然後刪了它。看到他決定留鬍子，我忍不住覺得好笑，這眞是個怪念頭。我想也許至少在外表上，這是他想要增加自己男性氣概的一個方式吧。本不知道我父母埋葬在不同的墓地，但我會按他所說的給他們送上鮮花。我給他回了一封信，說他和索妮雅一定要好好互相照顧，暫時不要結交朋友。

第二天，我發現我的留言被刪掉了。我很高興。

通過珠麗我告訴我姊姊和姊夫，本寧現在正執行一項特殊的任務，任何人都不能知道他的行蹤。但是他很好，他們不必擔心。珠麗給我回了信，代表父母感謝我。她提起明年夏天我們一家人將再次團聚，我再次保證屆時一定會去。

幾個星期過去了。我沒有看到本的新留言。我讓自己沉住氣，沒有消息也許就意味著一切還好。

背叛與被叛
——《背叛指南》之指南

單德興
中央研究院歐美研究所特聘研究員

哈金一向是說故事的好手，每次更選擇新的題材自我挑戰。以長篇小說爲例，《等待》寫的是中國大陸一場男女三角關係的多年等待，及至「修成正果」之後的失落與幻滅；《瘋狂》寫的是六四屠城之後的瘋狂現象與悲慘世界；《戰廢品》以「抗美援朝」的朝鮮戰爭/韓戰爲背景，描寫戰俘營中各方角力、爾虞我詐之下，個人的抉擇與後果；《自由生活》以美國華人社會爲背景，呈現天安門事件後美國離散華人社群（Chinese American diasporic community）的形形色色，尤其是男主角堅持寫作理想的奮鬥歷程；《南京安魂曲》則訴說對日抗戰期間，金陵文理學院代理校長魏特林在南京淪陷後，極力保護一萬名中國婦孺的義舉，卻因目睹日軍暴行身心受創，最後於返美療養期間自殺身亡。

《背叛指南》再次展現哈金強烈的企圖心與敘事技巧，不僅題材另闢蹊徑，視野也更宏偉。

第一段的「情婦」二字就透露出男主角蓋瑞．尙（原名尙偉民）對於愛情與家庭的背叛，隨著故事進展，讀者逐漸發現更多的背叛與被叛，錯綜複雜，名爲「指南」（map），卻是指向人性更幽微之處，顯現歷史洪流中個人如水滴般的渺小無奈，尋求基本的安身之處都難以如願。借用哈金二〇一〇年一月在中央研究院歐美研究所的演講題目，《背叛指南》講述的正是「歷史事件中的個人故事」，由個人故事折射出波濤洶湧的大時代，並賦予其血肉與血淚。

本書是哈金的第一部間諜小說，原名「*A Map of Betrayal*」有其曖昧與反諷之處，究竟是如中譯書名《背叛指南》作爲方向的指引，還是指涉男主角擔任間諜以來的行蹤，三十年來始於中國、終於美國，途經日本、韓國、香港、臺灣，一路以來的感情轉折與心路歷程？抑或是刻劃他的女兒莉蓮試圖根據父親遺留的日記，對其父大半生的追溯與領悟？不僅英文書名足以引發讀者的強烈好奇，中文標題既試圖貼近原題，卻也衍異而出更豐富的意涵。

全書情節採雙線、隔章交錯進行。一條軸線是身爲美國大學歷史教授的女兒，在看到父親的日記之後，利用二〇一一年前往北京短期任教的機緣，開始進行「尋父記」，以及由之而來的「尋親記」。另一條軸線則是依循有「釘子」、「頂級間諜」稱號的父親的日記，揭露其記載並衍生而出的大歷史與個人故事：一名身爲「共產黨地下特工」的知識青年，清華大學畢業後想打入國民黨機構未果，最後卻進入駐華美國機構，展開另一種生活。故事在地理位置上從中國到美國，時間從一九四九年跨越到一九八〇年，歷經中國內戰、大陸易幟、韓戰、金門炮戰、越戰、中美關係正常化，直到主角身分曝光，鋃鐺下獄。美籍女兒的軸線採用第一人稱敘事，父親間諜工作的始末則採用第三人稱敘事。

相較於哈金先前的長篇小說，《背叛指南》不僅視野更廣闊，歷史縱深更長遠，內容也涉及國共內戰、美國在東亞的戰爭以及冷戰時代盤根錯節的國內與國際政治。以史實爲背景，作者除了記述中國大陸的人民公社、大躍進、中印邊界衝突、文化大革命、中蘇戰爭、中美乒乓外交、中美建交之外，也觸及了二二八事件、山東流亡學生在澎湖被強徵從軍、韓戰爆發後美軍協防臺灣、一江山戰役、金門炮戰、孫立人案、引發攻打美國在臺大使館的劉自然事件、臺美情報合作等等，對於臺灣讀者而言比較感興趣的背景事件。換言之，相對於英文讀者而言，主角蓋瑞・尙的一生，更加攸關華文讀者自身、家庭與國族的命運，讀來自有更深的感受。如果說第二條軸線的作用在於結合歷史事件與蓋瑞的個人故事，那麼第一條軸線的創意則在於透過身爲歷史學者的女兒，把父親的故事延伸到外孫本寧，讓他從外祖父的生命教訓中學習如何決定自己的方向。

哈金在序言中清楚表達自己身爲讀者及大學教師，如何借鑑前人的作品，試圖後出轉精，力求「把兩條線路完美地融爲一體」。《背叛指南》的男主角設定爲「美國史上所抓獲最大的中共間諜」，讓人聯想到一九八五年十一月爆發的金無怠間諜案。此案喧騰一時，引起媒體，尤其是華文報紙的廣泛報導。金於一九四八年進入上海美國領事館擔任譯員，後服務於中央情報局廣播情報處，利用職務之便將機密文件交給中國換取酬金，長達數十年。東窗事發後，金被控以十七項罪名，他在法庭上以有功於中美關係正常化自我申辯，拘禁期間接受中英文媒體採訪，還在給妻子的信中提及自己獄中生活規律。然而，就在提供華文平面媒體長達十七頁手稿的兩天後，金於二月二十一日以塑膠袋套頭自殺身亡（該稿見一九八六年二月二十四日《中報》第三版），從被捕到自殺僅僅三個月，消息傳出，眾人錯愕，覺得內情並不單純，但也就此匆匆落幕，留下許多疑團。

哈金在自序中坦言以金無怠爲「原型」。在與筆者往返的電郵中也提到讀過霍夫曼（Tod Hoffman）的《內間：金無怠與中國對中情局的滲透》（*The Spy Within: Larry Chin and China's Penetration of the CIA*, 2008）。霍夫曼曾服務於加拿大安全情報局（the Canadian Security Intelligence Service），負責反情報業務，他根據法庭紀錄、媒體報導與訪談重要關係人，描繪出該案的始末。將《背叛指南》對照《內間》及當時媒體報導，便會發現哈金只是從這個間諜事件獲得故事的靈感與梗概，作爲創作的出發點，故事中諸多細節其實出自他的想像，其中女兒那條故事軸線更是作者自發創意經營，以小說的藝術手法來處理，使其前後一貫，合情合理，不似原案般撲朔迷離、令人費解。

其實哈金一向反對對號入座，也否認作品中的自傳性。例如接受筆者訪談時就曾表示，《自由生活》雖然融入了自己的若干經驗，但男主角另有所本。相形之下，《背叛指南》更爲虛構之作，即使在架構上與金案有相似之處，但其他細節迥異，讀者非但無須對號入座，反而在兩相對照下更能體認到哈金創意之所在。

再者，與今年甫出版的《朋友中的間諜：金．非爾比與大背叛》（*A Spy Among Friends: Kim Philby and the Great Betrayal*, 2014）對照，更能看出文學小說與非文學史事之間的差別。作者麥金塔（Ben Macintyre）所欲再現的，乃是英國情報機構史上最大間諜案。主人翁金．非爾比與同僚艾利特（Nicholas Elliott）一路是劍橋名校同窗，加入相同的俱樂部，畢業後一同進入英國情報機關工作。非爾比於冷戰高峰期負責英國對蘇聯的反情報工作，並結交美國中情局的反情報負責人安格敦（James Jesus Angleton），背地裡卻擔任蘇聯間諜長達二十餘年，利用多年的友誼與信任，從艾利特與安格敦身上套出英美兩國許多重要情報，交給蘇聯，導致多位同志被捕甚至遇害，後來非爾比叛逃到俄國，終其餘生。有關這位「歷史上最大的間諜」，由於英美俄的官方檔案尚未完全公布，世人對此案有如霧裡看花，眾說紛紜。麥金塔爲了撰寫此書，多方查探，翻閱資料與檔案，進行訪談，從眾多資料中披沙撿金，於複雜、矛盾的說法中斟酌、判斷，建構出自己的敘事。書中照片多達三十二頁，書末註釋長達四十五頁，選列書目有五頁之多，分爲檔案與已出版資料，在在顯示了紮實的史料工夫。相較之下，《背叛指南》並未列出任何相關資料，迥異於以「敘事歷史家」（narrative historian）自許的麥金塔。

即使與哈金先前的歷史小說《戰廢品》與《南京安魂曲》相較，兩書末所收錄〈作者手記〉雖則明白宣示該小說爲「虛構作品」，但也表明很多事件和細節確實根據事實，並列舉創作素材的資料來源。然而，爲了鋪陳出蓋瑞身處的大時代，哈金依舊做了大量功課。質言之，作者採取一件中國間諜案的框架，進而以歷史爲經、想像爲緯，加上有血有肉、充滿衝突的人物，編織出吸引人的故事，其旨趣不在於駭人聽聞、爾虞我詐的間諜故事，而是藉由個人故事，表現出在大時代中爲命運所推移的芻狗，訴求人生的反諷，尤其是背叛與被背叛，卻在道出人性弱點的同時，不忘其可能具有的溫暖與光輝。

在異鄉以非母語寫作的哈金，面臨的挑戰甚爲嚴峻，他一向以多番修改聞名，如《南京安魂曲》前後修改了四十遍左右。由於《背叛指南》的英文本與中譯本計劃於十一月同步出版，爲了構思此篇專文，筆者於七月向哈金索取英文版書稿，當時中譯工作還在進行中。他以航空郵件寄來英文校樣，上面有他手書的最後修訂，舉凡字母的校訂、文字的斟酌、文句的順序、細節的補充，俱見用心。

筆者在旅次中讀完英文書稿後，曾提出八個有關校對和用字的問題供哈金參考，包括一九五〇年那章用上「a Dear John letter」，即「分手信」，一詞是否有年代誤植之虞。哈金在電子郵件中逐項回應，他回覆寫作時的參考用書是大多數美國編輯使用的《韋氏大字典》，特色之一就是會標示出每個用語首次出現的年代，根據該字典「Dear John Letter」一詞出現於一九四五年。單就此詞的引證足見他創作時的嚴謹，如何力求筆下的英文自然流暢，避免書卷氣（bookish），正如他於《在他鄉寫作》書中以波蘭裔的康拉德與俄裔的納博科夫自我期許，要從兩位非母語寫作大師所樹立的英文文學傳統之下，走出自己的第三條路。

全書以「背叛指南」爲名，最主要的議題當然就是忠誠與背叛。在單純的情況下，以黑白分明的二分法來分辨忠誠與否當非難事，但世事並非如此單純，涉及間諜案時更是如此。若進一步思量，忠誠由誰定義？對象爲誰？時移境遷後，能否動搖或轉移？出現衝突時該如何抉擇？面對「分裂的忠誠」或「雙重的忠誠」時能否在其中尋得交集？不得不取捨時，如何面對其中涉及的忠誠與背叛，並爲之付出代價？其中的是非曲直由誰、站在什麼立場與時空環境、以什麼理由來評斷？換言之，如同羅久蓉在近著《她的審判——近代中國國族與性別意義下的忠奸之辨》（2013）中所指出：「忠奸之辨是一個動態的概念，所有與忠誠、背叛相關的界線都是在時間、空間與行動中產生」（iv）。她進而表示：「這也許是爲什麼把忠誠與背叛的複雜性說得最透徹的，不是哲學家、歷史學家，而是小說家。……在作者想像的世界裡，忠奸善惡不是截然二分的選擇，許多時候，人是在混亂、無奈狀態下，作成某個決定，或採取某個行動，但這不表示這些決定或行動必然沒有意義」（v）。

就男主角而言，他有對於元配和家庭的義務，對於政黨和祖國的承諾；另一方面，他對於自己的工作負有職業倫理，在歸化美國時必須宣誓效忠。然而，當他爲了黨國交付的任務而決定進入美國機構，代爲蒐集情報，就已是從事背叛的活動——儘管他辯稱所作所爲有益於促進角色如父母般中美兩國的外交關係，俾使祖國和歸化之國各獲其益，這點讓人聯想到金無怠本人「無愧於心和中美兩國」之說，但對於受到外交衝擊的臺灣而言，當然是深受其害。

另一方面，國家對於國民，尤其是執行任務的人員，也負有責任。爲了讓蓋瑞能安心從事間諜工作，他的情治上司承諾妥善照顧其家人，給他金錢酬勞，一路加官晉爵。但在漫長的歲月中，上級一再拒絕他回家探親的請求，蒙蔽了妻離子亡的眞相，並以有利於間諜工作爲由要求他隱瞞已婚，在美國成家入籍。東窗事發之後，蓋瑞原本期盼憑自己的功勳，中國政府會出面營救，不料對方竟撇清關係，致使他尋短。如此說來，多年效忠黨國、犧牲天倫之樂的蓋瑞，連毛澤東都表示「這個人值四個裝甲師」，但在失去利用價値時，立刻遭到祖國背叛，一如敝屣。

哈金在自序中表示，「個人與國家的矛盾……是當代中國文學最重要的主題。」這也是他在創作與論述中一再觸及的主題。最明顯的例子就是《自由生活》的男主角武男在詩作〈交鋒〉中表示：「忠誠是條雙向道。」在發表於《紐約時報》的〈放逐入英文〉（"Exiled to English"）一文中，哈金也指出：「對一些中國人／華人來說，我選擇英文是一種背叛。但忠誠是條雙向道。我覺得自己被中國背叛了，因爲它壓抑自己的人民，使得藝術自由不可得。」《背叛指南》中數度透過莉蓮道出國家與個人的關係，並以其父蓋瑞與外甥本寧來體現各自的抉擇。《背叛指南》在敘事上以兩條軸線來鋪陳，使得對忠誠與背叛的辯證，能跨度到個人、家庭與國家彼此之間。至於哈金選擇以女性爲敘事者，探索家族三代的生命故事，爲其行蹤與心跡繪製地圖，更爲全書增添了性別的面向。這種情形一如羅久蓉在《她的審判》所指出：「性別與生命書寫以說故事方式所形成多元敘事架構，具有更大的包容力，能夠容納不同的觀點、聲音與立場，釐清忠誠與背叛、個人與集體、歷史與記憶、性別與空間背後複雜的脈絡。凡此種種，均有助於人們跳脫傳統以權力與對抗為主的二元思維，正視『人的處境』，建立一套以『人』為中心的國族與性別論述」（xiv）。

總之，《背叛指南》透過巨大歷史時代的個人故事，呈現了忠誠與背叛的錯綜複雜以及「人的處境」。也許在重重的背叛與欺瞞之中，在許多的混亂與無奈之下，回歸到基本的人性、親情與愛情會是一個安身之處，至少是令敘事者安心的作為，進而對芸芸眾生的處境與行為具有更多的體認與悲憫，這或許是本書所提供的又一個可貴的指南。

二〇一四年十月十四日

臺北南港

大師名作坊203

背叛指南

作者—哈金
譯者—湯秋妍
編輯—張瑋庭
美術設計—黃子欽
總編輯—嘉世強
董事長—趙政岷
出版者—時報文化出版企業股份有限公司
108019臺北市和平西路三段二四〇號三樓
發行專線—(〇二)二三〇六—六八四二
讀者服務專線—〇八〇〇—二三一—七〇五
(〇二)二三〇四—七一〇三
讀者服務傳真—(〇二)二三〇四—六八五八
郵撥—一九三四四七二四時報文化出版公司
信箱—(一〇八九九)臺北華江橋郵局第九九信箱
時報悅讀網—http://www.readingtimes.com.tw
電子郵件信箱—liter@readingtimes.com.tw
法律顧問—理律法律事務所　陳長文律師、李念祖律師
印刷—勁達印刷有限公司
初版一刷—二〇一四年十月三十一日
二版一刷—二〇二三年十一月十九日
定價—新臺幣四〇〇元

時報文化出版公司成立於一九七五年，
並於一九九九年股票上櫃公開發行，於二〇〇八年脫離中時集團非屬旺中，
以「尊重智慧與創意的文化事業」為信念。

哈金著；湯秋妍譯．– 二版．– 臺北市：時報文化，2023.11
面；　公分．--（大師名作坊；AA00203）
譯自：A Map of Betrayal
ISBN 978-626-374-572-8（平裝）

874.57　　112018230

ISBN 978-626-374-572-8
Printed in Taiwan